살인자의 건강법

아멜리 노통브 장편소설 | 김민정 옮김

문학세계사

옮긴이 김민정
서울대학교 불어분문학과를 졸업하고 같은 과 대학원에서 공부.
프랑스 파리 제4대학에서 불문학 석사학위를 받음.
번역한 책으로『송고르 왕의 죽음』『오스카와 장미할머니』
『이브라힘 할아버지와 코란에 핀 꽃』『살인자의 건강법』『공격』
『아주 긴 일요일의 약혼』『이백과 두보』『스코르타의 태양』등이 있음.

살인자의 건강법
아멜리 노통브 장편소설

초판 1쇄 발행 2004년 6월 15일
9쇄 발행 2021년 12월 27일
개정판 1쇄 발행 2024년 7월 30일

옮긴이 김민정
펴낸이 김종해
펴낸곳 문학세계사
주소 서울시 마포구 신수로 59-1(04087)
대표전화 02)702-1800 팩스 02)702-0084
이메일 munse_books@naver.com
홈페이지 www.msp21.co.kr
출판등록 제21-108호(1979. 5. 16)

ISBN 979-11-93001-46-2 03860
ⓒ아멜리 노통브, 문학세계사

Hygiène de l'assassin

Hygiène de l'assassin

by

Amélie Nothomb

이 글은 순전히 허구이므로 등장인물들은
실존인물들과 어떤 연관도 없음을 밝혀둡니다.

대문호 프레텍스타 타슈가 두 달 뒤에 사망할 거라는 소문이 퍼졌다. 그러자 전세계의 기자들이 너도나도 팔순의 노작가와 단독 인터뷰를 하겠노라고 나섰다. 노작가는 분명 대단한 명성을 누리고 있었다. 그렇긴 해도 불어권 작가인데,《남경 풍문》이니《방글라데쉬 옵서버》니 하는 일간지의 특파원들까지 인터뷰를 하겠다고 달려오는 광경은 진풍경이 아닐 수 없었다. 그리하여 타슈 선생은 죽음을 두 달 앞둔 상황에서 비로소 자신의 명성이 어느 정도인지 실감할 수 있었다.

선생의 비서는 인터뷰 요청을 엄선해서 받아들였다. 외국어 신문이면 무조건 고려 대상에서 제외했다. 까닭인즉 죽어가는 선생이 불어밖에 할 줄 모르는 데다 통역가들을 통 신뢰하지 않아서였다. 유색 인종 기자들의 인터뷰 요청도 사절했다. 이유인즉 나이가 들면서 작가 선생이 인종 차별적인 말들을 하기 시작해서였다…… 사실 그런 말들은 작가 본래의 신념과는 거리가 멀었다. 당황한 타슈 전문가들은, 괜히 추문이나 불러일으키고 싶어하는 노인네다운 욕구가 표출된 것이라고 분석했다. 끝으로 선생의 비서는 텔레비전 방송사들이며 여성 잡지들이며 정치적 성향이 너무 강한 신문들의 요청도 공손히 물리쳤다. 의학 잡지들은 두말할 것도 없었다. 대문호가 어떻게 해서 그 희귀한 암에 걸리게 되었는지 캐내려 들 것이기 때문이었다.

타슈 선생은 자신이 그 무시무시한 엘젠바이베르플라츠 증후군에 걸렸다는 걸 알았을 때 적잖은 자부심을 느꼈다. 속칭 '연골암'이라 하는 이 병은 19세기에 엘젠바이베르플라츠라는 의사가 카이엔(프랑스령 기니의 주도. 일반법에 의해 유형에 처해진 죄수들을 가두어놓던(1852~1945) 감옥이 있다 : 옮긴이)에서 발견해낸 증상이었다. 강간 및 살인죄로 그곳에서 감옥살이를 하던 죄수들 여남은 명이 그 병을 앓고 있었던 것이다. 이후 그 병은 완전히 자취를 감추었다. 진단을 받고 나서 타슈 선생은 난데없이 귀하신 몸이 된 기쁨을 맛보았다. 뚱뚱한 데다 수염도 없어서 목소리만 아니면 영락없이 내시 같은데, 죽는 것마저 심장 혈관계 질환 같은 미련스런 병으로 죽을까봐 저어하고 있던 터였다. 선생은 묘비명을 지을 때 독일인 의사의 고상한 이름도 빠뜨리지 않고 적어 넣었다. 그 덕에 멋진 죽음을 맞이하게 되었으니까.

사실 비만한 데다 집에만 틀어박혀 지내는 선생이 여든세 살까지 죽지 않고 살아남았다는 사실에 현대 의학계는 경악하고 있었다. 얼마나 살이 쪘는지 요 몇 년 사이에는 걸어다닐 수조차 없노라고 선생 스스로 실토하기도 했다. 선생은 영양사들의 권고를 싹 무시하고 역겨워 보일 정도로 먹어댔다. 게다가 매일 하바나 시가를 스무 대씩 피워댔다. 하지만 술은 아주 조금씩만 마셨고 까마득히 오래 전부터 금욕 생활을 하고 있었다. 의사들은 비곗덩어리로 꽉 막힌 선생의 심장이 제구실을 다하는 이유로 그 두 가지 사실을 내세울 수밖에 없었다. 그래도 선생의 생존은 여전히 의문에 싸여 있었다. 그것에 종지부를 찍게 될 병의 원인도.

전세계의 언론사들은 작가의 임박한 죽음을 가십거리로 만드는 것에 대해 일제히 분노를 표시했다. 그들의 자아비판에 호응하는 독자들의 편지가 쇄도했다. 그럴수록 엄선된 극소수 기자들의 인터뷰 기사를 기다리는 사람들은 더 많아졌다. 현대의 정보 공유 법칙이란 게 그런 것이다.

곧이어 전기 작가들이 불의의 사태에 대비하기 시작했다. 출판사들이 전투 태세를 가다듬기 시작했다. 당연한 얘기지만, 몇몇 지식인들이 작가의 대성공에 대해 뭔가 과대평가된 면이 없는지 따지고 들기 시작했다. 프레텍스타 타슈는 과연 문단에 혁신을 일으킨 작가인가? 창의력 있는 무명 작가들을 교묘하게 모방한 것은 아닌가? 그 근거로 그들은 뭔가 비밀스러워 보이는 이름을 지닌 몇몇 작가들을 인용했다. 실제로 그 작가들의 작품을 읽어본 적이 없었으므로 그들은 통찰력 있는 이야기를 할 수 있었다.

이런저런 요인들이 더해지면서 선생의 죽음은 엄청난 반향을 불러일으키게 되었다. 의심의 여지가 없었다. 성공적인 죽음이었다.

스물두 권의 소설을 세상에 내놓은 작가 선생은 소박한 아파트의 일층에 살고 있었다. 계단을 피하기 위해서였다. 휠체어에 의지해 몸을 움직여야 했기 때문이었다. 선생은 혼자 살았다. 애완 동물 같은 것도 없었다. 날마다 오후 다섯시면 씨억씨억한 간호사가 찾아와 몸을 씻겨주었다. 선생은 누가 대신 장봐주는 것을 싫어하는 사람이었다. 몸소 동네 식품점에 가서 먹거리를 사왔다.

비서인 에르네스트 그라블랭은 같은 아파트의 5층에 살고 있었지만 되도록이면 선생과 마주치는 일을 피했다. 그라블랭은 규칙적으로 안부 전화를 했고, 타슈 선생은 한결같은 말로 대화를 시작했다. "미안하이, 에르네스트. 나 아직 안 죽었네."

그래도 그라블랭은 인터뷰를 기다리는 엄선된 기자들에게 노작가가 실상 본바탕은 얼마나 선한 사람인지 되풀이해 이야기하는 것을 잊지 않았다. 해마다 수입의 절반을 자선단체에 기부하지 않는가? 소설 속 몇몇 등장인물들한테서도 이런 웅숭깊은 자비심이 느껴지지 않는가? "물론 누구나 선생을 보면 겁을 먹게 되죠. 나부터도 겁이 납니다. 하지만 그 무시무시한 모습은 가면일 뿐이라는 게 제 생각입니다. 선생은 무심하고 잔인한 뚱보인 척 연기하는 걸 즐기는 거예요. 예민하기 짝이없는 감수성을 감추기 위해서죠." 그의 말은 기자들을 안심시키지 못했다. 사실 그들은 두려움을 떨쳐버리고 싶지도 않았다. 남들이 부러워하는 두려움이었다. 그 덕분에 그들은 종군 기자 같은 분위기를 지니게 되었던 것이다.

선생의 죽음이 임박했다는 소식이 전해진 것은 1월 10일이었다. 1월 14일에 첫 인터뷰가 이루어졌다. 첫번째 기자가 선생의 아파트 안으로 들어섰다. 실내가 너무 어두웠던 터라 기자는 한참이 지나서야 거실 한가운데 휠체어에 앉아 있는 뚱뚱한 실루엣을 알아볼 수 있었다. 팔순 노인의 음산한 목소리가 울려 퍼졌다. "안녕하시오, 기자 양반." 무미건조한 인사였다. 긴장을 풀어주려는 배려였겠지만, 결과적으로는 불쌍한 기자를 한층 더 긴장하게 만들어버렸다.

"안녕하십니까, 타슈 선생님. 만나 뵙게 되어 영광입니다."

녹음기가 작동 상태에 들어가 선생의 말을 호시탐탐 기다리는데, 선생은 입을 열지 않았다.

"타슈 선생님, 불 좀 켜도 되겠습니까? 선생님의 얼굴을 볼 수가 없어서요."

"지금은 아침 열시요, 기자 양반. 이 시간엔 불을 켜지 않소. 그러잖아도 곧 내 얼굴을 똑똑히 볼 수 있을 거요. 눈이 어둠에 익숙해질 테니까. 기다리는 동안 내 목소리나 잘 감상해두시오. 내가 가진 것 중에 제일 잘난 게 목소리니까."

"정말이지 목소리가 좋으십니다."

"암."

상대를 불청객으로 만드는 부담스러운 침묵. 불청객은 수첩에 적어 넣었다.

'T의 침묵은 신랄하다. 되도록 침묵을 피할 것.'

"타슈 선생님, 전세계가 선생님의 결단에 감탄하고 있습니다. 의사들의 강권에도 불구하고 입원을 거부하셨다지요. 이제 첫 번째 질문을 드리도록 하겠습니다. 지금 기분이 어떠십니까?"

"이십 년 전이나 지금이나 똑같소."

"무슨 말씀이신지요?"

"별 거 못 느낀다는 말이오."

"어떤 면에서요?"

"그냥 별 거 못 느낀다고."

"아, 알겠습니다."

"총명하시구려."

환자치곤 냉혹하리만치 무미건조한 목소리였지만 빈정대는 구석은 없었다. 기자는 누런 이를 드러내며 씨익 웃다가 말을 이었다.

"타슈 선생님, 선생님 같은 분 앞에서 에둘러 말하는 짓 따위는 하지 않겠습니다. 그게 기자들의 생리이긴 하지만 말입니다.

실례를 무릅쓰고 여쭙니다. 대문호로서 죽음을 눈앞에 둔 지금 어떤 생각을 하고 계시며 기분은 또 어떠신지요."

침묵. 한숨.

"모르겠소, 기자 양반."

"모르신다고요?"

"자신이 무슨 생각을 하는지 아는 사람이라면 작가가 되지는 않았을 거요."

"무슨 생각을 하는지 알아내기 위해 글을 쓴다는 말씀이십니까?"

"그럴 수도 있겠지. 이젠 잘 모르겠소. 글을 쓰지 않은 지가 퍽이나 오래 되었거든."

"그럴 리가요? 불과 2년 전에도 신작을 펴내지 않으셨습니까……"

"서랍 속 수확물이라오, 기자 양반. 아직도 서랍 속이 꽉 차 있지. 사후 십 년간 해마다 한 권씩은 신간을 발표할 수 있을 거요."

"정말 대단하십니다! 언제 절필하셨는지요?"

"쉰아홉 살에."

"그러니까, 지난 이십사 년간 발표된 소설들은 모두 서랍 속 수확물들이군요?"

"계산이 빠르시구먼."

"언제 글쓰기를 시작하셨습니까?"

"잘라 말하기 힘들다오. 여러 번 그만두었으니까. 첫번째 글 쓰기는 여섯 살 때였지. 비극을 썼다오."

"여섯 살에 비극을 쓰셨다고요?"

"그렇소. 운문으로 된 비극들이었지. 졸작들이었소. 일곱 살에 절필했지. 아홉 살 때 다시 시작했고. 그 땐 비가를 몇 편 썼지. 역시 운문이었소. 난 산문을 경멸했거든."

"놀랍군요. 우리 시대의 가장 뛰어난 산문 작가이신 선생님께서 그런 말씀을 하시다니."

"열한 살 때 다시 절필했고 그 후론 열여덟 살이 될 때까지 단한 줄도 쓰지 않았다오."

기자는 수첩에 적어넣었다. 'T는 칭찬을 받아도 흥분하지 않는다.'

"그리고 열여덟 살이 되어서는요?"

"다시 시작했지. 처음엔 아주 조금씩 쓰다가 점점 양을 늘려갔소. 스물세 살 때부터 일정한 리듬을 타기 시작해서 이후 삼십육 년간 그 리듬을 유지했다오."

" '일정한 리듬' 이란 뭘 의미하는지요?"

"계속 그 짓만 했다는 거요. 줄곧 글만 써댔다고. 먹고 시가 피고 잠자는 것 외에 난 다른 소일거리가 없었소."

"외출도 안 하셨습니까?"

"꼭 필요한 경우가 아니면."

"사실 선생님께서 전쟁중에 무슨 일을 하셨는지는 아무도 모릅니다."

"나도 모르오."

"어떻게 그런 말씀을?"

"사실이오. 스물세 살 때부터 쉰아홉 살이 될 때까지는 하루하루가 다 비슷했소. 그 삼십육 년간은 서로 날짜가 뒤바뀌어도 상관 없을 정도로 엇비슷한 나날들의 연속이었지. 일어나면 글을 썼고 글쓰기를 끝내면 잠자리에 들었소."

"그렇긴 해도 다른 사람들과 마찬가지로 전쟁의 영향을 받으셨을 거 아닙니까? 가령 먹거리는 어떻게 구하셨습니까?"

기자는 그것이 뚱보 작가 선생의 생활에서 가장 중요한 부분이라는 것을 알고 있었다.

"그렇지, 전시에 배를 곯았던 기억이 나오."

"당연히 그러셨겠지요!"

"그렇지만 고통스럽진 않았소. 당시에 난 먹보였지 미식가는 아니었거든. 게다가 시가를 듬뿍 비축해 두고 있었으니까."

"언제부터 미식가가 되셨습니까?"

"절필했을 때부터. 그 전까지는 짬이 나질 않았다오."

"그런데 왜 절필하셨습니까?"

"내 나이 쉰아홉이던 해의 어느 날, 이젠 끝이라는 생각이 들더구면."

"어떤 점에서 그런 생각이 드셨는지요?"

"모르겠소. 폐경기가 오는 것과 같았지. 그래서 미완성 소설을 한 편 남기게 되었소. 썩 잘된 일이오. 성공한 작가라면 미완성 소설 한 편쯤은 있어야 믿음이 가는 법이지. 그렇지 않으면 삼류 작가 취급을 받게 된다오."

"그러니까, 삼십육 년간 줄곧 글만 쓰시다가 하루아침에 완전히 그만두셨다는 말씀이십니까?"

"그렇소."

"그러면 그 후 이십사 년간은 뭘 하셨습니까?"

"말했잖소, 미식가가 되었다고."

"직업 미식가요?"

"그보다는 전업 미식가라고 하시오."

"그 외에는요?"

"미식가 노릇을 하다 보면 시간이 훌쩍 지나간다오. 그 외에는 별로 한 일이 없소. 고전 문학을 다시 읽기도 했지. 참, 잊어버리고 말 안 했구먼. 텔레비전을 장만했다오."

"이럴 수가! 선생님께서 텔레비전을 다 보십니까?"

"광고를 본다오. 아니 광고만 보지. 썩 재미있던걸."

"다른 건 안 보십니까?"

"안 봐. 광고 말고는 재미있는 게 없소."

"정말 대단하십니다. 그러니까 먹고 텔레비전 보는 걸로 이십사 년을 보내셨다는 말씀이지요?"

"아니, 자기도 하고 시가도 피웠지. 책도 좀 읽었고."

"그런데도 선생님은 계속 사람들의 화제에 오르셨잖습니까."

"그게 다 내 비서 탓이오. 그 잘난 에르네스트 그라블랭 말이오. 그자가 내 서랍을 비워내고 출판업자들을 만나고 나에 관한 전설을 만들어냈지. 그것도 모자라 이 집에 의사들의 처방까지 끌어들이더군. 식이요법을 따르게 하려고 말이지."

"소용 없었죠."

"다행이지. 먹을 걸 줄여봐야 소용 없었을 테니까. 따지고 보면 내 암의 발병 원인은 음식과는 상관이 없소."

"그럼 원인이 뭡니까?"

"아직 의문으로 남아 있다오. 하지만 음식과 무관한 건 사실이오. 엘젠바이베르플라츠(이 이름을 발음하면서 뚱보 작가 선생은 몹시 행복해했다)에 의하면 필시 유전자 변이가 문제라는 거요. 탄생 이전에 계획된 일이라는 거지. 그러니 난 아무 음식이나 먹어도 되는 거요."

"사형 선고를 받고 태어나신 셈이군요?"

"그렇소, 기자 양반. 진짜 비극의 주인공처럼 말이오. 누구든 내 앞에서 인간의 자유 어쩌고 떠들기만 해보라지."

"어쨌든 팔십삼 년이나 집행 유예의 혜택을 누리지 않으셨습니까?"

"바로 그거요, 집행 유예."

"팔십삼 년간 자유로웠다는 것을 부인하지는 않으시겠지요? 가령, 글을 쓰지 않을 수도 있으셨을 테고……"

"혹시 내가 글을 썼다는 걸 비난하려는 거요?"

"그런 말이 아닙니다."

"허어, 유감인걸. 이제 막 기자 양반을 우러러보려던 참인데."

"글을 쓰신 걸 후회하시는 건 아니죠?"

"후회라니? 난 후회 같은 건 할 줄 모르는 사람이오. 캐러멜 하나 드시겠소?"

"아뇨. 괜찮습니다."

작가 선생은 캐러멜을 입에 집어넣더니 쩝쩝 소리를 내며 우물우물 씹어먹었다.

"타슈 선생님, 죽는 게 두려우십니까?"

"전혀. 죽음이 뭐 대단한 변화일 리 없거든. 대신 난 고통이 두렵소. 그래서 아편을 다량 구입해놨지. 고통스러우면 나 혼자서 주사를 놓을 작정이오. 그래서 난 죽음이 두렵지 않다오."

"사후 세계를 믿으십니까?"

"아니."

"그럼 죽음이 소멸이라고 생각하십니까?"

"이미 소멸되어 있는데 뭐가 또 소멸된단 말이오?"

"그것 참 끔찍한 대답이군요."

"대답이 아니오."

"압니다."

"총명하시구려."

"그러니까, 제 말은……(기자는 어떻게든 말을 이어보려고 애를 썼다. 그 와중에도 적절한 표현을 찾지 못해 난감해진 척하면서.) 소설가란 질문을 제기하는 사람이지 답을 제시하는 사람이 아니라는 겁니다."

죽음과도 같은 침묵.

"따지고 보면…… 그것도 제가 말씀 드리려던 건 아닙니다만……"

"아니라고? 유감이오. 그만하면 괜찮다고 생각했는데."

"이제 선생님의 작품에 대해 이야기할까요?"

"꼭 그러셔야 하겠다면."

"작품에 대해 이야기하길 싫어하시는군요. 그렇죠?"

"이 양반한테는 아무것도 숨길 수가 없다니까."

"대문호들이 다 그렇습니다만, 선생님께서도 작품 이야기만 나오면 굉장히 수줍어하시는군요."

"수줍어한다고? 내가? 착각이시겠지."

"선생님께선 스스로를 깎아 내리는 데서 즐거움을 느끼시는 것 같습니다. 왜 수줍어한다는 말에 거부감을 보이십니까?"

"내가 수줍음 타는 사람이 아니니까 그렇지, 이 양반아."

"그럼 왜 선생님이 쓰신 소설에 대해 이야기하는 걸 싫어하십니까?"

"소설에 대해 이야기하는 건 쓸데없는 짓이니까."

"하지만 작가로부터 직접 창작 과정에 대해 들어보면 얼마나 흥미진진한데요. 그가 어떻게, 왜, 무엇에 반대해서 글을 쓰는

지에 대해 알 수 있으니까요."

"그런 이야기를 흥미진진하게 늘어놓는 작가가 있다면, 십중 팔구 다음 두 가지 경우 중 하나에 속할 거요. 첫번째는 자기가 책 속에 써놓은 내용을 목청껏 떠들어대는 거지. 앵무새란 얘기요. 두번째는 책에 써놓지 않은 것들에 대해 흥이 나서 이야기하는 것이고. 이 경우는 실패한 작가지. 쓰고자 하는 걸 책 속에 담아내지 못했으니까."

"그렇다 해도 많은 대문호들이 그런 함정을 피해가면서 자신의 작품에 대해 훌륭한 해설을 들려주지 않았습니까."

"모순에 빠지셨구먼. 불과 2분 전만 해도 대문호들은 작품 이야기만 나오면 몹시 수줍어한다고 하더니."

"하지만 작품이 품고 있는 비밀을 건드리지 않으면서 작품 이야기를 할 수도 있지요."

"허, 그렇소? 벌써 시도해보셨나?"

"아뇨. 전 작가가 아니잖습니까."

"그럼 무슨 근거로 그런 객쩍은 소릴 늘어놓는 거요?"

"작가 인터뷰를 한두 번 해본 게 아니니까요."

"혹시나 해서 하는 말인데, 감히 날 그런 얼치기 작가들하고 비교하려는 거요?"

"얼치기 작가들이 아닙니다!"

"자기 작품에 대해 이야기하면서 흥미진진해하는 동시에 또 수줍어했다면 그게 바로 얼치기 작가라는 증거요. 수줍음을 타는 사람이 어떻게 작가가 될 수 있겠소? 세상에서 제일 뻔뻔한 직업이 바로 작가라는 직업이오. 문체니 주제니 줄거리니 수사법 같은 것들을 통해서 작가가 이야기하고자 하는 건 오로지 작가 자신이니까. 그것도 말이라는 걸 갖고 그렇게 한단 말이지. 화가나 음악가도 자신에 대해 이야기하지만 우리네 작가들처럼 말이라는 잔인한 도구를 갖고 그렇게 하진 않소. 암, 기자 양반. 작가는 음란해야 하오. 음란하지 않다면 회계사나 열차 운전수나 전화 교환수 노릇을 하는 게 더 낫지. 다 존경받아 마땅한 직업들 아니오."

"그렇군요. 그럼 이제 선생님께서 왜 그렇게 수줍어하시는지 이야기해주시겠습니까?"

"무슨 이야기를 하라는 거요?"

"당연히 이야기해주셔야지요. 60여 년간 전업 작가로 활동하셨는데 인터뷰는 이번이 처음이잖습니까. 신문사나 잡지사의 취재에 한 번도 응해주신 적이 없는 데다 문인협회든 비문인협회든 어떤 협회에 가입하신 적도 없지요. 말하자면 장보러 가실 때 말고는 이 아파트를 떠나지 않으신다는 겁니다. 친구분이 있으신 것 같지도 않고요. 그게 수줍음 때문이 아니면 무엇 때문이겠습니까?"

"눈이 어둠에 좀 익숙해졌소? 이제 내 얼굴이 보이오?"

"예, 어렴풋이 보이는데요."

"그럼 눈치를 채셨을 텐데. 이것 보시오, 기자 양반. 내가 잘

생겼다면 여기 이렇게 웅크린 채 살고 있진 않을 거요. 또 그랬으면 애초에 작가가 되지도 않았을 거고. 건달이나 노예상이나 바텐더, 그도 아니면 혼인 빙자 사기꾼이 되었을 테지."

"그러니까, 선생님의 적성이 선생님의 외양과 연관되어 있다는 말씀인가요?

"글쓰기는 적성과 상관 없소. 못생겼다는 걸 알고 나서 그냥 시작하게 된 거지."

"못생겼다는 건 언제 알게 되셨는데요?"

"아주 일찌감치. 예전부터 못생겼었으니까."

"그렇게 못생기신 건 아닌데요."

"예의를 아는 분이시구먼, 기자 양반은."

"살집이 좋으신 거지 못생기신 건 아니라고요."

"나 같은 사람이 못생긴 게 아니면 못생긴 사람이 어디 있겠소? 턱은 사중 턱이지, 눈은 단춧구멍이지, 코는 주먹코인 데다 머리통이고 뺨이고 간에 털이라곤 한 오라기도 없이 민숭민숭하지, 목덜미는 쭈글쭈글하니 늘어졌고 볼살은 축 처졌지…… 듣는 사람 생각해서 이만 해두리다."

"예전부터 그렇게 살집이 좋으셨나요?"

"열여덟 살 때의 내 모습도 꼭 이랬다오…… 뚱뚱하다고 해도 괜찮소. 화 안 나니까."

"예, 뚱뚱하시죠. 그래도 전율을 느낄 정도는 아닙니다."

"동감이오. 더 흉측한 모습일 수도 있었겠지. 붉은 반점이나 무사마귀가 덕지덕지 난……"

"그러고 보니 살결이 아주 고우시군요. 희고, 매끈하고, 만지면 보들보들할 것 같은데요."

"내시들이 그렇다오, 기자 양반. 얼굴 피부가 그러니 뭔가 좀 야릇해 보이지. 가뜩이나 투실투실하고 민숭민숭한데 말이오. 사실 얼굴이 아니라 매끈하고 보드라운 게 꼭 볼기짝 같잖소. 혐오스럽다기보단 우스꽝스러운 얼굴이지. 혐오스러운 얼굴인 게 더 나을 수도 있을 거요. 자극적이기라도 하니까."

"겉모습 때문에 그렇게 괴로워하시는 줄은 꿈에도 몰랐습니다."

"난 괴롭지 않소. 남들이 괴롭지. 나를 보는 사람들 말이오. 난 날 보지 않는데 뭐. 난 절대 거울을 보지 않소. 지금과 다른 삶을 살았더라면 괴로웠을지도 모르지. 하지만 이런 삶을 사는 데는 이런 몸이 제격이오."

"지금과 다른 삶을 사는 게 더 나았을 거라 생각하십니까?"

"모르겠소. 어떤 삶이든 나름대로 가치가 있다는 게 내 생각이오. 한 가지 분명한 건 내가 후회 같은 건 하지 않는 사람이라는 거요. 내가 다시 열여덟 살로 돌아가고 지금 모습 그대로라도 난 다시 시작할 거요. 지금까지 살아온 것과 똑같이 살아갈 거란 말이오…… 이제껏 살기나 했는지 모르겠지만."

"글을 쓰는 건 사는 게 아닌가요?"

"난 그런 질문에 대답할 입장이 못되오. 다른 일을 해 본 적이 없으니까."

"스물두 권이나 되는 소설이 이미 출간되었고, 그 외 다른 소설들도 출간될 예정이라고 말씀하셨지요. 이 방대한 작품 세계에 생명을 불어넣는 수많은 등장인물들 중에 특별히 선생님을 닮은 인물이 있습니까?"

"없소."

"정말이십니까? 한 가지 고백하겠습니다. 선생님의 쌍둥이 형제 같은 등장인물이 있던데요."

"허어."

"그렇다니까요. 『고통 없는 십자가형』에 나오는 수수께끼 같은 밀랍상인 말입니다."

"그 밀랍상인? 어처구니없구먼."

"이유를 말씀 드리지요. 그가 말을 하는 장면마다 선생님은 '십자가형'을 '십자가상'으로 표기하셨잖습니까."

"그래서 어쨌다는 거요?"

"그는 다 안다는 거지요. 자신의 이야기가 '가상'의 이야기, 즉 허구라는 것 말입니다."

"그건 독자도 아는 거요. 그것만으로 나를 닮았다고 할 수는 없지."

"또 그는 십자가형을 받고 죽은 사람들의 얼굴을 밀랍으로 떠내는 일에 광적으로 매달리지요."

"난 그런 일은 한 적 없소. 정말이오."

"물론 그러시겠지요. 그건 선생님께서 하시는 일에 대한 메타포 아닙니까."

"메타포에 대해 잘 아시나 보오, 젊은 양반?"

"뭐…… 남들이 아는 만큼은 압니다."

"기발한 대답인데. 사실 사람들은 메타포에 대해 아무것도 모르오. 그런데도 이 단어는 아주 잘 팔려나가고 있지. 도도해 보이거든. '메타포'. 일자무식쟁이라도 이게 그리스어에서 온 단어라는 것쯤은 눈치챌 수 있을 거요. 어원이 기똥차게 고상해 보이지. 허세야…… 순 허세라고. '메타'라는 접두사가 지긋지긋할 정도로 많은 의미를 지니고 있다는 것과 '포'의 어원인 '페로'가 별 뜻도 없이 귀에 걸면 귀걸이, 코에 걸면 코걸이 식으로 쓰이는 동사라는 걸 알고 있는 사람이라면, 양심의 가책을 느끼지 않기 위해서라도 '메타포'란 두루두루 아무 뜻으로나 쓰일 수 있는 말이라고 결론짓게 될 거요. 통상적인 용법을 살펴보더라도 똑같은 결론에 이르게 될 테고."

"그게 무슨 말씀이신지요?"

"말한 그대로요. 난 말이오, 메타포를 쓰지 않소."

"그럼 그 밀랍으로 된 거푸집들은 뭡니까?"

"거푸집은 거푸집일 뿐이오, 기자 양반."

"그 말씀을 듣고 보니 실망스럽습니다, 타슈 선생님. 메타포에 근거한 해석을 완전히 배제하고 나면 선생님의 작품에서 남는 건 악취미뿐인데요."

"악취미도 악취미 나름이오. 우선 건전하고 생산적인 악취미가 있소. 그런 악취미가 불러일으키는 공포는 건강에 이롭지. 카타르시스를 맛보게 해주는 공포, 명랑하고 남성적인 공포란 말이오. 우리 몸이 꼭 필요로 하는 구토 같은 거지. 또 다른 악취미는 사도 행세를 하는 악취미요. 건전한 악취미가 멋지게 게워놓은 토사물을 보고 화를 내는 악취미, 잠수복을 갖춰 입고 그 사이를 지나가는 악취미지. 이 잠수부가 바로 메타포요. 메타포를 통해 내 작품을 본 사람은 마음 푹 놓고 외치겠지. '타슈를 다 가로질렀는데도 난 조금도 더럽혀지지 않았어!'"

"하지만 그것 역시 메타포 아닙니까?"

"그럴 수밖에. 난 메타포로 메타포를 부수려 하고 있거든. 내가 구세주 노릇을 하고 싶었다면, 사람들을 열광의 도가니로 몰아넣을 마음이었다면, 이렇게 외쳤을 거요. '신참자들이여, 내 구원의 의식에 동참할지어다. 우리는 메타포들을 메타포화하고 혼합하여 백설 같은 거품을 일으킨 다음 수플레(거품을 낸 달걀 흰자에 우유, 치즈 등을 넣고 오븐에서 구운 요리 : 옮긴이)를 만들 것이니라. 수플레를 부풀어오르게 할지어다, 놀랍도록 부풀어오르게 할지어다, 하늘 높이 부풀어오르게 할지어다…… 그리하여 마침내 터져버리게 할지어다. 신참자들이여, 수플레를 가라앉게 할지어다, 쭈그러들게 할지어다. 수플레는 식탁에 앉은 사람들을 실망시킬 것이니라. 그리고 우리는 지극한 기쁨을 맛볼 것이니라!'"

"작가가 메타포를 싫어하는 건 은행가가 돈을 싫어하는 것만큼이나 터무니없는 일인데요."

"단언하건대 훌륭한 은행가들은 돈을 싫어하오. 그게 뭐 터무니없는 일이란 말이오. 그 반대지."

"그래도 단어들은 좋아하시겠지요?"

"허어, 아주 좋아하지. 하지만 메타포를 싫어하는 건 단어들과는 상관없는 일이오. 단어들은 멋진 재료, 그야말로 신성한 재료지."

"그럼 메타포는 요리로군요…… 그런데 선생님께선 요리를 좋아하시지 않습니까."

"아니지, 기자 양반, 메타포는 요리가 아니오…… 문장이 요리지. 메타포는 자기 기만일 뿐이오. 토마토를 베어 물고서는 꿀맛이 난다 하고, 꿀을 먹으면서는 생강맛이 난다 하고, 생강을 씹으면서는 살사(나리과의 식물. 뿌리는 이뇨제로 쓰임 : 옮긴이)맛이 난다 하고, 그리고 또……"

"됐습니다. 알아들었으니 그만하셔도 됩니다."

"아니, 아직 이해를 못하셨는걸. 메타포가 과연 무엇인지 이해하게 만들려면 몇 시간이고 이 짓을 되풀이해야 할 거요. 메타포를 쓰는 작자들은 당최 그만둘 줄을 모르거든. 웬 자선가가 나타나 머리통을 부숴놓는다면 모를까."

"그 자선가가 혹시 선생님 아닙니까?"

"아니오. 난 사람이 물러터지고 친절하기만 해서 말이오."

"친절하시다고요? 선생님께서요?"

"끔찍할 정도지. 난 나처럼 친절한 사람은 본 적이 없소. 무시무시한 친절이라오. 타고난 성품이 상냥해서 친절한 게 아니라 기운이 없어서, 성질 부리기 싫어서 친절한 거니까. 나는 툭하면 성질을 부리는 사람이거든. 한 번 성질이 나면 걷잡을 수가 없지. 그래서 성질이 날 일을 피하는 거요. 흑사병 피하듯이."

"친절을 경멸하십니까?"

"내가 무슨 이야기를 하는지 전혀 이해하지 못하셨구먼. 난 상냥한 성품이나 사람에 대한 사랑에서 저절로 우러나오는 친절을 보면 감탄을 금치 못하오. 하지만 그런 친절을 베푸는 사람이 과연 몇 명이나 되겠소? 대부분의 경우 우리네 인간들이 친절을 베푸는 건 남이 자기를 귀찮게 하지 않았으면 하는 마음에서요."

"그렇다고 해두지요. 그래도 밀랍상인이 왜 죽은 사람들의 얼굴을 밀랍으로 떠내는지는 여전히 의문인데요."

"못할 거 없잖소? 직업엔 귀천이 없소. 당신은 기자 아니오. 왜 기자 노릇을 하는지 내가 물어봤소?"

"물어보셔도 되는데요. 내가 기자 노릇을 하는 건 사람들이 기자를 필요로 하기 때문입니다. 사람들은 내가 쓴 기사에 관심을 갖고, 내 기사가 실린 신문을 삽니다. 나는 사람들에게 정보를 전해줄 수가 있지요."

"나라면 자기 자랑 따윈 하지 않을 텐데."

"내 참, 타슈 선생님, 먹고 살려니 할 수 없잖습니까!"

"그런가?"

"선생님께서도 선생님을 필요로 하는 사람들을 위해 일을 하셨던 거 아닙니까?"

"그야 두고 볼 일이지."

"적어도 밀랍상인은 그랬겠지요."

"그 밀랍상인을 계속 물고 늘어지는구먼. 그가 왜 죽은 사람들의 얼굴을 밀랍으로 떠내느냐고? 모르긴 해도 당신과는 정반대의 이유에 의해서일 거요. 즉 그 밀랍 거푸집을 필요로 하는 사람이 없고, 그것에 관심을 갖는 사람이 없고, 그것을 사는 사람이 없고, 그 일을 하면서 사람들에게 어떤 정보도 전해줄 수 없기 때문이오."

"그럼 부조리 그 자체군요?"

"당신이 하는 일보다 부조리하진 않지. 이게 당신 직업에 대한 내 견해요…… 내 견해를 필요로 하는지 모르겠소만."

"물론입니다. 전 기자니까요."

"그렇고말고."

"기자들에 대해서 왜 그리도 사납게 구십니까?"

"기자들에 대해서가 아니오. 당신에 대해서지."

"제가 뭘 잘못했습니까?"

"해도 너무했지. 계속해서 나를 모욕했잖소. 메타포를 쓴다고 하질 않나, 악취미라고 비난하질 않나, 그렇게 못생긴 건 아니라고 하질 않나, 밀랍상인을 물고 늘어지질 않나, 그것도 모자라서 내 말을 이해한다고 주장하기까지 했잖소."

"하지만…… 그럼 달리 어떤 말을 해야 하는지요?"

"그야 당신이 알아서 할 일이지. 당신이 기자지 내가 기자요. 당신 같은 미련퉁이가 감히 이 프레텍스타 타슈를 찾아와 성가시게 굴다니."

"선생님께서 허락하신 일 아닙니까."

"맹세코 아니오. 이것도 그 머저리 같은 그라블랭이 한 일이오. 지지리 사람 보는 눈도 없으면서."

"아까는 능력 있는 사람이라고 하지 않으셨습니까?"

"그래도 바보짓 하는 건 어쩔 수 없소."

"에이, 타슈 선생님, 본심은 그렇지 않으면서 공연히 심통 부리지 마십시오."

"무뢰배 같으니! 당장 나가시오!"

"하지만…… 인터뷰를 시작한 지 얼마 되지도 않았는데요."

"아니, 너무 오래 했어. 후레자식 같으니! 나가! 가서 기자들한테 프레텍스타 타슈는 존경받아 마땅한 사람이라고 전해!"

기자는 꽁무니가 빠져라 달아났다.

동료 기자들은 아파트 맞은편의 카페에 앉아 한 잔씩 걸치고 있다가 그가 예상보다 너무 이른 시각에 밖으로 나오는 것을 보게 되었다. 기자들은 그에게 들어오라고 손짓했다. 그는 가엾게도 새하얗게 질린 얼굴을 하고 그들 사이에 털썩 주저앉았다.

　트리플 포르토 플립(포르투갈 산 레드 와인과 코냑을 2:1로 혼합한 뒤 달걀 노른자와 설탕을 첨가한 칵테일 : 옮긴이)을 한 잔 주문하고 나서 기운을 차린 그는 끔찍한 경험담을 늘어놓기 시작했다. 겁에 질린 그는 지독한 냄새를 풍기고 있었다. 고래 뱃속에서 나온 요나(구약 성서에 나오는 이스라엘의 예언자. 하느님의 명령을 어기고 달아나다가 바다에서 폭풍을 만나고 그 와중에 고래 뱃속에 들어가게 되어 사흘 밤낮을 그 속에서 지내다 겨우 살아났다 : 옮긴이)가 바로 그런 냄새를 풍겼을 터였다. 기자들은 그와 함께 앉아 있기가 거북했다. 그 자신도 악취를 의식한 걸까? 요나에 대해 이야기하는 것이었다.

　"완전히 고래 뱃속이더군요! 정말이지, 영락없는 고래 뱃속이었어요! 어둡고, 더럽고, 무섭고, 답답하고······"

　"악취는요?" 한 기자가 정곡을 찌르는 질문을 던졌다.

　"악취만 나지 않더군요. 문제는 타슈였어요! 타슈 말입니다! 정말 독사 같더군요, 그 작자! 간덩이가 부어도 유분수지! 위도 그렇게 탱탱 부풀어 있겠죠! 박쥐처럼 음험한 데다 쓸개즙처럼 쓴 소리만 해대고! 흘깃 바라보기만 하는데도 나를 집어삼켜서 파시스트적인 소화 효소로 분해시키는 것 같은 느낌이 들더라고요!"

　"에이, 허풍 떨지 말아요!"

　"허풍이라니요, 더 심한 말을 해도 모자랄 판인데. 마지막에

화내는 걸 봤어야 해요! 그런 식으로 화를 내는 사람은 처음 봤어요. 정말 끔찍하더군요. 벼락치듯 화를 내면서도 절대 이성을 잃지 않더라고요. 난 그 뚱땡이가 벌겋게 달아올라서 호흡 곤란을 일으키고 중오에 찬 땀을 흘려댈 줄 알았어요. 천만에요. 불꽃이 튀는 동시에 냉랭하기 짝이 없습디다. 나더러 나가라고 할 때의 그 목소리라니! 환상 속에서나 들을 법한 목소리, 중국의 천자가 급히 밤참을 들이라고 명령할 때의 바로 그 목소리였다니까요."

"어쨌거나 위인과 어깨를 나란히 할 기회를 가졌잖아요."

"그런가요? 이번만큼 나 자신이 비참하게 느껴진 적이 없는데요."

포르토 플립을 벌컥벌컥 들이킨 그는 흐느껴 울기 시작했다.

"에이, 우리 기자들이 등신 취급 당하는 게 한두 번도 아닌데 뭘 그래요!"

"그렇죠, 더 심한 꼴을 당한 적도 있어요. 하지만 이번엔…… 나가라고 할 때의 말투하며, 경멸로 차갑게 굳은 그 매끈매끈한 얼굴하며…… 정말이지 안 나가곤 못 배기겠던걸요!"

"녹음한 거 들어봐도 돼요?"

경건한 침묵 속에 녹음기가 진실을 펼쳐 보였다. 하지만 부분적인 진실이었다. 평온한 안색, 어둠, 무표정하고 두툼한 손, 활기라곤 없는 묵중한 분위기 등 불쌍한 기자로 하여금 겁먹은 자의 악취를 풍기게 만든 모든 요소들이 삭제되어 있었으니까. 다

들고 난 기자들은 개나 소나 할 것 없이 너도나도 작가를 편들고 나섰다. 감탄을 금치 못했다. 그리고는 하나같이 피해자에게 이러쿵저러쿵 설교를 늘어놓았다.

"에이, 화를 자초했네요! 교과서식으로 문학에 대해 이야기하다니. 선생이 왜 화를 냈는지 알 만해요."

"왜 선생을 소설 속 등장인물과 동일시하려고 했어요? 너무 유치하잖아요."

"게다가 약력이나 따지고. 요즘 사람들은 그런 것에 신경 안 써요. 프루스트의 『생트 뵈브를 반박함』(19세기의 프랑스 문인인 생트 뵈브는 실증주의 정신에 입각, 작가의 사생활과 작품 사이에 불가분의 관계가 있으며 서로 영향을 미친다고 주장했다. 이 주장을 반박하는 비평적 에세이 : 옮긴이)도 안 읽어봤어요?"

"정말 실수했어요. 작가 인터뷰에 이골이 났다고 이야기하다니!"

"불손했죠. 그렇게 못생긴 건 아니라니요! 최소한의 예의는 지켜야지. 한심한 사람 같으니!"

"메타포는 또 어떻고! 정말 제대로 걸린 거지. 마음 아프게 하고 싶진 않지만, 미움 살 짓을 했다고 말할 수밖에 없네요."

"말이 나왔으니 말인데, 타슈 선생 같은 천재 앞에서 부조리 운운하다니요! 어떻게 그런 소갈머리 없는 짓을!"

"어쨌든 한 가지는 밝혀졌네요. 인터뷰는 실패했지만, 타슈 선생이 정말 대단한 인물이라는 것 말이에요! 그 넘치는 지성이라니!"

"청산유수 같은 언변하며!"

"그렇게 뚱뚱한데도 얼마나 섬세한지!"

"심술 속에 번뜩이는 재치하며!"

"심술궂다는 건 인정하죠?" 불쌍한 기자가 버럭 소리를 질렀다. 물에 빠진 사람이 지푸라기라도 잡는 심정으로.

"뭐 별로. 제가 보기엔 그래요."

"형한테는 친절하던데요."

"유머 감각도 있고. 형이 선생을 이해한다는 등…… 미안해요…… 바보 같은 말을 할 때, 거리낌없이 마구잡이로 욕을 퍼부을 수도 있었을 텐데 그러지 않았잖아요. 대신 뼈 있는 유머를 구사했죠. 형은 미처 알아차리지도 못했을 테지만."

"연작이 봉황의 뜻을 어찌 알리오."

다들 불쌍한 기자를 가지고 놀았다. 기자는 트리플 포르토 플립을 한 잔 더 주문했다.

프레텍스타 타슈는 알렉산드라(코냑과 코코아 크림을 2:1로 혼합한 뒤 생크림을 가미한 칵테일 : 옮긴이)를 좋아했다. 술을 잘 마시지는 않았지만 그래도 뭔가 홀짝이고 싶을 때면 늘 알렉산드라를 마셨다. 그리고 반드시 손수 만들어 마셨다. 다른 사람들의 혼합 비율을 신뢰하지 않아서였다. 알렉산드라에 대해 확고한 신념을 지닌 뚱보 선생은 다음과 같은 격언을 만들어내어 투지에 불타는 모습으로 읊조리곤 했다. "누군가가 양심적인지 비양심적인지는 알렉산드라를 어떤 혼합 비율로 만드는지를 보면 알 수 있다."

이 격언을 타슈 선생 자신에게 적용하면 선생이야말로 양심의 화신이라는 결론을 내리지 않을 수 없었다. 달걀 노른자 먹기 대회 챔피언이나 가당 연유 먹기 대회 챔피언이라도 선생의 알렉산드라 한 모금이면 그 자리에서 녹다운되었을 터였다. 소설가 선생은 그걸 굽 높은 큼직한 잔으로 몇 잔씩 마시고도 끄떡없었다. 놀라는 그라블랭에게 선생은 이렇게 말했다. "난 알렉산드라에 있어 미트리다테스 대왕(폰투스의 왕 미트리다테스 6세(기원전 132~63년)는 독살에 대해 광적인 두려움을 가지고 있어서 노예와 사형수들을 대상으로 끊임없이 독약과 해독제에 대한 실험을 했다고 한다. 마침내 그가 만들어낸 해독제는 미트리다티움으로 불리게 되었다 : 옮긴이)과 같은 존재라네."

"누가 선생님 앞에서 알렉산드라 얘기를 하겠습니까?" 에르네스트가 맞장구를 쳤다.

"이것이야말로 알렉산드라의 정수라네. 시정잡배들은 결코 그 비결을 알 수 없는 법이지."

이런 엄숙한 선언 앞에서는 할 말이 없어지는 법이다.

"**타슈** 선생님, 인터뷰를 시작하기에 앞서 기자의 한 사람으로서 어제 일에 대해 심심한 사과를 드립니다."

"어제 무슨 일이 있었소?"

"그럼요. 웬 기자가 선생님을 성가시게 해서 우리네 기자들의 명예를 실추시키지 않았습니까."

"아하, 기억나는구면. 참 싹싹한 젊은이였지. 인터뷰하러 다시 오려나?"

"그럴 일 없으니 안심하십시오. 벌을 받았는지 지금 몹시 앓고 있답니다."

"가엾게도! 왜 그렇게 됐소?"

"포르토 플립을 너무 많이 마셨거든요."

"내 진작부터 알고 있었는데, 포르토 플립은 허섭스레기라오.

원기 회복을 위해 한 잔씩 걸치는 버릇이 있는 줄 알았으면 내가 손수 맛있는 알렉산드라를 만들어줬을 텐데. 신진대사를 활발하게 하는 데는 그게 최고지. 한 잔 하시겠소, 젊은 양반?"

"근무중이라 안 됩니다. 말씀은 고맙습니다만."

이 거절로 인해서 자신을 바라보는 선생의 시선에 불신이 가득 담기게 되었음을 기자는 미처 알아차리지 못했다.

"타슈 선생님, 어제 인터뷰하러 왔던 기자를 너무 탓하지 않으셨으면 합니다. 변명으로 들릴지 모르지만, 우리네 기자들 중에 선생님 같은 대문호와 인터뷰할 만한 소양을 갖춘 사람은 거의 없다고 봐야 하니까요……"

"거 참 요지경일세. 나와 인터뷰할 소양을 갖춘다고! 〈천재들과의 대담법〉이란 과목도 있는 모양이구먼! 기가 막혀서!"

"그렇죠? 말씀을 듣고 보니 그 기자를 탓하지 않으시는 것 같군요. 너그럽게 봐주셔서 감사합니다."

"그 기자에 대해 이야기하러 온 거요, 나에 대해 이야기하러 온 거요?"

"그야 물론 선생님에 대해서죠. 본격적인 인터뷰는 이제부터 시작인데요."

"유감인데. 벌써부터 맥이 빠지는구먼. 알렉산드라를 한 잔 마셔야지 안 되겠어. 잠시만 기다리시오…… 따지고 보면 이것도 당신이 자초한 일이오. 알렉산드라에 대해 말하지 말았어야지. 당신 이야기를 듣다보니 알렉산드라가 못 견디게 마시고 싶지 뭐요."

"하지만 전 알렉산드라에 대해 말한 적 없는데요!"

"양심을 속이려 들지 마시오, 젊은 양반. 난 그런 거 딱 질색이오. 지금도 내가 만든 칵테일을 맛볼 생각이 없소?"

기자는 이 제안이 자신에게 주어진 마지막 기회라는 것을 알아차리지 못했다. 그리하여 그 기회를 그냥 날려보냈다. 소설가 선생은 투실투실한 어깨를 한 번 으쓱해 보이더니 웬 관 앞으로 휠체어 바퀴를 굴리며 다가갔다. 선생이 관 뚜껑을 들어올리자 술병이며 통조림이며 굽 높은 금속제 술잔 등이 보였다.

"메로빙거 왕조(프랑크 왕국 전반기(481~751)의 왕조 : 옮긴이) 때의 관이라오. 내가 칵테일 바로 개조했지."

뚱보 선생의 설명이었다.

선생은 큼직한 잔을 하나 집어 들더니 처음에는 코코아 크림을, 그 다음에는 코냑을 듬뿍 쏟아 부었다. 그리고는 교활한 표정으로 기자를 바라보았다.

"자, 이제 최고의 알렉산드라를 만드는 비결을 공개하겠소. 범속한 인간들은 마지막으로 생크림을 넣지. 그건 좀 무거운 것 같아. 그래서 난 같은 분량의…… (선생은 통조림을 하나 집어 들었다) 가당 연유를 넣는다오(넣는다는 말과 동시에 넣는 동작이 이루어졌다)."

"맛이 지독하게 느끼하겠는데요!" 기자가 외쳤다. 섶을 지고 불 속으로 뛰어든 격이었다.

"올해는 겨울 날씨가 푸근한 편이지. 날씨가 추울 때면 알렉산드라에 버터를 한 조각 넣기도 한다오."

"예?"

"암. 연유는 생크림보다 덜 기름지거든. 그러니 지방을 보충해줘야지. 사실 오늘이 1월 15일이니 이론상으로는 버터를 넣어야 하오. 하지만 그러려면 나는 부엌으로 가야 하고 기자 양반 혼자 여기 남게 되잖소. 그런 결례를 범할 수는 없지. 그러니 버터를 넣지 않고 먹으리다."

"괜찮습니다. 저는 신경 쓰지 마세요."

"아니, 그럴 순 없소. 최후 통첩 시한이 오늘밤으로 만료되는 것을 기념하며 버터 없이 마시겠소."

"걸프만의 위기를 체감하고 계십니까?"

"알렉산드라에 버터를 넣지 않을 정도로."

"텔레비전으로 뉴스도 보십니까?"

"광고 중간중간에 뉴스가 끼어드는 경우가 있거든."

"걸프만의 위기에 대해 어떻게 생각하십니까?"

"아무 생각 없소."

"그럴 리가요."

"아무 생각 없다니까."

"관심이 없으신가요?"

"천만에. 하지만 내가 무슨 생각을 하든 그게 무슨 의미가 있겠소. 걸음도 못 걷는 뚱보한테 그런 걸 물어보면 안 되지. 난 장

군도 평화주의자도 구조대원도 이라크인도 아니란 말이오. 대신 알렉산드라에 대해 물어보신다면 기차게 대답해 드리리다."

상상력을 멋지게 비약시킨 다음 그 마무리로 소설가 선생은 술잔을 입에 갖다 대고 몇 모금 꿀꺽꿀꺽 마셔댔다.

"왜 금속제 잔을 쓰십니까?"

"난 투명한 게 싫소. 그래서 내가 이렇게 뚱뚱한 거요. 남들이 내 속을 들여다보는 게 싫어서."

"타슈 선생님, 그 말씀을 들으니 질문을 하나 드리고 싶은데요. 모든 기자들이 다 하고 싶어하는 질문이지만 감히 할 엄두를 못 내는 질문이지요."

"몸무게가 몇 킬로냐고?"

"아뇨, 뭘 드시는지 궁금합니다. 그게 선생님의 생활에서 아주 중요한 부분이라는 건 누구나 다 아는 사실이지요. 식도락과 그 결과인 소화작용은 선생님의 몇몇 최근작에서 핵심적인 위치를 차지하고 있고요. 그러니까 『소화불량 옹호론』 같은 소설은 선생님의 형이상학적 관심사를 압축적으로 보여주는 것 같은데요."

"제대로 봤소. 나는 형이상학이 신진대사를 가장 잘 표현하는 방식이라고 생각하오. 이런 생각의 연장선상에서, 그러니까 신진대사가 동화작용과 이화작용으로 나누어진다는 점에 착안해서, 형이상학을 동화학과 이화학으로 나눈 거요. 이 둘 사이에 이원론적 긴장 같은 건 없소. 사고 과정에서 필연적으로, 그리고 골치 아프게도 동시에 생겨난 두 가지 측면일 뿐이니까. 사고라는 게 진부할 수밖에 없거든."

"자리와 초(超)형이상학(부조리극 〈위뷔왕〉시리즈로 유명한 프랑스의 극작가 알프레드 자리(1873~1907)의 조어로 예외적이고 부수적인 것을 연구하는 학문이라는 뜻을 지님. 파타피지크 : 옮긴이)에 대한 암시라고 보면 안 될까요?"

"아니오, 기자 양반. 난 진지한 작가란 말이오." 노작가는 냉랭한 어조로 말하더니, 다시 알렉산드라를 홀짝이기 시작했다.

"타슈 선생님, 이제 일상적인 소화과정에 대해 간략히 말씀해주시겠습니까?"

엄숙한 침묵이 뒤따랐다. 소설가 선생은 깊은 생각에 잠긴 듯했다. 이윽고 선생이 말을 시작했다. 진중한 태도였다. 무슨 비의(秘儀)를 전수하기라도 하는 듯했다.

"난 아침 여덟시쯤 일어나오. 일어나자마자 변소에 가서 방광과 대장을 비워내지. 자세히 이야기해 드릴까?"

"아뇨, 그 정도면 될 것 같습니다."

"다행이군. 소화작용에 있어 필수적인 단계인 것은 분명하지만 철두철미하게 지저분한 단계이기도 하니까. 내 말 믿어도 되오."

"믿습니다."

"보지 않고 믿는 자들에게 축복 있기를. 엉덩이에 파우더를 뿌리고 나면 옷을 입지."

"늘 이 가운만 입으시지요?"

"그렇소. 장보러 갈 때만 빼고."

"거동이 불편하신데 장을 보려면 힘들지 않으십니까?"

"계속 하다 보니 익숙해졌지. 옷을 입고 나면 부엌으로 가서 아침식사를 준비하오. 예전에 하루종일 글을 쓸 때에는 요리를 하지 않았소. 조잡한 것들을 먹을 수밖에 없었지. 식어빠진 순대라든지……"

"아침식사로 순대를 드셨다고요?"

"놀라는 것도 무리는 아니오. 하지만 그걸 아셔야지. 그 당시 내 관심사는 오로지 글쓰기밖에 없었다는 걸 말이오. 지금이야 아침부터 식어빠진 순대 같은 건 비위가 상해서 못 먹지. 20년 전부터는 거위 기름에다 한 20분간 볶아서 먹고 있다오."

"아침식사로 거위 기름에 볶은 순대를 드신다고요?"

"맛이 기가 막히지."

"뭘 곁들여 드십니까? 알렉산드라?"

"아니, 알렉산드라는 절대 먹을 것에 곁들이지 않소. 글을 쓸 적에는 아주 진한 커피를 마셨지. 지금은 에그 밀크(뜨거운 우유에 설탕을 넣고 달걀 노른자를 띄운 음료 : 옮긴이)를 마신다오. 식사가 끝나면 장을 보러 가오. 돌아와서는 아침 나절 내내 손이 많이 가는 요리들만 골라 오래도록 점심식사 준비를 하지. 골 튀김이라든지 콩팥 스튜라든지……"

"디저트도 손이 많이 가는 것으로 준비하시겠네요?"

"그럴 필요가 없소. 단것만 마시기 때문에 디저트 생각이 별로 안 난다오. 게다가 주전부리로 캐러멜을 먹기도 하는걸. 젊었을 적엔 스코틀랜드산 캐러멜을 좋아했소. 돌처럼 단단한 캐러멜이지. 애석하게도 나이가 들면서는 말랑말랑한 캐러멜만 찾게 되더구먼. 그것도 맛나긴 하지. 토피(캐러멜 타입의 영국산 사탕 : 옮긴이)를 씹다가 턱이 무지근하게 마비될 때쯤이면 그 무엇과도 견줄 수 없을 만큼 관능적인 느낌이 든다오…… 이 말은 적어놓으시오. 내가 생각해도 참 멋진 말이오."

"그럴 필요 없습니다. 다 녹음되었으니까요."

"뭐요? 순 사기로구먼! 그럼 실없는 소릴 해도 안 되겠네?"

"선생님께선 절대 실없는 소리를 안 하시잖습니까, 타슈 선생님."

"사기도 잘 치고 아첨도 잘 하시는구려, 기자 양반."

"부탁 드립니다. 선생님의 소화를 향한 십자가 길에 대해 계속 말씀해 주십시오."

"소화를 향한 십자가 길? 잘도 찾아냈구먼. 그거 혹시 내 소설 속에 나오는 말 아니오?"

"아뇨, 제가 지어낸 말인데요."

"그럴 리가. 틀림없이 프레텍스타 타슈식 표현인걸. 나도 한때는 내 작품들을 줄줄 욀 수 있었는데 애석하구먼. 기억력이 나이를 말해주는 거요. 안 그렇소? 동맥이 나이를 말해주는 게 아니라고. 돌팔이 의사들이나 그런 소릴 하지. 그런데 말이오,

'소화를 향한 십자가 길'이란 말을 내가 어느 책에다 써놨소?"

"타슈 선생님, 선생님이 그 말을 쓰신 적이 있는지는 모르겠지만 그렇다고 제가 그 말을 주제넘게 따라 한 건 아닙니다. 왜냐하면······"

기자는 말을 멈추고 입술을 깨물었다.

"······왜냐하면 내 책을 한 권도 읽어본 적이 없기 때문이다 이거요? 고맙소, 젊은 양반. 그게 바로 내가 알고 싶었던 거니까. 대체 당신이 뭐길래 그런 터무니없는 헛소리를 주워섬기는 거요? 내가 '소화를 향한 십자가 길' 같은 진부하고 알맹이 없는 말을 만들어냈을지도 모른다고? 그건 당신 같은 이류 신학도들이나 하는 짓이오. 어쨌든 변화를 싫어하는 노친네로서는 적이 마음이 놓이는구려. 문단이 하나도 변하지 않았다는 걸 확인했으니까. 예나 지금이나 '아무개'를 읽은 척하는 자들이 활개를 치지. 달라진 게 있다면, 요즘은 당신 같은 사람이 특별히 잘난 체할 수가 없다는 거요. 작가 소개서란 게 있으니까. 일자무식쟁이라도 그것만 읽으면 제법 교양 있는 티를 내며 대문호에 대해 이야기할 수 있거든. 당신은 바로 그 점에 있어서 헛다리를 짚었소. 난 내 책을 읽지 않은 것에 자부심을 가져도 된다고 생각하오. 내가 누구인지 모르는 채로 나를 인터뷰하러 오는 기자, 게다가 모른다는 사실을 숨기려 들지 않는 기자가 있다면 난 그를 열심히 칭찬해줄 거요. 하지만 당신이 나에 대해 아는 거라곤 인스턴트 밀크 쉐이크 같은 것들뿐이니······ '물만 부으면 바로 먹을 수 있는 밀크 쉐이크가 됩니다' …… 이보다 진부한 일이 어디 있겠소?"

"저희 쪽 사정을 이해해주셔야 합니다. 오늘이 15일인데, 선생님께서 암에 걸렸다는 소식이 전해진 건 10일이었어요. 두툼한 책을 스물두 권이나 내놓으셨는데 무슨 수로 그 짧은 시간에 다 읽는단 말입니까. 특히나 이 혼란스러운 상황에서요. 우리 기자들은 중동에서 타전되는 소식에 온 촉각을 곤두세우고 있습니다."

"물론 걸프만의 위기가 내 시체보다 흥미롭지. 나도 인정하오. 하지만 나에 대해 요약해놓은 책자들을 뒤적이는 시간에 내 책을 읽는 게 더 현명했을 거요. 스물두 권 중 단 열 페이지라도 말이오."

"한 가지 고백할 게 있습니다."

"그만두시오. 다 알고 있으니까. 읽으려고 해봤지만 단 열 페이지를 넘기기가 힘들더라, 그거 아니오? 얼굴을 보니 짐작이 가더구먼. 난 내 책을 읽은 사람들을 단박에 알아볼 수 있소. 얼굴에 그렇다고 써 있거든. 기자 양반은 고달파 보이지도 음란해 보이지도 뚱뚱해 보이지도 야위어 보이지도 않았소. 황홀경에 빠져 있는 것 같지도 않았고. 한마디로 건강해 보였다오. 내 책을 어제 그 기자만큼이나 읽지 않았다는 얘기지. 아닌 게 아니라 바로 그 때문에 내가 아직도 기자 양반에 대해 조금이나마 호감을 느끼고 있는 거요. 10페이지가 되기 전에 읽기를 포기했다는 것도 마음에 들고. 성깔이 있다는 증거거든. 난 한 번도 그 렇게 해보지 못했다오. 또 부질없으나마 고백을 하려고 한 게 기자 양반의 체면을 살려주었지. 사실 난 기자 양반의 멱살을 잡았을지도 모르오. 내 작품을 섭렵했다고 하는데도 지금처럼 아무렇지도 않아 보이는 모습이었다면 말이오. 이제 웃기는 가 정법은 그만 쓰기로 하지. 내 소화과정에 대해 이야기하던 중이 었던 걸로 기억하는데."

"맞습니다. 좀 더 구체적으로 말하면 캐러멜 이야기를 하고 있었죠."

"그러니까, 점심식사가 끝나면 난 끽연실로 간다오. 하루 중 가장 행복한 시간이라고 할 수 있지. 인터뷰는 오전중에만 할 거요. 오후엔 다섯시까지 계속 시가만 피우니까."

"왜 다섯시까지죠?"

"다섯시에 웬 멍텅구리 간호사가 찾아오거든. 나를 머리에서 발끝까지 씻기는 게 삶의 보람이라고 믿는 여자요. 그것도 다 그라블랭이 생각해낸 거요. 매일 목욕이라니, 얼마나 고역일지 짐작이 가시오? 백해무익이란 말이오. 그래서 난 나름대로 복수 를 한다오. 최대한 악취를 풍겨서 그 백의의 천사를 힘들게 하 는 거요. 우선 아침식사에 통마늘을 듬뿍 집어넣지. 혈액 순환 에 문제가 있는 사람처럼 말이오. 그리고 그 전속 세탁부가 쳐 들어올 때까지 인정사정 없이 시가를 피워대는 거요."

선생은 상스럽게 껄껄댔다.

"설마하니 불쌍한 간호사를 질식시키려는 일념만으로 그 많은 시가를 피우시는 건 아니겠죠?"

"그것도 이유라면 이유겠지. 하지만 보다 본질적인 이유는 내가 시가 피우는 걸 몹시 좋아한다는 거요. 하필 그 시간에 피우니까 문제지, 그렇지 않다면 전혀 해로울 것 없는 활동이지…… 활동이라고 한 건 말이오, 시가를 피울 땐 완전히 몰두해야 하기 때문이오. 누가 찾아와도 안 되고 딴생각을 해도 안 되지."

"흥미진진한 이야기로군요, 타슈 선생님. 하지만 옆길로 빠지신 것 같습니다. 시가는 소화와는 관계 없잖습니까."

"그렇게 생각하시오? 나는 그렇게 생각하지 않는데. 어쨌든 듣고 싶지 않으시다면…… 그럼 목욕 이야기가 듣고 싶으신 거요?"

"아뇨, 비누나 몸 씻은 물을 잡수시는 건 아닐 테니까요."

"짐작이 가시오? 그 잡년이 나를 벌거벗기고 내 처진 살을 빡빡 문질러대고 내 궁둥이에 샤워기를 들이대는 게? 필시 그년은 그 짓을 하면서 오르가슴을 느낄 거요. 저항할 힘도 없는 뚱보, 벌거벗은 민숭민숭한 뚱보를 물에 불리면서 말이오. 간호사들이란 하나같이 색골들이라오. 그러니 그런 추잡한 직업을 택했지."

"타슈 선생님, 다시 옆길로 빠지신 것 같은데요……"

"그렇지 않소. 이 짓거리가 매일 반복되는데 어찌나 변태적인지 소화에도 지장을 주고 있단 말이오. 상상 좀 해보시오! 난 혼

자 애벌레마냥 홀랑 벗은 채 물구덩이 속에 들어가 있소. 치욕
스럽게도 흉측한 비곗살을 드러낸 채로 말이오. 그년은 옷을 다
갖춰 입고 있는데. 그년이 매일 내 옷을 벗길 때의 표정이 얼마
나 가관인지. 짐짓 사무적인 표정을 짓고 있는데, 그게 다 제 팬
티가 축축하게 젖고 있다는 걸 감추기 위해서요. 그 암캐가 팬
티나 입고 다니는지 모르겠지만 말이오. 병원에 돌아가서는 제
동료들한테 미주알고주알 까발리겠지. 동료란 것들도 잡년들이
니까. 그리고 아마 그년들은……"

"타슈 선생님, 제발 그만하십시오!"

"그러게 이 양반아, 누가 녹음 같은 걸 하랬소. 성실한 기자답
게 내 말을 수첩에 받아 적는다면 노인네의 주접 같은 건 적어
넣지 않을 수도 있잖소. 녹음기란 기계는 내가 한 말들 중에서
옥석을 가려낼 수가 없지."

"그래서 간호사가 돌아간 다음에는요?"

"벌써 그 다음으로 넘어가오? 성격이 급하시구먼. 그때쯤이
면 여섯시가 넘어 있지. 그 잡년이 날 파자마로 갈아 입혔고.
아기들도 목욕시키고 나면 놀이옷으로 갈아 입힌 다음 마지막
젖병을 물리잖소. 그땐 완전히 어린애가 된 느낌이라서 놀이를
한다오."

"놀이를 하신다고요? 어떤 놀이요?"

"아무 놀이나. 휠체어 경주도 하고 회전 경기도 하고 다트 놀
이도 하지…… 뒤쪽에 있는 벽을 보시오. 여기저기 금이 갔잖

소…… 그것 말고도 기막히게 재미있는 놀이가 있는데, '고전 작품집에서 형편없는 부분 찢어내기 놀이'라는 거지."

"예?"

"그렇소. 불순물을 제거한다오. 『클레브 대공비』(프랑스의 여류 문인 라파예트 백작 부인(1634~1693)의 장편소설. 연애감정과 남편에 대한 신의 사이에서 괴로워하는 귀부인의 심리를 섬세한 필치로 그려낸 작품 : 옮긴이) 같은 작품이 그 대상이지. 훌륭한 작품이지만 너무 길거든. 기자 양반은 아직 안 읽어봤을 테니 내가 짧게 다듬어 놓은 판본으로 한 번 읽어보시오. 걸작 중의 걸작, 문학의 정수니까."

"타슈 선생님, 한 삼백 년 지난 후에 누군가가 선생님의 소설에서 쓰잘데없는 부분이라며 이 페이지 저 페이지 뜯어내면 기분이 어떠시겠습니까?"

"내 소설에서 한 페이지라도 쓰잘데없는 부분이 있는지 어디 한 번 찾아내보시오."

"라파예트 백작부인도 같은 말씀을 하셨을 것 같은데요."

"나를 그 겉멋 들린 여자랑 비교하시려는 거요?"

"그게 아니라, 타슈 선생님……"

"내가 은밀히 꿈꾸고 있는 게 뭔지 아시오? 분서요. 내 전 작품을 활활 불살라 버리는 거지! 어때, 그래도 할 말 있소?"

"알겠습니다. 그리고 놀이가 끝나면요?"

"먹거리에 광적으로 집착하시구먼. 내 참! 다른 이야기를 꺼내기가 무섭게 다시 먹는 이야기로 되돌아오게 만드니 원."

　"집착하는 게 아닙니다. 하지만 일단 이야기를 시작했으니 끝을 봐야지요."

　"집착하지 않는다고? 실망이오, 젊은 양반. 이제 먹거리로 돌아가리다. 집착하지 않으신다니까. 불순물 제거며 다트 던지기며 회전 경주 등등을 하면서 잘 놀고 나면, 그런 교육적인 활동을 하면서 목욕의 끔찍한 기억을 지워버리고 나면, 난 텔레비전을 켠다오. 꼬마들도 저녁식사로 버터 수프나 알파벳 모양의 파스타를 먹기 전이면 시시껄렁한 프로그램을 보려고 텔레비전을 켜지 않소. 그 시간대의 방송은 정말 재미있다오. 광고가 줄줄이 이어지지. 그것도 먹거리 광고가. 난 계속 채널을 돌려대면서 세계에서 가장 긴 광고 시리즈를 만들어내곤 한다오. 유럽 전역에 방송되는 채널이 열여섯 개나 되니 충분히 가능한 일이오. 조금만 머리를 써서 채널을 돌리면 30분간 끊임 없이 계속되는 광고 시리즈를 만들 수 있거든. 기가 막힌 다국적 오페라라오. 네덜란드산 샴푸, 이탈리아산 비스킷, 독일산 무공해 세제, 프랑스산 버터 등등. 실컷 눈요기를 하지. 멍청한 본방송이 시작되면 난 텔레비전을 끈다오. 수많은 광고를 보면서 식욕이 돋은 참이라 저녁 먹을 준비를 하는 거요. 자, 이제 됐소? 내가 다시 옆길로 빠지는 척할 때 기자 양반 표정이 어땠는지 거울 좀 보셨어야 했는데. 걱정 마시오, 특종을 쓰게 해줄 테니. 난 밤에는 가볍게 먹는 편이오. 요리하지 않고 차게 먹을 수 있는 음식들을 먹는다오. 비계, 삼겹살 날것, 돼지고기 볶음, 정어리 통조림에 들어 있는 기름…… 정어리는 별로 좋아하지 않지만 정어리 맛이 밴 기름은 좋아하거든. 그래서 정어리는 버리고 기름만 남긴 다음 그대로 마신다오. 나 이런, 왜 그러시오?"

"아닙니다. 괜찮으니 계속하시죠."

"안색이 나빠 보이는구려. 정말이오. 그것하고 같이 먹는 게 있는데 아주 기름진 수프라오. 미리 만들어둔 거지. 돼지 껍질이며 족발이며 닭 꼬리뼈며 척추를 당근과 함께 몇 시간 동안 뭉근하게 끓인다오. 마지막으로 돼지 기름을 한 국자 넣고 당근을 건져낸 다음 하룻동안 굳어지게 놔두지. 사실 이 수프는 차게 식었을 때가 마시기에 제격이오. 표면에 뜬 굳기름 때문에 입술이 번질번질해지거든. 그렇다고 걱정하진 마시오. 난 절대로 음식을 버리는 사람이 아니니까. 더군다나 맛난 고기를 버리다니 어림없지. 오랜 시간 국물을 우려내면 뼈에 붙은 살점들은 육즙이 빠져나가는 대신 질감이 연해진다오. 기가 막히지. 닭 꼬리뼈에 붙은 노란 비계하며…… 왜 그러시오?"

"잘…… 잘 모르겠습니다. 폐쇄공포증 때문인 것 같은데요. 창문을 좀 열면 안 될까요?"

"창문을 연다고? 1월 15일인데? 그럴 생각일랑 마시오. 찬 공기에 숨이 막힐 거요. 암, 난 그런 경우에 어떻게 대처해야 하는지 잘 알고 있소."

"잠시 나갔다 오겠습니다."

"천만의 말씀. 따뜻한 곳에 계셔야 하오. 내가 특제 알렉산드라를 만들어 드리리다. 녹인 버터도 넣어서."

이 말에 창백하던 기자의 안색이 납빛으로 변했다. 기자는 입을 손으로 틀어막고 허리를 꺾은 채 줄행랑을 쳤다.

타슈 선생은 전속력으로 휠체어를 굴려 길가 쪽 창문으로 다가갔다. 그리고는 불쌍한 기자가 바닥에 무릎을 꿇고 엎드려 토하는 광경을 바라보면서 몹시 흡족해했다.

망사 커튼 뒤에 숨은 선생은 보이지 않고 보는 즐거움을 만끽할 수 있었다. 이윽고 맞은편 카페에서 두 남자가 뛰어나와 기자에게로 달려갔다. 내장을 싹 비워낸 기자는 맨바닥에 엎어져 있었다. 옆에 놓인 녹음기는 켜진 채였다. 그러니까 토하는 소리도 녹음이 된 것이었다.

기자는 카페 안 소파에 길게 드러누운 채 그럭저럭 기운을 회복해 갔다. 이따금 눈을 흡뜬 채 중얼대곤 했다.

"이제 절대 안 먹을 거야…… 절대 안 먹을 거야……"

기자는 마시라고 준 미지근한 물마저 불신에 찬 눈초리로 살펴보았다. 다른 기자들이 녹음한 것을 들어보려고 하자 가로막고 나섰다.

"내가 없을 때 들어요, 제발."

이윽고 희생자의 아내가 연락을 받고 와서 희생자를 차에 실어갔다. 그가 물러간 다음 기자들은 녹음기를 작동시켰다. 기자들은 작가 선생의 말에 역겨워하고 폭소하고 환호했다.

"정말 노다지 같은 인물인데요. 이런 걸 진정한 개성이라고 하는 겁니다."

"기가 막히게 야비한 걸요."

"우리 시대에도 '소프트'한 이데올로기에 얽매이지 않는 인물이 있었군요."

"'라이트'한 이데올로기에도!"

"상대방의 허를 찌르는 그 절묘한 기술이라니!"

"정말 대단하네요. 그 기자에 대해서는 별로 할 말이 없지만요. 어쩌면 그렇게도 트집 잡힐 말만 골라 하는지."

"가십 기사를 쓸 게 아니라면, 뭣 땜에 먹거리에 대한 질문 같은 걸 했는지 모르겠어요! 뚱보 선생이 그런 질문에 고분고분 대답할 사람이 아닌데. 운 좋게 그런 천재를 인터뷰하게 됐는데 먹는 이야기나 하면 안 되죠."

마음속으로는 다들 첫번째나 두번째로 인터뷰하지 않아도 된 것을 기뻐하고 있었다. 그들의 맘속 깊이 자리한 양심은 그들이 그 불쌍한 두 기자와 같은 입장이었다 해도 똑같은 이야기를 끄집어냈으리라는 것을 알고 있었다. 한심하지만 꼭 해야 하는 이야기였으니까. 그들은 총대를 메지 않아도 되었던 것에 안도했다. 이제 좋은 역할만 맡게 되었으니 수월하게 해낼 수 있을 터였다. 그렇다고 해서 잠시 희생자들을 놀려대며 재미있어 하지 말란 법은 없었다.

그리하여 전세계가 임박한 전쟁에 대한 불안으로 떨고 있던 그날, 비만하고 거동이 불편한 데다 무기도 없는 한 노인이 몇몇 기자들의 관심을 걸프만에서 돌리는 데 성공했다. 그 중 한 기자는 모두가 잠 못 이루던 그 밤, 빈 속으로 잠자리에 들어 간염 환자처럼 깊고 무거운 잠에 곯아떨어지기까지 했다. 이제 곧 죽어가게 될 사람들 같은 건 아랑곳하지 않고.

타슈 선생은 비위 거스르기라는 전대미문의 재능을 유감없이 발휘했다. 선생에게 비계는 네이팜탄 역할을, 알렉산드라는 화학 무기 역할을 했다. 그날 저녁, 선생은 만족감에 두 손을 비벼 대고 있었다. 뜻을 이룬 전략가답게.

“이제 전쟁이 시작됐소?"

"아직입니다, 타슈 선생님."

"아무튼 시작되긴 하겠지?"

"그렇게 말씀하시니까 꼭 전쟁이 일어나기를 바라시는 것 같습니다."

"난 약속을 어기는 건 딱 질색이거든. 웬 허풍선이들 무리가 15일 자정을 기해서 전쟁이 시작될 거라고 약속하지 않았소. 16일이 됐는데 아무 일도 일어나지 않고 있어. 누굴 바보로 아는 건가? 수십억 인구가 텔레비전 앞에서 이제나저제나 기다리고 있다고."

"이번 전쟁에 찬성하십니까, 타슈 선생님?"

"전쟁이 좋으냐고! 말도 안 되는 소리! 어떻게 전쟁을 좋아할 수가 있소? 별 우스꽝스럽고 쓰잘데없는 질문을 다 하시는구먼! 기자 양반이 아는 사람들 중에는 전쟁을 좋아하는 사람도 있나 보오? 그런 걸 물어볼 바에야 차라리 아침식사로 네이팜탄을 먹느냐고 물어보지 그러시오?"

"선생님의 식습관에 대해서는 이미 잘 알고 있습니다."

"어라? 서로 염탐까지 하는 모양일세? 그 불쌍한 기자들더러 총대를 메게 해놓고 재미는 당신들이 본다 이거요? 멋진데. 그리고는 당신들이 훨씬 영리하다고 생각하겠지? '전쟁에 찬성하십니까?'라는 식의 명석한 질문을 하니까 말이오. 그러니까 내가 천재적인 작가, 만인이 찬미하는 작가, 노벨 문학상에 빛나는 작가가 된 것이, 이 모든 것이, 웬 애송이가 주절주절 늘어놓는 동어반복적인 질문들에 대답하기 위해서였단 말이지! 그런 질문엔 바보 중의 상바보도 나랑 똑같은 대답을 할 수 있을 텐데!"

"알겠습니다. 그러니까 전쟁을 좋아하지는 않으시지만 일어나기를 바라고 계신 거군요?"

"현재로선 피할 수 없는 일이니까. 머저리 같은 군인 녀석들이 모두 발기해 있거든. 사정할 기회를 줘야지. 그러지 않으면 다들 얼굴이 뾰루지투성이가 되어 가지고 징징 짜면서 엄마 품으로 돌아가게 될 거 아니오. 젊은이들을 실망시키는 건 몹쓸 짓이라오."

"젊은이들을 사랑하십니까, 타슈 선생님?"

"아 이 양반, 명석하고 참신한 질문만 골라 하는 재주가 있구먼! 그렇소, 정말이지 난 젊은이들을 사랑한다오."

"그것 참 뜻밖이군요. 선생님에 대해 익히 알고 있지만, 젊은 이들을 염려하시리라고는 상상도 못했습니다."

"'선생님에 대해 익히 알고 있지만' 이라니! 당신이 대체 뭐길래?"

"그러니까, 선생님에 대해 어떤 평판이 나 있는지 잘 안다는……"

"대체 뭐요, 그 평판이란 게?"

"사실…… 말하기 힘듭니다."

"어련하실까. 너그럽게 봐서 더 이상 캐묻지 않으리다."

"그러니까 젊은이들을 사랑하신단 말씀이죠? 어떤 이유에서 입니까?"

"내가 젊은이들을 사랑하는 건 그들이 나랑 정반대이기 때문이오. 그런 점에서 그들은 사랑과 찬탄을 받아 마땅하지."

"정말 충격적인 대답입니다, 타슈 선생님."

"청심환이라도 드릴까?"

"왜 그 고귀한 감정을 웃음거리로 만들려고 하십니까?"

"고귀한 감정? 그 빙충맞은 말은 어디서 찾아낸 거요?"

"죄송합니다, 선생님. 선생님 덕분에 생각난 겁니다. 젊은이들에 대해 하신 말씀은 정말 감동적이었거든요."

"곰곰이 따져보시오. 그래도 감동적인지."

"함께 따져보시죠."

"내가 '젊은이들을 사랑하는 건 그들이 나랑 정반대이기 때문이다.'라고 말했잖소. 사실 젊은이들은 보기 좋고 경솔하고 아둔하고 심술궂지."

"……?"

"그렇잖소? 충격적인 대답이지. 기자 양반식으로 말하자면."

"설마하니, 농담이시겠지요?"

"내가 농담이나 할 사람으로 보이오? 그건 그렇고, 대체 뭘 봐서 농담이라는 거요? 방금 열거한 형용사들 중에 잘못된 게 하나라도 있소?"

"다 일리 있다고 해두지요. 그럼 정말로 젊은이들과는 정반대라고 생각하시는 겁니까?"

"뭐요? 그럼 내가 보기 좋고 경솔하고 아둔하고 심술궂다고 생각하시오?"

"보기 좋지도 경솔하지도 아둔하지도 않으시죠……"

"그 말을 들으니 안심이 되는구려."

"하지만 심술궂으시잖습니까! 선생님께선!"

"심술궂다고! 내가!"

"그렇고말고요."

"심술궂다고? 머리가 어떻게 되셨구먼. 여든세 해를 살아오면서 난 나처럼 기막히게 친절한 사람은 만난 적이 없소. 난 몸서리 나게 친절하다오. 너무 친절해서, 내가 나를 만나면 구역질이 날 거요."

"진지한 말씀으로 들리지 않는데요."

"너무하구려. 어디 한 사람이라도 있으면 말해보시오. 나보다 친절한 사람 말고(그런 사람은 있을 수 없으니까), 나만큼 친절한 사람 말이오."

"그러니까 그게…… 누구라도 다 그렇죠."

"누구라도? 그럼 기자 양반도 그렇다 이거요? 웃기는군."

"저 아니라 누구라도요."

"넘겨짚지 마시오, 알지도 못하면서. 당신에 대해 이야기해보시오. 무슨 근거로 감히 당신이 나보다 친절하다고 주장을 하는 거요?"

"지금 이 상황만 봐도 뻔히 알 수 있잖습니까."

"어련하실까. 그럴 줄 알았소. 내세울 논거가 전혀 없는 게지."

"타슈 선생님, 이제 황당한 말씀 좀 그만해주시겠습니까? 앞서 선생님을 인터뷰했던 두 기자가 녹음한 내용을 들었습니다. 녹음된 내용만 듣고서도 선생님이 어떤 분이신지 훤히 알 수 있었습니다. 그 불쌍한 두 기자를 심하게 괴롭혔다는 걸 부인하시렵니까?"

"적반하장도 유분수지! 그자들이야말로 날 넌더리 나게 괴롭혔소."

"모르시나 본데 선생님과 대면한 이후로 두 사람 다 심하게 앓고 있습니다."

"오비이락이오, 그렇잖소? 황당한 인과관계는 설정하지 마시오, 젊은 양반. 첫번째 기자는 포르토 플립을 너무 많이 마셔서 앓아 눕게 된 거요. 설마하니 내가 그걸 마시게 했다고 말씀하시려는 건 아니겠지? 두번째 기자는 날 마구 들볶으면서 억지로 내 식습관에 대해 말하게 만들었소. 그 기자가 내 설명을 참아낼 깜냥이 못 되는 게 내 잘못은 아니잖소, 안 그런가? 한 가지 더 덧붙이자면 그 작자들은 나한테 시건방지게 굴었소. 허어, 난 제단 위에 올려진 희생양처럼 온순하게 그 건방진 태도를 참아주었지. 어쨌든 그 작자들은 대가를 치르게 되어 있었소. 정말이지, 복음서에 나오는 말 치고 그른 말이 하나도 없다오. 그리스도께서는 말씀하셨소. 악한 자들과 증오하는 자들은 그 누구보다 스스로에게 화근이 된다고. 그러니 그 기자들이 그런 고통을 겪을 수밖에."

"타슈 선생님, 제 질문에 진지하게 대답해주셨으면 합니다. 제가 바보로 보이십니까?"

"물론이지."

"진지하게 대답해주셔서 감사합니다."

"감사할 것 없소. 난 거짓말을 할 줄 모르는 사람이니까. 그런데 뭐 하러 그런 질문을 하시는지 모르겠구먼. 이미 답을 알고 있으면서 말이오. 당신은 젊잖소. 그리고 내가 젊은이들에 대해 어떻게 생각하는지 다 알고 있고."

"그렇게 말씀하신 건 지나치게 단정적인 태도였다고 생각하지 않으십니까? 젊은이들을 다 같은 부류로 몰아붙일 수는 없잖습니까."

"인정하오. 개중 몇몇은 보기 좋지도 경솔하지도 않지. 가령 기자 양반 말이오. 경솔하지 않은지는 모르겠지만 보기 좋진 않잖소."

"감사합니다. 그럼 심술궂은 거하고 아둔한 건 모든 젊은이들의 공통점입니까?"

"예외가 딱 하나 있지. 바로 나요."

"스무 살 적엔 어떠셨는데요?"

"지금과 같았소. 하지만 걸을 수 있었지. 그것 말고는 변한 게 없다오. 그때도 털 없이 민숭민숭한 데다 뚱보였고 신비주의자였으며 천재였지. 지나치게 친절한 데다 엄청나게 지적이며 고독했고. 먹는 것과 시가 피우는 걸 좋아하는 것도 똑같았다오."

"말하자면, 젊은이다웠던 적이 없으셨던 거군요?"

"말씀하시는 방식이 참 마음에 드오. 상투적인 표현만 골라서 늘어놓으시는구려. 대답해 드리리다. '그렇소, 난 젊은이다웠던 적이 없다오.' 라고 말이오. 단 조건이 한 가지 있소. 그 표현을 생각해낸 게 당신이라는 걸 기사에 명시하시오. 그러지 않으면 사람들은 프레텍스타 타슈가 삼류 소설에나 나올 법한 표현을 쓴다고 생각할 테니까."

"명심하겠습니다. 이제 괜찮으시다면 어떤 점에서 스스로를 친절하다고 생각하시는지 말씀해주시죠. 가능하면 근거가 될 만한 예도 들어주시고요."

"'가능하면' 이란 말이 썩 마음에 드오. 그럼 기자 양반은 내가 친절하다는 걸 믿지 않는다는 거요?"

"'믿다' 라는 동사는 적합한 표현이 아닌데요. '생각하다' 라는 동사를 쓰셔야죠."

"허, 이것 보게. 좋소, 젊은 양반. 그럼 내가 어떤 삶을 살았을지 생각해보시오. 자그마치 여든세 해 동안의 희생이었소. 그에 비하면 그리스도의 희생이 무슨 대수요? 나의 수난은 오십 년이나 더 오래 지속되었소. 그리고 조만간 그 절정을 맞게 될 거요. 무한히 더 경이롭고 더 길며 더 엘리트적인 데다 아마도 더 고통스러울지 모르는 절정을 맞게 될 거란 말이오. 최후의 순간은 내 몸에 엘젠바이베르플라츠 증후군이라는 영광스러운 흔적을 남기게 될 거요. 난 주 그리스도를 경배하오. 하지만 전능하신 그분께서도 연골암으로 세상을 뜨실 수는 없었지."

"그래서요?"

"그래서라니? 흔해빠진 형벌이었던 십자가형으로 죽은 것과 희귀한 병으로 죽는 게 같은 거라고 생각하시오?"

"어차피 죽는 건 죽는 거죠."

"맙소사! 녹음기가 방금 얼마나 어처구니없는 말을 녹음했는지 아시오? 다른 기자들이 들을 텐데! 한심한 양반 같으니, 나 같으면 그런 건 들려주지 않을 거요. '어차피 죽는 건 죽는 거죠.' 라니! 난 정말 친절한 사람이니까 녹음된 걸 지우도록 허락하리다."

"일 없습니다, 타슈 선생님. 그건 제 견해니까요."

"내가 기자 양반을 대단한 사람이라 여기기 시작했다는 거 아시오? 그렇게 분별력이 없다니 정말 대단하오. 〈차에 치인 개들〉란을 담당하는 부서로 옮겨서 개들의 말을 배운 다음 죽어가는 개들한테 물어보시오. 특별한 병으로 죽고 싶지 않았느냐고 말이오."

"타슈 선생님, 대화할 땐 항상 상대방을 모욕하기만 하십니까?"

"모욕한 적 없소. 난 진단을 하는 거요. 사실 기자 양반은 내 책을 한 번도 읽어본 적이 없는 것 같은데?"

"잘못 짚으셨습니다."

"그럴 리가! 말도 안 돼. 어느 모로 봐도 기자 양반은 타슈를 읽은 사람 같지 않소. 거짓말 마시오."

"순수한 진실인데요. 한 권밖에 안 읽었지만 끝까지 읽었습니다. 두 번이나 읽었고 깊은 감명을 받았죠."

"다른 책하고 혼동하시는 거겠지."

"어떻게 『양차 대전 사이의 강간을 위한 강간들』 같은 책과 다른 책을 혼동할 수가 있단 말입니까? 정말입니다. 그 책은 내 마음을 송두리째 뒤흔들어 놓았어요."

"뒤흔들어 놓았다고? 뒤흔들어 놓았단 말이지! 내가 사람들을 뒤흔들기 위해 책을 쓰기라도 하는 것 같구먼! 그 책을 이리저리 건너뛰며 읽지 않았다면 말이오, 기자 양반, 그러니까 주장하시는 대로 그 책을 제대로 읽었다면, 애간장을 다 녹여가며 책을 읽었다면 말이오, 그때까지 간이 제구실을 하고 있었던 한, 구역질이 났을 텐데.”

“사실 선생님의 소설에서는 구토의 미학이란 게 느껴지죠……”

“구토의 미학이라! 눈물 나게 고맙소!”

“이제 아까 하던 이야기로 돌아가지요. 그 책만큼 악의로 터질 듯한 책은 결코 본 적이 없습니다.”

“바로 그거요. 내가 친절하다는 증거를 보여달라고 하셨지? 그게 바로 그 증거요. 확증이라고. 셀린(Louis-Ferdinand Céline (1894~1961) 프랑스 소설가. 어두운 밤의 세계를 속어와 은어가 난무하는 구어체 문장 속에 완벽하게 재현해낸 것으로 평가받고 있으며 『밤의 끝까지 여행을』이 대표작이다. 사뮈엘 베케트와 더불어 20세기의 비극을 가장 명석하게 그려낸 작가로 문학적으로는 높은 평가를 받고 있으나, 극렬한 반유대주의자였다는 점이 그 명성에 오점이 되고 있다 : 옮긴이)도 작품집 서문에서 이야기하지 않았소. 그런 독살스러운 글을 쓰는 건 전인류를 향한 사심 없는 선의와 그를 비방하는 자들에 대한 뜨거운 애정 때문이라고 말이오. 이런 게 바로 진정한 사랑이지.”

“뭔가 파렴치하지 않습니까?”

“셀린이 파렴치하다고? 그 말 취소하는 게 좋을 거요.”

“아니, 귀머거리에다 벙어리인 여자에게 가해지는 지긋지긋하게 악랄한 행위를 묘사한 장면 말입니다. 선생님께선 그 장면을 환희에 차서 쓰신 것 같습니다."

"그럴 수밖에. 중상 모략가들한테 책잡힐 거리를 제공하는 게 얼마나 신나는 일인지 기자 양반은 상상도 못하실 거요."

"아하! 그렇다면 그건 친절이 아닙니다, 타슈 선생님. 마조히즘과 과대망상증의 어정쩡한 결합일 뿐이지요."

"됐소, 됐다고! 뜻도 모르는 말 좀 그만 쓰시오. 문제는 순수한 선의란 말이오, 젊은 양반! 당신 생각으로는 어떤 책들이 순수한 선의를 담고 있을 것 같소?『톰 아저씨네 오두막』?『레미제라블』? 물론 아니지. 그 책들은 말이오, 사교계에 진출하고자 하는 작가의 야심을 담고 있소. 암, 정말이지 순수한 선의를 담고 있는 책은 극히 드물다오. 그런 책들은 말이오, 고독과 비천함 속에서 탄생한다오. 작가는 잘 알고 있지. 그것들을 세상에 던져놓고 나면 더 외로워지고 더 비천해진다는 사실을 말이오. 그럴 수밖에. 사심 없는 친절의 본질은 알아보기 힘들다든가 알아볼 수 없다든가 보이지 않는다든가 예상할 수 없다든가 하는 것이거든…… 드러내놓고 베푸는 선행은 사심 없는 선행이라고 할 수 없으니까."

"방금 하신 말씀에서 모순이 보이는데요. 진정한 친절이란 제 모습을 드러내지 않는 것이라고 하셨죠. 그런데 선생님께선 자신이 친절하다고 목청껏 외치고 계시지 않습니까."

"허어, 난 내 맘대로 해도 되오. 어쨌든 아무도 날 믿지 않을 테니까."

기자는 폭소를 터뜨렸다.

"정말 대단한 논리로군요, 타슈 선생님. 그러니까 선생님께선 순수한 선의로 인해서 일생을 글쓰기에 바쳤노라고 주장하시는 겁니까?"

"그밖에도 순전히 선의로 하는 것들이 있다오."

"예를 들면요?"

"아주 많지. 독신생활이라든지 폭식 등등."

"구체적으로 말씀해주시죠."

"물론 선의만 있다고 되는 일들은 아니오. 독신생활을 예로 들어보지. 내가 섹스에 전혀 관심이 없다는 건 누구나 다 아는 사실일 게요. 그렇다 해도 결혼은 할 수 있었을 거 아니오. 아내를 무시해버리는 재미를 맛보기 위해서라도 말이오. 그런데 난 하지 않았소. 그게 다 선의와 친절이 함께 작용한 결과지. 난 앞으로도 여자 한 사람 살리는 셈 치고 결혼 안 할 거요."

"그렇군요. 그럼 폭식은요?"

"내가 비만증을 구원할 구세주라는 명백한 증거지. 난 세상을 뜰 때 인류의 남아도는 몸무게를 다 짊어지고 갈 거요."

"그러니까 선생님 말씀은, 상징적으로……"

"어허! 내 앞에서 '상징'이란 말 쓰지 마시오. 그런 말은 원자 기호에 대해 이야기할 때나 쓰란 말이오. 그것도 꼭 써야 하는 경우에만."

"둔하고 어리석어서 죄송합니다. 하지만 정말 이해할 수가 없는데요."

"괜찮소, 기자 양반만 그런 것도 아니니까."

"설명해주시면 안 될까요?"

"시간 낭비하기 싫소."

"타슈 선생님, 저야 둔하고 어리석어서 이해를 못한다고 하더라도 나중에 이 기사를 읽는 독자들 중에는 선생님의 말씀을 이해할 만큼 지적이고 총명한 독자가 있을 수도 있지 않겠습니까? 그런 독자에게 방금 선생님께서 하신 말씀이 얼마나 실망스럽겠습니까?"

"그런 독자가 존재한다 하더라도 지적이고 총명하니 설명 같은 건 필요 없겠지."

"제 생각은 다릅니다. 총명한 사람도 새롭고 낯선 생각과 맞닥뜨렸을 땐 설명을 듣고 싶어하는 법입니다."

"그걸 어떻게 아시오? 총명했던 적이 없는데."

"그렇긴 하지만, 상상하려고 해봤지요."

"불쌍한 양반 같으니."

"제발 선생님의 선의를 보여주시는 셈 치고 설명을 좀 해주십시오."

"사실대로 말씀 드릴까? 정말로 지적이고 총명한 사람들은 이렇게 설명해달라고 애원하지 않소. 변변찮은 자들이 뭐든 설명해주길 바라지. 설명되지 않는 것까지도. 어차피 설명해봐야 멍청한 자들은 이해하지 못하고 영리한 사람들은 설명해달라고 하지도 않는데 내가 뭐하러 설명 같은 걸 하겠소?"

"저더러 못나고 둔하고 어리석다고 하시더니, 이젠 변변찮다고까지 하시는 겁니까?"

"이 양반한테는 아무것도 숨길 수가 없다니까."

"실례를 무릅쓰고 여쭙겠습니다, 타슈 선생님. 그런 식으로 행동하시면 남들의 호감을 살 수 없습니다."

"호감을 사? 내가? 살다 보니 별말을 다 듣는구먼. 게다가 당신이 뭔데 날 찾아와서 훈계를 늘어놓는 거요? 내 영광스러운 죽음이 채 두 달도 남지 않았는데 말이오. 대체 당신이 뭐길래? '실례를 무릅쓰고'라던데, 실례를 무릅쓸 생각일랑 하지 마시오! 자, 이제 나가시오. 성가시니까."

"……"

"귀가 먹었소?"

기자는 황급히 동료 기자들이 모여 있는 카페로 물러갔다. 빠져나온 게 잘한 짓인지 잘못한 짓인지 알 수 없었다.

녹음된 것을 들으면서 기자들은 아무 말도 하지 않았다. 그저 다 안다는 듯한 미소를 띠고 있을 뿐이었다. 타슈 선생이 아니라 동료에게 보내는 미소였다.

희생자 동료가 이야기하기 시작했다. "그 작자는 정말 괴짜예요! 아무리 이해하려고 해도 이해할 수가 없다니까요! 어떤 식으로 나올지 도무지 예측을 할 수가 없어요. 때로는 무슨 말이든 다 들어주고 어떤 말에도 화 안 내고 질문이 다소 무례해도 오히려 재미있어 하는 것 같은 느낌을 주죠. 그러다 갑자기, 예고도 없이, 별것도 아닌 말에 노발대발하는 겁니다. 어쩌다 잘못해서 지적이라도 하게 되면 아예 문밖으로 내치죠. 아주 사소하고 적절한 지적인데도 말이에요."

"천재들은 지적당하는 걸 싫어하죠." 한 기자가 마치 자신이 타슈 선생이라도 된 것처럼 오만하게 반론을 제기했다.

"그래서요? 내가 그런 모욕을 당한 게 당연하다는 얘깁니까?"

"모욕하고픈 마음을 아예 불러일으키지 않았으면 좋았을 텐데요."

"말이야 쉽죠! 그 작자한텐 온 세상이 모욕하고픈 마음만 불러일으킨다고요!"

"불쌍한 타슈 선생이여! 소인국에 떨어진 거인이여!"

"불쌍한 타슈 선생? 별 소릴 다 듣네요. 불쌍한 우리죠!"

"우리가 선생을 성가시게 하고 있다는 걸 모르겠어요?"

"알죠, 알 기회가 있었거든요. 하지만 우린 맡은 일을 할 수밖에 없잖아요. 안 그래요?"

"꼭 그럴까요?" 찬물 끼얹기 명수가 물었다. 무슨 영감이라도 받은 모양이었다.

"그럼 형은 왜 기자라는 직업을 택했죠?"

"난 프레텍스타 타슈가 될 수 없었거든요."

"좋았을까요? 뚱보에다 내시 같은 글쓰기광이 되는 거 말이에요."

암, 좋았을 테지. 그렇게 생각하는 사람이 그 기자 한 사람만은 아니었다. 인간이라는 게 원래 그런 존재이다. 그리하여 건강한 정신을 가진 이들이 젊음과 육신과 사랑과 우정과 행복과 기타 등등을 영원이라 불리는 환상의 제단에 바칠 준비를 하게 되는 것이다.

"이제 전쟁이 시작됐소?"

"아…… 예, 시작됐죠. 첫번째 미사일이……"

"잘됐군."

"정말이십니까?"

"난 젊은것들이 빈둥거리는 꼴은 보기 싫소. 그러니까 오늘, 1월 17일이 되어서야 젊은 녀석들이 재미를 볼 수 있게 됐단 말이지."

"그런 셈이죠."

"아니, 그럼 기자 양반이 그 처지라면 재미를 못 느낄 거란 말이오?"

"솔직히 그렇습니다."

"녹음기를 들고 뚱보 늙은이들이나 쫓아다니는 게 더 재미있으신가 보오?"

"쫓아다닌다고요? 우리 기자들은 선생님을 쫓아다니지 않습니다. 선생님께서 와달라고 하신 거지요."

"천만에! 그것도 그라블랭이 꾸민 일이오. 그 개자식이!"

"참 선생님도. 비서분한테 얼마든지 안 된다고 말씀하실 수 있었잖습니까. 무슨 일이든 선생님의 뜻에 따를 헌신적인 사람이니까요."

"모르시는 말씀이오. 그자는 날 진저리 나게 괴롭히면서 내 의견 같은 건 절대 물어보는 법이 없소. 그 간호사 건만 해도!"

"자자, 타슈 선생님, 진정하십시오. 인터뷰를 계속하도록 하지요. 어떻게 그런 대단한 성공을……"

"알렉산드라 한 잔 하시겠소?"

"아뇨, 괜찮습니다. 그러니까 제 말씀은 그런 대단한 성공이……"

"잠시만. 난 한 잔 해야겠소."

연금술을 위한 인터뷰 중단.

"갓 일어난 따끈따끈한 전쟁 때문에 알렉산드라를 먹고 싶은 생각이 굴뚝 같았다오. 그만큼 중차대한 음료지."

"알겠습니다. 타슈 선생님, 어떻게 그런 대단한 성공을 거둘 수 있었는지 설명해주시겠습니까? 전세계인들이 선생님의 작품을 읽고 있습니다."

"설명할 게 뭐 있소."

"선생님께서도 그 이유를 따져보고 나름대로 해답을 얻으셨을 거 아닙니까."

"아니오."

"아니라뇨? 선생님의 작품은 수백만 부가 팔려나갔습니다. 저 멀리 중국에도 독자가 있어요. 그런데도 그 이유를 따져보고 싶은 마음이 들지 않으셨다고요?"

"군수업자들은 매일 세계 전역에 수천 대의 미사일을 팔아먹고 있소. 그렇다고 해서 미사일이 잘 팔리는 이유를 따지지는 않잖소."

"상관 없는 말씀을 하시는군요."

"그렇게 생각하시오? 난 상관관계가 분명히 보이는데. 사재기라는 면만 봐도 그렇소. 군비경쟁이라는 말이 있잖소. 그러니 '문학경쟁'이라는 말도 할 수 있을 거요. 둘 다 힘의 논리를 보여주지. 민족마다 대표 작가라며 기관총 휘두르듯 휘둘러대는 작가가 꼭 한 사람 이상은 있잖소. 조만간 사람들은 나도 휘둘러댈 거요, 나 역시도. 그리고 개머리판에 윤을 내듯 내가 받은 노벨상에도 반들반들 윤을 내겠지."

"무슨 말씀을 하시는지 알겠습니다. 하지만 천만다행으로 문학은 전쟁만큼 해롭지 않잖습니까."

"내 작품은 예외요. 내 작품은 전쟁보다 더 해롭다오."

"자화자찬하시는 건 아니겠지요?"

"난 그래도 되오. 유일하게 나를 이해할 깜냥이 되는 독자니까. 암, 내 책들은 전쟁보다 해롭다오. 죽고 싶은 마음을 불러일으키니까. 반면에 전쟁이란 건 살고 싶은 마음을 불러일으키잖소. 내 책을 읽은 사람들은 자살해야 마땅하오."

"독자들 중에 자살하는 사람이 없는 건 왜일까요?"

"그건 말이오, 아까와는 달리 아주 쉽게 설명할 수 있소. 아무도 내 책을 읽지 않기 때문이지. 따지고 보면 내가 대단한 성공을 거둔 이유도 아마 거기 있을 거요. 내가 이렇게 유명해진 건 아무도 내 책을 읽지 않기 때문이라오."

"역설이시겠지요!"

"천만에. 그 한심한 사람들이 실제로 내 책을 읽으려고 애를 써봤다면 아마 날 찾아와 내 멱살을 잡았을 거요. 그리고 그렇게 헛수고를 하게 만든 데 대한 앙갚음으로 나를 까맣게 잊어버렸겠지. 하지만 내 책을 읽지 않으니까 나를 편안한 사람, 호감가는 사람, 성공할 만한 사람이라고 여기는 거요."

"정말 탁월한 논리로군요."

"반박의 여지가 없지. 자, 호머를 예로 들어보겠소. 역사상 이보다 유명한 인물이 없지. 하지만 실제로 『일리아드』 원전과 『오디세이아』 원전을 읽은 사람이 몇 명이나 되오? 몇몇 대머리 문헌학자들, 그뿐이오…… 책상 앞에 앉아 꾸벅꾸벅 졸면서 호머의 글을 떠듬거리는 고등학생들을 진정한 독자라고 볼 수는 없으니까. 그 녀석들이 생각하는 건 《유행통신》이니 에이즈니 하는 것들뿐이잖소. 바로 그런 비범한 이유로 인해서 호머가 문학의 '전범(典範)'이 된 거요."

"상황이 그런데도 그걸 비범한 이유라고 생각하신다고요? 차라리 비통한 이유 아닌가요?"

"비범한 이유라니까. 나 같은 작가에게 위안이 되는 이유잖소? 진정한 작가, 순수한 작가, 위대한 작가, 천재적인 작가는 자기 책을 읽는 사람이 아무도 없다는 걸 알고 나면 마음이 편해진단 말이오. 내가 마음 깊은 곳에서, 고독의 한가운데에서 은밀히 탄생시킨 그 아름다운 것들이 천박한 시선에 의해 더럽혀지고 있지 않다는 것을 알고 나면 말이오."

"천박한 시선을 피하실 양이었으면 아예 출간을 안 하셨으면 되잖습니까?"

"그건 너무 단순한 방법이잖소. 암, 최고로 세련된 방법이란 건 말이오, 수백만 부가 팔려도 읽는 사람이 없게끔 글을 쓰는 거요."

"하긴 그렇게 하셨으니 돈을 버셨지요."

"그렇다마다. 난 돈이 좋다오."

"돈을 좋아하신다고요? 선생님 같은 분께서요?"

"암. 예쁘니까. 쓸모 있다고 생각해본 적은 없지만 보고 있으면 기분이 좋다오. 5프랑짜리 동전은 데이지 꽃처럼 깜찍하지."

"저 같으면 그런 비유는 생각해내지도 못했을 겁니다."

"당연하지. 기자 양반은 노벨 문학상 수상 작가가 아니니까."

"따지고 보면 이 노벨 문학상이야말로 선생님의 논리에 대한 반박 아닙니까? 적어도 노벨상 심사위원단은 선생님의 작품을 읽지 않았을까요?"

"그럴 가능성은 거의 없소. 하지만 심사위원들이 내 작품을 읽었다 해도 내 논리는 여전히 정당하오. 읽으면서도 읽지 않는 식으로 일을 복잡하게 만드는 사람들이 부지기수니까. 꼭 인간 개구리들처럼 물 한 방울 안 튀기고 책의 강을 건너는 거지."

"예, 지난번 인터뷰 때 그런 말씀을 하셨죠."

"그런 사람들을 개구리 독자들이라고 하는 거요. 독자들 대부분이 그렇지. 그런데 나는 그 사실을 아주 뒤늦게 깨달았소. 내가 그렇게 순진하다오. 난 세상 사람들이 모두 나처럼 책을 읽을 거라 생각했소. 나는 음식을 먹듯 책을 읽는다오. 무슨 뜻인고 하니, 내가 책을 필요로 할 뿐만 아니라 책이 나를 구성하는 것들 안으로 들어와서 그것들을 변화시킨다는 거지. 순대를 먹는 사람과 캐비어를 먹는 사람이 같을 수는 없잖소. 마찬가지로 칸트(하느님이 보우하사 난 읽지 않았지)를 읽은 사람과 크노 (Raymond Queneau(1903~1976) 프랑스 시인, 소설가. 창작과 인간과 언어에 대한 진지하면서도 반어적인 사유를 구어적인 동시에 문어적인 문체와 정교한 구성 속에 담아낸 것으로 유명하다. 작품에 『문체 연습』, 『지하철을 탄 자지(Zazie)』 등이 있다. 모든 창작활동에 있어서 장르간 융합을 주장하며 실험문학 연구 모임인 울리포 회원으로 활동했다 : 옮긴이)를 읽은 사람도 같을 수가 없지. 참, 이 경우 '사람' 이라는 말은 '나와 그 외 몇몇 사람들' 로 해석해야 하오. 대부분의 사람들은 프루스트를 읽건 심농(Georges Simenon(1903~1989) 불어권 벨기에 출신의 작가로 당대 서민층의 실상을 정교하게 그려내었다. 추리소설 〈메그레 경감〉시리즈가 대표작이다 : 옮긴이)을 읽건 한결같은 상태로 책에서 **빠져** 나오거든. 예전 상태에서 조금도 잃어버린 것 없이, 조금도 더한 것 없이. 그냥 읽은 거지. 그게 다요. 기껏해야 '무슨 내용인지' 아는 거고. 꾸며낸 이야기가 아니오. 지성인이라는 사람들한테 내가 몇 번이나 물어봤는지 아시오. '그 책이 당신을 변화시켰소?' 라고 말이오. 그러면 그 사람들은 눈을 휘둥그렇게 뜨고 날 쳐다보는 거요. 꼭 이렇게 묻는 것 같았소. '왜 그 책 때문에 내가 변해야 하죠?' "

"실례지만, 정말 놀랍군요, 타슈 선생님. 경향문학의 신봉자처럼 말씀하시니 말입니다. 선생님답지 않으신데요."

"허어, 별로 영리하지 못한 양반일세? 그러니까, '경향문학'이란 게 사람을 변화시킬 수 있다고 생각하시는 거요? 그런 문학이야말로 사람을 절대 변화시키지 못한다오. 암, 사람에게 영향을 주고 사람을 변화시키는 문학은 그와는 다른 문학, 즉 욕망과 쾌락의 문학, 천재적인 문학, 그리고 무엇보다 탐미적인 문학이라오. 자, 탐미주의 문학의 걸작 한 편을 예로 들어보지. 『밤의 끝까지 여행을』(셀린이 1932년 출간한 소설. 1차 대전 당시 페르디낭 바르다뮈라는 젊은이가 기갑병으로 참전, 전쟁의 참상을 겪고 아프리카로 떠났다가 미국에 노예로 팔려가는 등의 인생역정을 거치면서 느끼는 전쟁의 부조리, 죽음에 대한 공포, 인간에 대한 환멸, 자본주의의 폐해 등을 욕설과 구어체가 뒤섞인 특이한 문체로 그려내고 있다 : 옮긴이) 말이오. 어떻게 그런 책을 읽고 나서도 딴사람이 되지 않을 수 있단 말이오? 물론 대부분의 사람들은 딴사람이 되지 않는 고역을 무사히 치러내지. 책을 읽고 나서는 이렇게 말하는 거요. '과연 셀린이군요. 대단해요.' 라고 말이오. 그리고는 금세 다른 이야기를 하는 거지. 분명히 셀린은 좀 극단적인 경우이긴 하오. 하지만 다른 작가들에 대해서도 마찬가지요. 나 같은 사람은 책을 읽고 난 후엔 예전과 같은 상태를 유지할 수 없소. 레오 말레(Léo Malet (1909~1996) 프랑스 작가. 고아 출신으로 몽마르트르의 샹송가수로 일하다가 무정부주의자들 및 초현실주의자들과 교류하면서 문학에 입문하게 되었다. 영미의 추리소설을 패러디한 소설을 주로 썼다 : 옮긴이) 같은 시시한 작가가 쓴 책이라도 말이오. 레오 말레의 책도 사람을 변화시킨다니까. 레오 말레의 책을 읽고 나면 레인코트 차림의 처녀들을 전과 다른 눈으로 보게 된다오. 아, 정말 중요한 건 그거요! 시선 바꾸기. 바로 그거요, 우리가 말하는 걸작이란."

"의식하든 못하든 누구나 책을 읽고 나면 시선이 바뀐다고 생각하지 않으십니까?"

"천만에! 그건 최고의 독자에 한해서만 가능한 일이오. 그 외에는 다들 계속해서 타고난 진부한 시선으로 세상을 바라보지. 게다가 독자 이야기가 나왔으니 말인데, 독자란 것 자체가 희귀한 부류에 속한다오. 대다수 사람들은 책을 읽지 않으니까. 그 문제에 대해 누군가 명언을 남겼지. 웬 지식인인데 이름이 생각나지 않는구먼. '사실 사람들은 책을 읽지 않는다. 읽는다 해도 이해하지 못한다. 이해한다 해도 잊어버린다.' 이토록 실상을 명쾌하게 요약하는 말이 어디 있겠소. 안 그러오?'

"그렇다면 작가가 된다는 건 비극적인 일이군요."

"비극적이긴 하지만, 원인은 거기에 있지 않소. 읽히지 않는다는 건 일종의 특혜지. 어떤 이야기든 다 쓸 수 있으니까."

"하지만 선생님께서 등단하셨을 무렵에는 선생님의 책을 읽은 독자가 있었겠지요. 그렇지 않았다면 세상에 알려지실 수조차 없었을 거 아닙니까."

"등단 무렵이라, 아마 그랬겠지. 한 몇 사람 읽었겠지."

"그럼 첫 질문으로 되돌아가겠습니다. 어떻게 그런 대단한 성공을 거둘 수 있었다고 생각하십니까? 선생님의 등단이 어떤 면에서 사람들의 기대에 부응했다고 보시는지요?"

"모르겠소. 그때는 30년대였다오. 텔레비전이 없던 때였지. 그러니 사람들은 뭔가 소일거리가 필요했던 거요."

"그렇군요. 하지만 왜 하필이면 선생님의 책을 읽었을까요? 다른 작가가 아니라."

"사실 내가 크게 성공을 거둔 것은 2차 대전이 끝난 후였소. 희한한 일이지. 난 그 웃기는 전쟁에 참전하지도 않았거든. 그때 이미 난 거동이 불편한 상태였다오…… 그리고 그보다 10년 전에 비만으로 징집 대상에서 제외됐고. 45년에 사람들은 너도나도 속죄를 하기 시작했다오. 막연하게나마 죄책감을 느끼게 된 거지. 그때 마침 내 소설이 등장한 거요. 고래고래 저주를 퍼붓는 소설, 욕설이 난무하는 소설이. 사람들은 내 소설이 자신들의 파렴치함에 대한 벌이라고 결론 내리게 된 거지."

"실제로 그랬나요?"

"그랬을 수도 있지. 그렇지 않았을 수도 있고. 하긴 민심은 천심이라는 말도 있으니까. 그리고 나서 얼마 지나지 않아 사람들은 내 작품을 읽지 않게 되었지. 어떻게 보면 셀린과 마찬가지라오. 아마 셀린은 독자층이 가장 얕은 작가라고 할 수 있을 거요. 차이점이 있다면 내 작품을 읽지 않는 건 바람직한 이유에서이고, 셀린의 작품을 읽지 않는 건 바람직하지 못한 이유에서라는 거지."

"셀린을 자주 언급하시는군요."

"난 문학을 사랑한다오, 기자 양반. 몰랐소?"

"셀린에 대해서는 불순물을 제거하지 않으시나 봅니다?"

"암. 반대로 그는 끊임없이 내 불순물을 제거해주고 있지."

"셀린을 만난 적이 있으십니까?"

"아니, 만나는 것보다 더 좋은 일을 했지. 그의 책을 읽었으니까."

"그럼 셀린은 선생님의 책을 읽었나요?"

"그렇고말고. 그의 책을 읽다 보면 느낄 수 있다오."

"셀린에게 영향을 주셨다는 말씀이신가요?"

"그가 내게 미친 영향보다는 덜하지만, 그랬다고 봐야지."

"선생님께서 영향을 주신 작가가 또 있습니까?"

"없소. 그 외에는 아무도 내 책을 읽지 않았으니까. 그러니까 셀린 덕택에 내 책이 한번이라도 읽힐 기회를 가졌던 거요……진정으로 읽힐 기회를."

"그러니까 선생님께서도 선생님의 작품이 읽혀지길 바라셨단 말씀이군요."

"그가 읽어주길 바랐지. 그만 읽어주기를. 다른 사람들이야 읽든 말든 알 게 뭐요."

"작가들 중에 만나본 사람이 있으십니까?"

"없소. 난 아무도 만나러 가지 않고 아무도 날 만나러 오지 않는다오. 난 아는 사람이 별로 없소. 그라블랭하고 정육점 주인, 치즈 가게 주인, 식료품점 주인, 담배 가게 주인. 그게 다인 것 같구려. 아차, 그 간호사년하고 기자 양반들도 있었구먼. 난 사람들을 만나는 게 싫소. 내가 혼자 사는 건 고독이 좋아서가 아니라 인간이 싫어서요. 신문 나부랭이에다 타슈는 야비한 인간 혐오자라고 써도 되오."

"왜 인간을 혐오하게 되셨습니까?"

"『파렴치한들』이란 책을 읽지 않으신 모양이오?"

"예."

"그럼 그렇지. 읽었으면 아셨을 텐데. 인간을 미워할 이유는 무수히 많다오. 내 생각에 그 중 가장 큰 이유는 허위요. 결코 떨쳐낼 수 없는 특성이지. 요즘만큼 허위가 승승장구하는 시대는 없었소. 아시다시피 난 여러 시대를 살았다오. 하지만 단언할 수 있소. 이 시대만큼 가증스러운 시대는 없었다오. 한마디로 허위가 전성기를 구가하고 있는 시대요. 허위적인 건 불성실하거나 이중적이거나 사악한 것보다 더 나쁘지. 허위적이라는 건 우선 자기자신에게 거짓말을 한다는 것이오. 뭔가 양심에 걸리는 게 있어서가 아니라 '체면'이니 '자존심'이니 하는 말로 장식되는 졸렬한 자기만족을 맛보기 위해서 말이오. 또 남들에게도 거짓말을 한다는 것이오. 하지만 정직하고 사악한 거짓말, 남을 궁지에 빠뜨리기 위한 거짓말을 하는 게 아니지. 암, 아니고말고. 사이비 거짓말, '라이트'한 거짓말을 하는 거요. 그러니까 미소를 띤 채로 욕을 해댄다고. 호의를 베풀기라도 하는 것처럼 말이오."

"예를 들면요?"

"현대 여성들의 처지를 보시오."

"예? 혹시 페미니스트이십니까?"

"페미니스트냐고? 내가? 난 남자들보다 여자들을 훨씬 더 미워하오."

"어째서요?"

"이유야 셀 수 없이 많지. 우선 여자들은 추하기 때문이오. 여자보다 더 추한 게 어디 있소? 젖가슴이니 엉덩이니 기타 등등 같은 것들을 어떻게 달고 다닐 수가 있느냐고? 또 내가 여자들을 미워하는 건 희생자들을 미워하는 것과 같은 이치요. 희생자들이란 비열한 족속들이지. 그 족속들을 몰살하고 난 다음이라 야 이 세상이 평화로워질 거요. 또 그래야 희생자들도 원하던 바를 이루게 될 거고. 즉 희생당하게 될 거고. 여자들은 별나게 사악한 희생자들이오. 그 누구보다도 그네들 자신에 의해, 그러 니까 다른 여자들에 의해 희생되기 때문이지. 인간 감정의 밑바 닥을 들여다보고 싶거들랑 여자들이 다른 여자들에 대해 품고 있는 감정에 대해 관찰해보시오. 그 지독한 위선과 질투와 악의 와 비열함에 몸서리를 치게 될 거요. 여자들 둘이서 건강하게 주먹질을 해대며 싸우거나 억세게 욕지거리를 퍼부어대는 걸 본 적은 없을 거요. 여자들의 주무기는 비겁함이오. 야비한 말 을 쏘아대는데 그게 턱에 스트레이트 펀치를 날리는 것보다 훨 씬 나쁘지. 별 새삼스럽지도 않은 얘기를 한다고, 여자들의 세 계는 아담과 이브 적부터 쭉 그래왔노라고 말하고 싶으실 거요. 난 말이오, 여자들의 운명이 지금처럼 최악이었던 적은 없다고 말하려는 거요…… 자기네들의 잘못이긴 하지. 인정하오. 하지 만 그렇다 해도 달라지는 건 없지 않소? 여성들의 처지는 허위 라는 것이 어떤 것인지를 진절머리 나게 보여주는 한 편의 연극 이라오."

"아직까지 선생님의 말씀이 통 이해가 안 되는데요."

"상황을 예전으로 되돌려놓아 보시오. 여자는 남자보다 열등 하오. 당연한 일이지…… 여자가 얼마나 추한지만 봐도 알 수 있잖소. 옛날 사람들은 허위적이지 않았소. 여자가 열등한 존재라는 사실을 숨기려 들지 않았지. 그리고 여자를 그런 존재로 취급했소. 지금의 상황은 메스껍기 짝이 없소. 여자는 여전히 남자보다 열등한 존재요…… 여전히 추하니까…… 하지만 사람들은 여자가 남자와 대등한 존재라고 이야기하지. 여자들은 멍청해서 그 말을 믿는다오. 하지만 예전처럼 여자는 열등한 존재로 취급되거든. 급료는 부수적인 징후일 뿐이오. 더 근본적인 징후들이 있지. 여자들은 모든 영역에서 질질 끌려 다니기만 하오. 유혹에 있어서부터…… 놀랄 일도 아니지. 추한 몰골에 총기라곤 없는 데다 툭하면 짜증이나 내니까. 그러니 이 허위로 가득 찬 체제를 찬미해야 하오. 추하고 어리석으며 악독한 데다 매력도 없는 노예에게 주인과 같은 조건에서 시작한다고 믿게 만드는 이 체제 말이오. 사실 여자는 남자의 반의 반에도 못 미치는 조건에서 시작하는 거요. 난 말이오, 이 체제가 역겨워. 내가 여자라면 구역질을 했을 거요."

"혹시 선생님의 말씀에 동의하지 않는 사람이 있을 거라고 생각하지 않으십니까?"

"'생각'이라는 말은 적합한 표현이 아니오. 난 그런 것에 대해 생각하지 않소. 화를 내지. 도대체 어떤 허위적인 이유로 내 말을 반박하려 드는 거요?"

"무엇보다 제 취향 때문이지요. 전 여자들이 추하다고 생각하지 않습니다."

"한심한 양반, 취향이 너절하시구먼."

"젖가슴은 아름답습니다."

"말도 안 되는 말씀을 하시는구려. 잡지의 반짝이는 지면에 찍혀 있는 암컷들의 돌출부들만 하더라도 차마 눈뜨고는 봐줄 수가 없을 지경이오. 하물며 진짜 암컷들의 돌출부들, 잡지에 실릴 엄두도 못 내는 대다수 암컷들의 돌출부들은 어떻겠소?"

"그거야 선생님의 취향이지요. 사람마다 취향이 같을 수는 없는 겁니다."

"옳거니, 그럼 정육점에서 파는 고깃덩어리를 보고 아름답다고 생각해도 되겠구먼. 온갖 취향이 다 있을 수 있으니까."

"상관 없는 말씀을 하시는군요."

"여자란 더러운 고깃덩어리요. 가끔 심하게 못생긴 여자를 보고 살탱이라고 하잖소. 사실 여자들은 모두 살탱이들이지."

"실례지만 선생님께서는 스스로를 뭐라고 생각하십니까."

"한 덩어리의 돼지 비계지. 뻔한 것 아니오?"

"그럼 남자들은 잘생겼다고 생각하십니까?"

"그렇게 말한 적 없소. 여자들보다는 덜 흉측하게 생겼다는 거지. 그렇다고 해서 잘생겼다는 건 아니오."

"보기 좋은 사람은 아무도 없다는 겁니까?"

"아니오. 몇몇 어린 아이들은 예쁘지. 슬프게도 그 시절은 오래 가지 않는다오."

"유년기를 축복 받은 시기라고 생각하시는군요?"

"방금 뭐라고 했소? '유년기는 축복 받은 시기'라고 했소?"

"상투적인 표현이지요. 하지만 사실 아닙니까?"

"사실이고말고, 멍텅구리 양반아! 하지만 굳이 말할 필요가 있느냐고? 다 아는 사실인데."

"타슈 선생님, 선생님께선 절망에 빠지신 분 같습니다."

"그걸 지금에서야 알게 된 거요? 가서 쉬시구려, 젊은 양반. 그렇게 천재성을 발휘하다 보면 기운이 빠질 테니."

"어떤 것들이 선생님을 절망에 빠뜨리고 있습니까?"

"전부 다. 세상이 엉망이라기보다는 삶 자체가 별 볼 일 없지. 요즘 사람들은 허위적이라, 그 반대라고 외쳐대지만 말이오. 다들 한목소리로 아우성을 쳐대잖소. '인생은 아이아르으음다워요! 우린 삶을 사랑해요!' 환장하겠소. 그런 멍청한 소리나 듣고 살다니 원."

"멍청하긴 해도 진심 어린 말일 겁니다."

"나도 그렇게 생각하오. 그러니 문제가 더 심각하다는 거요. 허위적인 말들이 효력을 발휘한다는 것, 사람들한테 잘 먹혀 들어간다는 것을 보여주니까. 사람들은 시시한 삶을 살면서 하찮은 일을 하고 끔찍한 곳에 살면서 지긋지긋한 인간들과 함께하지. 그리고는 파렴치하게도 그걸 행복이라 부르는 거요."

"그래도 그들에게는 잘된 일이지요. 그렇게 살면서 행복하다면요!"

"잘된 일이오, 기자 양반 말대로."

"그럼 타슈 선생님, 선생님께서는 어떤 것에서 행복을 느끼십니까?"

"무(無)에서. 난 마음이 평온하오. 그럼 된 거지…… 아니, 예전엔 평온했소."

"단 한 번도 행복하셨던 적은 없습니까?"

침묵.

"행복하셨던 적이 있으시다는 겁니까? ……행복하셨던 적이 없으시다는 겁니까?"

"입 다무시오. 생각중이니까. 그렇소, 난 한 번도 행복했던 적이 없소."

"눈물겨운 이야기군요."

"손수건이라도 드릴까?"

"아이였을 때도요?"

"난 아이였던 적이 없소."

"무슨 말씀이십니까?"

"내 참, 말한 그대로요."

"지금보다 작았던 적은 있으시겠지요!"

"작았지, 암, 하지만 아이는 아니었소. 그때도 난 프레텍스타 타슈였소."

"사실 선생님의 유년기에 대해서는 전혀 알려진 바가 없습니다. 전기들도 성인이 되신 후의 이야기들만 다루고 있지요."

"당연하오. 난 아이였던 적이 없으니까."

"부모님은 계셨을 거 아닙니까."

"계속 천재성을 발휘하시는구먼, 젊은 양반."

"부모님께선 어떤 일을 하셨습니까?"

"아무것도 안 하셨소."

"어째서요?"

"금리로 먹고 살 수 있었으니까. 대대로 물려온 재산이 있었거든."

"집안에 선생님 말고 다른 자손은 없습니까?"

"세무서에서 나왔소?"

"아뇨. 전 그저 알고 싶은 게 있어서……"

"남의 일에 참견 마시오."

"타슈 선생님, 기자가 하는 일이라는 게 원래 남의 일에 참견하는 겁니다."

"직업을 바꾸시오."

"절대 안 됩니다. 전 제 직업이 좋습니다."

"한심한 양반."

"좀 다르게 질문을 드려보겠습니다. 선생님께서 가장 행복하셨던 시절에 대해 이야기해 주십시오."

침묵.

"질문하는 방식을 바꿀까요?"

"날 무슨 천치로 아는 거요 뭐요? 이게 무슨 수작이오? '아름다운 후작 부인, 그대의 어여쁜 눈이 날 사랑에 겨워 죽게 만드는구려 운운', 뭐 이런 거요?"

"진정하십시오. 전 그저 기자로서 제 할 일을 하려는 것뿐입니다."

"그럼 난 말이오, 내 할 일을 하려는 거요."

"그러니까 선생님께서 보시기에 작가의 일이란 질문에 대답하지 않는 것이란 말씀이십니까?"

"옳거니."

"그럼 사르트르는요?"

"사르트르가 뭐?"

"사르트르는 질문에 대답을 하지 않았던가요? 아닙니까?"

"그래서?"

"사르트르는 선생님의 정의를 반박하는 예라는 말씀이지요."

"천부당 만부당한 말씀. 오히려 내 정의를 뒷받침해주지."

"사르트르는 작가가 아니라는 말씀이십니까?"

"모르셨소?"

"하지만 사르트르는 글 솜씨가 대단했는데요."

"기자들 중에도 글재주가 대단한 사람들이 있지. 글재주가 있다고 다 작가가 되는 건 아니오."

"아, 그렇습니까? 그럼 그것 말고 필요한 건 뭡니까?"

"많지. 우선 불알이 있어야 하오. 여기서 불알이란 성적인 차원을 넘어서는 것이지. 왠고 하니, 여자들 중에도 그게 있는 경우가 있거든. 허, 극소수이긴 하지만 그런 여자들이 있다고. 패트리셔 하이스미스(Patricia Highsmith(1921~1995) 미국의 추리 소설 작

가. 긴장감과 박진감 넘치는 구성 속에 폭력과 성적 환상이 난무하는 부패한 사회상을 담아내고자 했다. 『태양은 가득히』를 비롯, 많은 작품들이 르네 클레망, 클로드 샤브롤, 알프레드 히치콕, 빔 벤더스 등 유명한 감독들에 의해 영화로 만들어졌다 : 옮긴이)가 떠오르는구먼."

"놀랍군요. 선생님 같은 대문호께서 패트리셔 하이스미스의 작품을 좋아하시다니요."

"그게 어때서? 별 놀랄 일도 아니구먼. 시치미 뚝 떼고 있지만 그 여자야말로 나만큼이나 인간들을 증오하는 게 틀림없소. 특히 여자들을 말이오. 사교계나 드나들려고 글을 쓴 게 아니라는 걸 느낄 수 있지."

"그럼 사르트르는 사교계에 드나들기 위해 글을 썼다는 말씀이십니까?"

"그렇고말고! 만나본 적은 없지만 책만 읽고서도 그 양반이 사교계를 얼마나 좋아했는지 알 수 있다오."

"믿기 힘든 이야긴데요. 사르트르는 좌파였잖습니까."

"그래서? 좌파들은 사교계를 좋아하지 않을 거라고 생각하시는 거요? 내 생각엔 좌파들이야말로 그 누구보다 사교계를 좋아하는 자들이오. 따지고 보면 당연지사지. 나라도 한평생 노동자로 살았다면 사교계에 드나드는 걸 꿈꾸었을 테니까."

"상황을 지나치게 단순화하시는군요. 좌파라고 해서 모두 노동자는 아니잖습니까. 좌파 중에도 상류층 출신이 있지요."

"정말이오? 그럼 그자들은 사교계를 좋아할 수밖에 없구먼."

"혹시 초보 반공주의자이십니까, 타슈 선생님?"

"혹시 초기 조루증 환자이시오, 기자 양반?"

"내 참, 아무 상관 없는 말씀을 하시네요."

"나도 그렇게 생각하오. 그러니 불알 이야기로 돌아가리다. 그건 작가에게 가장 중요한 기관이오. 불알이 없으면 작가는 허위로 가득 찬 이야기를 지어내는 데 글재주를 쓰게 되지. 예를 들어보리다. 글재주 있는 작가가 하나 있소. 그에게 쓸 것을 쥐어줬다고 해보시오. 불알이 탱탱한 경우에는 『조금씩 완성되는 죽음』(셀린의 1936년 작 소설 : 옮긴이)이 나오게 되지. 불알이 없으면 『구토』(사르트르의 1938년 작 소설 : 옮긴이)가 나오게 되고."

"좀 단순화하시는 것 같은데요?"

"아니 기자 양반, 무슨 말을 그렇게 하시오? 내가 사람이 어질다 보니 기자 양반의 수준에 맞추려 한 걸 가지고!"

"그렇다고 그렇게까지 하실 필요는 없는데요. 제가 듣고자 하는 건 선생님께서 '불알'이라고 부르시는 것에 대한 체계적이고도 명확한 정의입니다."

"왜? 나에 대한 입문서를 쓸 작정이라고는 말하지 마시오!"

"절대 아닙니다! 전 그저 좀 더 명쾌하게 선생님과 의사소통하고 싶을 뿐입니다."

"허어, 그게 바로 내가 염려하던 거요."

"자, 타슈 선생님, 제가 좀 단순하게 일할 수 있도록 해주시죠. 단 한 번만이라도요."

"내가 단순화를 싫어하는 사람이란 걸 명심하시오, 젊은 양반. 그러니 혹시라도 나 자신을 단순화해달라고 했다간 별로 재미를 보지 못하게 될 거요."

"선생님 자신을 단순화해주십사 부탁 드리는 게 아닙니다! 그저 선생님께서 '불알'이라고 부르시는 것에 대해 아주 아주 간단히 정의를 내려주십사 하는 거지요."

"알았소, 알았다니까. 징징거리지 마시오. 대체 당신네 기자들은 어떻게 된 거요? 다들 신경 과민이라니까."

"말씀해주시죠."

"그러니까, 불알이란 어떤 개인이 제 주변에 만연한 허위적인 것들에 대해 저항할 수 있는 능력을 말하오. 과학적이잖소?"

"계속하시죠."

"그런 만큼 이 불알이란 걸 가진 사람은 거의 없다고 할 수 있소. 글재주와 불알을 동시에 지닌 사람들의 숫자에 대해 말하자면 그건 무한소수에 가깝지. 그런 고로 세상에 작가가 그렇게 적은 거요. 게다가 작가가 되려면 그 외에도 다른 자질들이 필요하니까."

"어떤 것들입니까?"

"자지가 있어야 하오."

"불알 다음엔 자지라, 논리적이군요. 자지에 대한 정의는요?"

"자지는 창조력을 의미하오. 실제로 창조란 걸 할 수 있는 사람은 드물다오. 대부분은 선배 작가들의 작품을 제 깜냥대로 베끼는 데 그치지…… 그 선배 작가들도 대개 다른 작가들의 작품을 베꼈던 사람들이고. 글재주와 자지를 갖추었지만 불알이 없는 경우가 있을 수 있소. 빅토르 위고가 그 예지."

"그러면 선생님께서는요."

"내가 낯짝은 내시 같을지 몰라도 자지 하나는 크다오."

"그러면 셀린은요?"

"아, 셀린은 모든 걸 다 갖췄지. 천재적인 글재주, 큼직한 불알, 커다란 자지, 기타 등등."

"기타 등등이라뇨? 또 필요한 게 있습니까? 항문인가요?"

"천만의 말씀! 항문이 필요한 건 독자요. 비역질을 당하는 쪽이니까. 작가는 아니지. 작가에게 필요한 건 입술이오."

"어떤 입술을 말씀하시는지 여쭤볼 엄두가 나지 않는군요."

"정말 저속하구먼! 입을 다무는 데 쓰이는 입술 말이오, 알겠소? 음탕한 작자 같으니!"

"아 예. 입술에 대한 정의는요?"

"입술은 두 가지 역할을 하오. 첫째, 말을 관능적인 행위로 만들어준다오. 입술 없는 말이란 게 어떤 것일지 상상해본 적 있소? 멍청하게 차가운 그 무엇, 뉘앙스 없이 서걱거리는 그 무엇일 거요. 꼭 법원 사무관의 말처럼 말이오. 한데 그보다 더 중요한 게 있으니 그게 바로 입술의 두번째 역할이라오. 말해서는 안 되는 것을 말하지 못하도록 입을 다물게 해준다는 거지. 손또한 입술을 갖고 있소. 써서는 안 되는 것을 쓰지 못하게 방해

하는 입술 말이오. 이건 어마어마하게 중요한 역할이오. 글재주와 불알과 자지를 제대로 갖춘 작가들이 말해서는 안 되는 것을 말한 탓에 작품을 망치곤 했지."

"선생님께서 그런 말씀을 하시다니 놀라울 따름입니다. 선생님께선 자기검열을 하는 스타일이 아니시잖습니까."

"도대체 내가 언제 자기검열 운운했소? 딱히 추잡한 것들을 말해선 안 된다는 게 아니오. 오히려 그 반대지. 자기 안에 깃들인 추잡함에 대해서는 언제든 이야기를 해야 하오. 그건 건전하고 유쾌하며 원기를 돋워주는 일이지. 암, 말해서는 안 되는 것들은 다른 차원에 속하는 것들이오…… 그게 뭔지 설명해줄 거라곤 기대하지 마시오. 그것이야말로 말해서는 안 되는 것이니까 말이오."

"인터뷰가 정말이지 제대로 진행되고 있군요."

"좀 전에 소설가가 하는 일은 질문에 대답하지 않는 것이라고 일러줬잖소? 직업을 바꾸라니까, 이 양반아."

"질문에 대답하지 않는 것도 입술의 역할 중 하나겠군요?"

"입술의 역할일 뿐만 아니라 불알의 역할이기도 하지. 이런저런 질문에 대답하지 않으려면 불알이 있어야 하오."

"글재주, 불알, 자지, 입술, 이게 답니까?"

"아니, 귀와 손도 필요하다오."

"귀라, 그건 듣기 위해 필요한 건가요?"

"당연한 거 아니오. 정말 천재적이구려, 젊은 양반. 실인즉 귀는 입술의 울림 상자요. 내면을 향한 입이라고. 플로베르는 목소리가 커서 환심을 사곤 했지. 하지만 과연 사람들이 자기 말을 믿어주리라고 생각하고 그런 거겠소? 그도 알고 있었소. 단어들을 바락바락 외쳐봐야 부질없다는 걸 말이오. 단어들은 스스로 소리를 질러대거든. 자기 안에서 울려 나오는 그 소리에 귀를 기울이기만 하면 되지."

"그럼 손은요?"

"손은 쾌감을 느끼기 위해 필요한 거요. 뼈저리게 중요한 기관이지. 글을 쓰면서 쾌감을 느끼지 못하는 작가는 당장 절필해야 하오. 쾌감을 느끼지도 못하면서 글을 쓴다는 건 패륜이오. 글쓰기 자체가 이미 패륜이 될 소지를 다 갖추고 있거든. 작가가 변명이랍시고 내세울 수 있는 건 자신이 느끼는 쾌감뿐이오. 쾌감을 느끼지도 못하면서 글을 쓰는 작가는 말이오, 쾌감을 느끼지도 못하면서 여자아이를 강간하는, 강간하기 위해서 강간하는, 악행을 위한 악행을 저지르기 위해 강간하는 파렴치한처럼 추잡스런 그 무엇이오."

"그런 비교는 성립될 수 없는데요. 글쓰기는 강간처럼 해롭지 않으니까요."

"알지도 못하면서 아무 말씀이나 하시는구려. 하긴 내 책을 읽지 않았으니 알 수도 없지. 글쓰기란 어느 모로 보나 골치 아픈 일이오. 한 번 생각해 보시오. 종이를 만들기 위해 얼마나 많은 나무를 베어야 하는지, 책을 보관하기 위해 얼마나 많은 공간이 필요한지, 책을 찍어내는 데 돈이 얼마나 드는지, 혹시라도 책을 사는 사람이 있다면 거기에 돈이 얼마나 들지, 그렇게 책을 사서 읽는 불운아들이 얼마나 지루할지, 책을 사놓고도 읽지 않는 파렴치한들이 얼마나 양심의 가책을 느낄지, 읽으면서도 이해 못 하는 속 좋은 멍청이들이 얼마나 울적할지, 끝으로 그리고 무엇보다도 이 독서 혹은 비(非)독서와 결부된 대화가 얼마나 거만함으로 가득할지. 그리고 또 기타 등등하며! 그러니 나한테 글쓰기가 강간처럼 해롭지 않다느니 하는 얘기일랑 하지 마시오."

"그렇다 해도 선생님의 글을 드문드문이나마 제대로 이해하는 독자가 한두 명쯤은 있으리란 가능성을 100% 배제하실 순 없을 겁니다. 그 몇몇 독자들과 웅숭깊은 동지애를 공유하는 순간순간들만 하더라도 글쓰기를 유익한 행위로 만들기에 충분하지 않겠습니까?"

"당치 않은 말씀! 그런 독자들이 있는지 모르겠소만, 있다면 내 글로 인해 막대한 피해를 볼 사람들이오. 책 속에서 내가 어떤 이야기를 할 것 같소? 내가 인간의 선량함이며 살아가는 행복에 대해서 이야기할 거라 짐작하시는 모양이지? 도대체 무슨 근거로 내 글을 이해하면 행복해질 거라고 생각하는 거요? 그 반대지!"

"동지애란 절망 속에서도 사람을 기껍게 하지 않습니까?"

"기껍단 말이오? 당신이나 당신 이웃이나 똑같이 절망해 있다는 게? 난 말이오, 그런 상황에선 더 울적해질 것 같소."

"그렇다면 왜 글을 쓰십니까? 왜 사람들과 소통을 하려 하십니까?"

"잠깐, 혼동하지 마시오. 글을 쓴다는 건 소통을 하고자 하는 게 아니오. 왜 글을 쓰냐고 물었으니, 매우 엄정하면서도 매우 배타적인 대답을 들려드리리다. 그건 쾌감을 느끼기 위해서요. 달리 말해 쾌감을 느낄 수 없다면 절필해야만 한다는 얘기지. 글쓰기는 날 쾌감의 절정으로 이끌곤 하오. 쾌감으로 미치게 만든단 말이오. 왜냐고는 묻지 마시오. 나도 도무지 모를 일이니까. 한데, 성적 쾌감에 대해 설명하고자 하는 이론들이란 하나같이 무지몽매하기 짝이 없다오. 언젠가 몹시 진지한 웬 남자가 나한테 얘기하길, 섹스를 하면서 쾌감을 느끼는 건 생명을 창조하기 때문이라는 거요. 아시겠소? 생명이라는 서글프고 추한 것을 창조하면서 뭔가 쾌감을 느낄 수도 있다는 식으로 얘기했다고! 그럼 피임약을 복용하는 여자는 생명을 창조할 수 없으니 절정에 이를 수 없다는 거요? 그 작자는 그런 걸 믿더라고. 그 따위 이론을! 요컨대 내 말은, 글쓰기가 주는 쾌감에 대해 설명해주십사 부탁하지 말라는 거요. 그건 하나의 현상이오. 그뿐이라고."

"그 점에 있어서 손이 어떤 역할을 하는지요?"

"손은 쾌감의 중추요. 손만 쾌감을 느끼는 것은 아니지. 글쓰기는 배며 성기며 이마며 턱에서도 쾌감이 일어나게 하니까. 하지만 가장 특별한 쾌감은 글을 쓰고 있는 손에서 일어난다오. 설명하기 힘든 현상이지. 손은 자기가 창조해야 하는 것을 창조해낼 때 기쁨에 소스라치며 천재적인 기관으로 변신한다오. 글을 쓰면서 얼마나 자주 느꼈는지 아시오? 손이 손에게 명령을 내리는 듯한 야릇한 느낌, 손이 두뇌에 자문을 구하는 일 없이 혼자서 술술 미끄러져 가는 듯한 그 야릇한 느낌을? 아, 해부학자들 중에 그런 걸 인정할 사람이 아무도 없다는 건 잘 알고 있소. 하지만 난 그런 느낌이 든단 말이오. 그것도 아주 빈번히. 그럴 때면 손은 엄청난 쾌감을 느끼지. 그건 말이 마구 날뛸 때나 죄수가 탈옥하려 할 때 느끼는 쾌감과 흡사하다오. 그런데, 손이 쾌감의 중추라는 증거가 하나 더 존재하오. 글쓰기를 할 때나 자위를 할 때나 같은 기관, '손'을 사용한다는 사실이 당혹스럽지 않소?"

"단추를 달거나 코를 긁적일 때에도 손을 사용하지요."

"좀스럽기는! 그리고, 그게 무슨 증거라도 되오? 시시껄렁한 용도로 사용한다 해서 고귀한 용도로 사용하지 말라는 법은 없소."

"자위가 손의 고귀한 용도에 속한다는 말씀이십니까?"

"그걸 말이라고! 손이라는 단순 소박한 것이 섹스처럼 복잡하고 돈 많이 들고 연출하기 힘든 데다 이런저런 감정으로 뒤얽힌 것을 재현해낸다니, 기막힌 일 아니오? 싹싹하고 고분고분한 손이 앙탈만 심하고 유지비나 많이 드는 여자와 마찬가지로(혹은 그보다 더 많이) 쾌감을 맛보게 해준다니, 경이롭지 않느냐고?"

"그렇겠죠, 그렇게 보신다면……"

"그렇게 보는 게 아니라 실제로 그렇다니까, 이 양반아! 동의하지 않는 거요?"

"저, 타슈 선생님, 지금 선생님을 인터뷰하는 거지 저를 인터뷰하는 건 아닌데요."

"달리 말해, 좋은 역할만 맡으시겠다?"

"선생님께는 회소식입니다만, 지금까지의 상황으로 봐서 제 역할이 그리 좋은 것 같지는 않습니다. 몇 번이나 생고생을 했거든요."

"듣고 보니 회소식이구먼."

"좋습니다. 기관들에 대한 이야기로 돌아가지요. 되짚어보겠습니다. 글재주, 불알, 자지, 입술, 귀, 손. 이게 답니까?"

"뭔가 부족하오?"

"글쎄요. 다른 게 있을 법도 한데요."

"허, 그렇소? 뭐가 더 필요한 거요? 외음부? 전립선?"

"이번엔 선생님께서 좀스런 말씀을 하시는군요. 아뇨. 선생님께선 분명 비웃으실 테지만, 전 심장이라고 생각했습니다."

"심장? 맙소사, 뭘 하려고?"

"감정을 표현하기 위해서요. 사랑을요."

"그런 건 심장이랑은 아무 상관없소. 불알이며 자지며 입술이며 손 등이랑 관련된 것이지. 그거면 충분하오."

"너무 냉소적이십니다. 그 말씀에 대해선 절대 동의할 수가 없군요."

"그러니 아무도 기자 양반의 견해에 관심을 갖지 않는 거요. 한 일 분 전인가 실토하셨듯이 말이오. 난 내 말 어디가 어떻게 냉소적이라는 건지 모르겠소. 사랑이니 감정이니 하는 것들이 기관과 관련된 문제라는 데 대해서 우린 의견이 일치하고 있잖소. 의견이 갈라지는 건 오로지 기관의 성격에 관해서요. 기자 양반은 기관이라고 하면 심장병 같은 거나 떠올리시겠지. 항의하지 않겠소. 난 형용사를 이것저것 면전에 날려보내는 짓 같은 건 하지 않는다오. 그저 별 해괴한 해부학 이론도 다 있다고 생각해 두리다. 그런 만큼 흥미롭기도 하구먼."

"타슈 선생님, 왜 제 말씀을 못 알아듣는 척하십니까?"

"무슨 말을 하는 거요? 난 절대 척하는 법이 없어, 후레자식 같으니!"

"하지만 제가 심장이라고 했을 때 해부 기관으로서의 심장을 말한 게 아니라는 건 잘 알고 계셨을 텐데요!"

"허, 이럴 수가! 그럼 어떤 심장에 대해 말했다는 거요?"

"감성, 정감, 정서 같은 것들이죠, 아시겠습니까!"

"그 모든 게 콜레스테롤로 꽉 찬 그 어리벙벙한 심장 속에 들어 있다니!"

"이것 보십시오, 타슈 선생님, 그런 말씀은 재미없습니다."

"암, 그렇지. 당신 말이 재미있지. 왜 인터뷰 주제랑 상관 없는 소릴 늘어놓는 거요?"

"문학이 감정과 아무 상관없다는 말씀이십니까?"

"이것 보시오, 젊은 양반, 우린 '감정'이란 단어에 대해 서로 다른 개념을 갖고 있는 것 같소. 난 누군가를 흠씬 두들겨 패는 걸 감정이라 하지. 기자 양반은 여성 잡지의 〈연애 상담〉란에다 징징대는 걸 감정이라 하고."

"선생님께 후자는 뭡니까?

"난 그런 걸 두고 기분이라고 하오. 기분이란, 인간이 스스로에게 들려주는 허위로 꽉 찬 깜찍한 이야기요. 인간의 존엄성을 획득했다고 느끼기 위해서, 응가를 하는 순간에도 정신성으로 가득 차 있다고 믿기 위해서 말이오. 특히 여자들이 기분을 잘 꾸며대지. 그네들이 하는 일이란 건 머리를 쓸 필요가 없는 일이오. 그런데, 우리네 인간이라는 족속한테는 별난 성질이 하나 있거든. 두뇌가 한시도 가만히 있으려 하지 않는다는 거요. 별반 쓸모 없을 때조차도 말이지. 이 한심스런 기술적 결함이 우리네 인간들을 불행하게 만드는 근본적인 원인이오. 주부의 두뇌란 게, 양지바른 곳에 곤히 잠든 뱀처럼 고귀한 무위나 우아한 휴식에 자신을 내맡기는 게 나을 텐데, 그러기는커녕 자신이 쓸모 없는 존재라는 사실에 분개해 가지고는 오만하고도 멍청한 각본을 분비해댄단 말이오…… 집안일을 천한 것으로 여기게 만드니 오만하달 밖에. 또 어리석고. 청소기를 돌리는 일이나 변소를 광내는 일은 사실 하나도 천할 게 없거든. 응당 해야 하는 일이지. 그뿐이라고. 그런데도 여자들은 자기네들이 무슨 고결한 사명이라도 띠고 이 땅에 태어난 걸로 생각한다오. 대다수 남자들도 마찬가지요. 그딴 생각에 좀 덜 집착해서 그렇지. 왠고 하니, 남자들의 두뇌는 회계니 승진이니 납세니 탈세니 하는 것들로 복잡해서 망상 같은 것에 내줄 자리가 더 적거든."

"선생님께선 시대에 좀 뒤처지신 것 같습니다. 요즘은 여자들도 직업이 있어서, 남자들과 똑같은 고민거리들을 지니고 있거든요."

"순진하시긴! 그러는 척하는 걸 가지고. 그네들의 사무실 책상 서랍엔 매니큐어니 잡지 나부랭이만 그득하다오. 요즘 여자들은 옛날 주부들보다 더 나빠. 그 주부들은 써먹을 데나 있었지. 요즘 여자들은 직장 동료들하고 수다를 떨면서 시간을 보낸다오. 연애니 칼로리니 하는 알찬 주제에 대해서 말이오. 그 이야기가 그 이야기지만. 그러다 지겨워 죽을 지경이 되면 상사로 하여금 자기를 해고하게 만드는 거요. 그렇게 남의 삶을 어지럽히면서 감미로운 도취에 빠진다고. 그게 여자한테는 최상의 승진인 거요. 여자는 남의 삶을 파괴하는 걸 탁월한 정신력을 입증하는 일로 여기거든. '나는 남의 삶을 어지럽힌다. 고로 나는 영혼이 있다.' 이런 식으로 추론하는 거요."

"말씀을 듣고 보니, 여자들하고 원수라도 지신 것 같습니다."

"그걸 말이라고! 여자들 중 하나가 나한테 생명이란 걸 주지 않았겠소. 달라고 하지도 않았는데."

"반항기 가득한 청소년처럼 말씀하시는군요."

"틀렸소. 난 기름기 그득한 노인이오."

"유머 감각이 대단하신데요. 하지만 선생님의 탄생에는 남자도 한몫 하지 않았습니까."

"난 남자들도 싫소. 잘 아시면서."

"그래도 여자들을 더 싫어하시잖습니까. 왜죠?"

"그 이유들이란 건 이미 죄다 열거하지 않았소."

"그렇죠. 그런데 전 그 외에 다른 동기가 있을 거란 생각이 듭니다. 선생님의 여성 혐오는 복수의 냄새를 풍기고 있어요."

"복수? 무슨 복수? 난 줄곧 독신으로 살았는데."

"결혼만이 여성에 대한 복수심을 불러일으키는 건 아니죠. 그런데 선생님 스스로도 왜 그런 복수심이 싹텄는지 잘 모르시는 것 같습니다."

"속셈을 드러내시는구먼. 안 되지, 난 정신분석 같은 건 당하지 않을 거요."

"그 정도까지는 아니라도 한 번 곰곰이 생각해보실 수는 있잖겠습니까."

"대체 뭘 곰곰이 생각해보라는 거요? 나 원."

"여자들과의 관계에 대해서요."

"어떤 관계? 어떤 여자들?"

"그럼 선생님 말씀은…… 설마!"

"설마라니, 뭐가?"

"혹시……?"

"거 참, 뭐냐니까?"

"숫총각이십니까?"

"그렇고말고."

"말도 안 됩니다."

"말이 되고말고."

"여자랑 해본 적도 없고, 남자랑 해본 적도 없다고요?"

"내가 비역질이나 할 상판으로 보이오?"

"기분 나쁘게 생각하지 마십시오. 아주 지적인 동성애자들도
있잖습니까."

"웃기는 양반일세. 꼭 이렇게 말하는 것 같소. '정직한 포주
들도 있잖습니까.' …… '동성애자'라는 말과 '지적'이라는 말
사이에 무슨 모순이라도 있다는 건지 원. 아니지, 정말로 따져
묻고 싶은 건 왜 내가 숫총각이라는 사실을 인정하려 들지 않느
냐는 거요."

"선생님이 제 입장이라고 생각해보십시오!"

"나 같은 거물이 기자 양반과 입장을 바꿀 리 있겠소?"

"정말…… 정말이지 상상도 못할 일입니다! 소설 속에서는 섹
스에 대해 전문가처럼 말씀하시잖습니까, 곤충학자가 곤충에
대해 말하듯이!"

"난 자위학 박사라오."

"자위만으로 육욕에 대해 그렇게 잘 알 수 있습니까?"

"왜 내 책을 읽은 척하는 거요?"

"선생님, 군이 책을 읽지 않아도 선생님의 존함이 가장 정확하면서도 가장 전문적인 섹스론과 결부되어 있다는 것쯤은 알 수 있습니다."

"거 참 재미있네그려. 난 몰랐는데."

"최근에 선생님에 관한 박사 논문을 하나 보게 되었는데, 제목이『구문을 통해 살펴본 타슈의 발기 지속증』이더군요."

"익살맞구먼. 박사 논문 제목을 볼 때마다 웃음이 나고 마음이 찡해진다니까. 박사 과정 학생들, 참 귀여운 녀석들이오. 대가들을 흉내낸답시고 제목만 복잡다단하고 내용은 시시하기 짝이 없는 바보 같은 글을 써댄다니까. 꼭 잘난 체하는 레스토랑에서 삶은 달걀에 마요네즈를 뿌려 내놓으면서 거창한 이름을 갖다 붙이는 거나 매한가지지."

"타슈 선생님, 당연한 얘깁니다만, 선생님께서 원하신다면 이 이야기는 이쯤에서 접도록 하겠습니다."

"왜? 흥미 없소?"

"아뇨, 정말 흥미진진합니다. 하지만 그런 류의 비밀을 캐고 싶지는 않습니다."

"비밀이랄 거 없소."

"그럼 왜 이제껏 말씀 안 하신 겁니까?"

"누구한테 말했어야 한다는 건지 모르겠구먼. 정육점에 가서 내가 숫총각이라는 사실을 떠벌릴 수는 없잖소."

"물론이죠. 하지만 그런 얘긴 신문 기자들한테도 하시면 안 됩니다."

"왜? 숫총각 금지법이라도 있소?"

"아니, 그건 선생님의 사생활에 속하는 일이니까요. 내밀한 문제니까요."

"이제껏 잘도 캐묻고서는. 위선자 같으니, 먼젓번 질문들은 사생활과 관련 없는 것들이었소? 그땐 이렇게 몸을 사리지 않더니만. 뜬금없이 겁에 질린 숫처녀(계제에 맞는 말이지) 행세해봐야 헛일이오. 안 먹혀든다고."

"전 그렇게 생각하지 않습니다. 사생활에 대해서 이야기하더라도 넘어서는 안 되는 선이 있는 겁니다. 기자라면 남의 사생활을 침해할 수밖에 없지요…… 기자 일이란 게 그런 거니까요…… 그래도 넘으면 안 되는 선이 있다는 것 정도는 압니다."

"이제는 자신에 대해 이야기할 때도 남 이야기하듯 하시는구려?"

"기자들 모두를 대표해서 이야기하는 거니까요."

"그게 바로 특권 의식의 발로란 거요. 졸장부들의 전형적인 특성이지. 난, 오직 나 자신만을 대표해서 기자 양반의 질문에 대답하고 있소. 나를 보증할 사람은 나밖에 없으니까. 그리고 미리 말해두는데, 난 기자 양반의 기준에 맞추지 않겠소. 그리고 내 사생활에 있어 어떤 걸 비밀로 할지, 어떤 걸 비밀로 하지 않을지는 내가 정할 거요. 난 동정(童貞) 같은 것에는 일절 신경 쓰지 않는다오. 그러니 그 문제에 대해선 좋을 대로 하시오."

"타슈 선생님, 그런 걸 밝히시는 게 얼마나 위험천만한 일인지 잘 모르시는 것 같습니다. 그리고 난 뒤의 느낌이란, 더럽혀진 듯한, 강간당한 듯한……"

"여보시오, 젊은 양반, 이번엔 내가 질문하리다. 기자 양반은 바보요, 아니면 마조히스트요?"

"왜 그런 질문을 하시죠?"

"왠고 하니, 바보나 마조히스트가 아닌 이상 그렇게 미적거릴 까닭이 없기 때문이오. 기막힌 특종을 선사하겠다는데, 사리사욕 없이 인심 좋게 거저 주겠다는데…… 그런데도, 영리한 수리처럼 기회를 낚아채기는커녕 양심의 가책이나 느끼는 척 요리조리 몸을 사리잖소. 계속 그런 식으로 나가면 어떤 일이 벌어지는지 아시오? 자칫하면 내가 심통을 부려서 그 특종을 뺏어버리는 수가 있소. 신성 불가침의 사생활을 보호하기 위해서가 아니라 그저 기자 양반을 골탕 먹이기 위해서 말이오. 알아두실 게 있는데, 내 후한 마음 씀씀이는 결코 오래 가지 않는다오. 특히나 누가 성미를 건드릴 땐 말이오. 그러니 줄 때 잽싸게 가져가시오. 안 그러면 다시 거둬가겠소. 어쨌든 나한테 고맙다는 인사 정도는 해야지. 노벨상 수상자가 동정을 바친다는 게 어디 날이면 날마다 있는 일인가, 안 그렇소?"

"정말 뭐라 감사드려야 할지 모르겠습니다, 타슈 선생님."

"옳지. 나는 아첨꾼들을 몹시 좋아한다오, 고마운 사람 같으니."

"선생님께서 저한테 인사를 하라고……"

"그래서? 내가 시키는 일이라고 다 할 필요는 없잖소."

"좋습니다. 앞서 언급했던 주제로 되돌아가지요. 방금 밝히신 사실에 비추어 보니, 선생님의 여성 혐오증이 어디서 싹텄는지 알 것 같습니다."

"허어?"

"예, 여성들에 대한 복수심은 동정이라는 것과 연관이 있지 않은지요?"

"무슨 연관이 있다는 건지 모르겠구면."

"있고말고요. 선생님께서 여자들을 싫어하시는 건 이제껏 어떤 여자도 선생님을 원하지 않았기 때문입니다."

소설가 선생은 폭소를 터뜨렸다. 어깨가 다 들썩거릴 지경이었다.

"끝내주는데! 정말 재미난 사람이오, 형씨는."

"제 해석을 반박하시는 겁니까?"

"해석 자체에 이미 반박의 여지가 있는 것 같은데, 기자 양반. 좀 전의 해석은 인과관계 뒤집기의 모범 사례라 할 만하오…… 원래 기자들이 그 분야에서 탁월하긴 하지. 특히나 기자 양반은 말이오, 사실들 간의 관계를 마구 뒤집어엎어서 현기증 나게 만들어버렸소. 그러니까 기자 양반 말은, 이제껏 어떤 여자도 날 원하지 않았던 까닭에 내가 여자들을 싫어한다는 건데, 사실 여자들을 원하지 않았던 건 나거든. 그것도 그네들이 싫다는 단순하기 그지없는 이유로 말이오. 두 번 뒤집기라, 대단하오. 천재적이시구려."

"여자들을 아무런 이유 없이 선험적으로 싫어한다는 말씀이십니까? 말도 안 됩니다."

"싫어하는 음식이 있거든 한 번 말해 보시오."

"가오리를 싫어합니다만……"

"어째서 불쌍한 가오리한테 복수심을 품게 된 거요?"

"가오리한테 복수하고픈 마음은 추호도 없습니다. 늘 가오린 별로라고 생각해온 거죠, 그뿐입니다."

"자아, 이제야 말이 통하는구려. 난 여자들한테 복수하고픈 마음은 추호도 없소. 늘 여자들이 싫었지, 그뿐이라오."

"에이, 타슈 선생님, 비교가 되지 않는 걸 가지고 비교를 하시네요. 제가 선생님을 송아지 혓바닥과 비교한다면 기분이 어떠시겠습니까?"

"나야 영광이지. 거 참 맛있잖소."

"선생님, 좀 진지하게 인터뷰에 임해주십시오."

"난 원래 진지한 사람이오. 안된 일이지, 젊은 양반. 내가 진지한 사람이 아니라면 인터뷰가 전에 없이 길었다는 것도, 당신 같은 작자한테 그렇게 시간을 할애할 필요가 없다는 것도 알아차리지 못했을 테니까 말이오."

"제가 뭘 어쨌다고 그러십니까?"

"배은망덕한 데다 허위로 가득 차 있으니까."

"허위로 가득 차 있다고요, 제가요? 그럼 선생님께서는요?"

"건방지긴! 난 진실하지만, 그래 봐야 아무 소용 없다는 걸 진작부터 알고 있었소. 남이 알아차리지도 못할 뿐더러 오히려 뒤집어서…… 정말이지 기자 양반은 뒤집기 전문가요…… 허위로 가득 차 있다고 말하니까. 이제껏 날 희생해왔지만 아무 소용이 없었소. 이따금 생각하기도 하오. 다시 시작해야 한다면 허위적인 방식으로 밀어붙여서 당신네들처럼 편안한 생활, 존경 받는 생활을 하리라고 말이오. 그런데 정작 당신들을 쳐다보면 정나미가 뚝 떨어져서, 섣불리 흉내내지 않은 걸 자축하게 된다오. 그런 까닭에 고독이란 걸 감내해야 했지만 말이오. 아니, 고독은 축복이오. 당신네들이 노는 진흙탕에서 멀찌감치 떨어져 있게 해주니까. 내 삶은 추하오. 하지만 당신네들의 삶보단 낫소. 가시오, 기자 양반. 이제 내 장광설도 끝났으니 연출 감각을 발휘해서 멋지게 떠나가란 말이오."

맞은편 카페에서는 기자의 경험담과 관련하여 논쟁이 벌어졌다.

"상황이 이 지경인데, 직업 윤리상 인터뷰를 계속해도 되는 걸까요?"

"타슈 선생한테 물어보세요. 십중팔구 기자 주제에 직업 윤리 운운하다니 위선자라고 대꾸할 겁니다."

"분명히 그렇게 말하겠죠. 그렇다고 그 작자가 뭐 교황이기라도 한 건 아니잖아요. 악담을 곧이곧대로 받아들일 필요는 없는 것 아닙니까."

"문제는 그 악담이 진실의 냄새를 풍긴다는 거죠."

"관둬요, 그 작자한테 말려들고 있잖아요. 유감스럽지만, 난 그자에 대한 존경심을 완전히 잃어버렸어요. 그 작자, 너무 음란해요."

"선생 말이 맞네요. 형더러 배은망덕하다고 했잖아요. 꿈에 그리던 특종을 선사했더니 감사 인사랍시고 업신여기는 말만 하고."

"이봐요, 그 작자가 나한테 어떤 욕설을 퍼부었는지 못 들었어요?"

"들었고말고요. 들었으니 왜 화가 났는지 알죠."

"빨리 형 차례가 되어야 하는데. 재미있을 겁니다."

"나도 빨리 내 차례가 됐으면 좋겠어요."

"그 작자가 여자들에 대해서 말하는 것 들었어요?"

"흐음, 아주 틀린 말도 아니죠."

"부끄럽지도 않아요? 우리들 중에 여자가 없으니 망정이지. 그런데 내일은 누구 차렙니까?"

"모르는 사람이에요."

"어디서 일한대요?

"모르겠어요. 소개를 받지 못해서."

"그라블랭 씨가 우리한테 녹음 사본을 하나씩 부탁했다는 거 잊지 마세요. 꼭 달라고 합디다."

"그 사람은 성자예요. 몇 년이나 타슈 선생 밑에서 일했죠? 날이면 날마다 즐겁지는 않았을 텐데."

"그랬겠죠, 하지만 천재 밑에서 일한다는 것 자체가 대단한 경험 아니겠어요."

"천재라는 게 괜찮은 핑곗거리가 되는군요."

"그건 그렇고, 그라블랭 씨는 왜 녹음 내용을 들으려고 한답니까?"

"자기를 고문하는 자를 보다 잘 이해하기 위해서겠죠. 알 만해요."

"그 뚱보를 어떻게 감당해내는지 모르겠어요."

"타슈 선생을 그런 식으로 부르지 마세요. 선생이 누구란 걸 잊지 마시라고요."

"오늘 아침부터 생각한 건데, 나한테 그 작자는 더 이상 타슈 선생이 아니에요. 앞으로는 뚱보라고만 생각하게 될 겁니다. 이래서 작가들을 직접 만나는 게 아니라니까요."

"**당신은** 누구요? 여기서 뭘 하고 있는 거지?"

"오늘은 1월 18일입니다, 타슈 선생님. 그리고 제가 선생님을 만나 뵙도록 정해진 날이지요."

"다른 기자들이 말해주지 않았나 본데……"

"전 그 사람들하고 만나지 않았습니다. 저랑 아무 상관 없는 사람들이니까요."

"잘 하셨소. 그래도 누군가 미리 일러줬어야 했는데."

"선생님의 비서인 그라블랭 씨가 어제 저녁에 녹음된 인터뷰 내용을 들려줬습니다. 알 건 다 알고 온 겁니다."

"당신에 대해 내가 어떤 생각을 할지 알면서도 왔단 말이오?"

"네."

"좋소. 장하시오. 대담무쌍하시구려. 이제 떠나도 되오."

"안 됩니다."

"위업을 달성했잖소. 뭐가 더 필요하오? 증명서라도 써 드릴까?"

"아닙니다, 타슈 선생님. 전 그저 선생님과 이야기하고 싶은 마음이 간절할 따름입니다."

"여보시오, 정말 웃기는구려. 하지만 내 인내심에는 한계가 있다오. 코미디는 끝났소. 썩 꺼지시오."

"절대 그럴 수 없습니다. 저도 다른 기자들과 마찬가지로 그라블랭 씨의 허락을 받고 온 겁니다. 그러니 남아 있겠습니다."

"그 그라블랭이라는 자가 날 배신했소. 여성 잡지 기자들은 쫓아 보내라고 그렇게 일렀는데."

"전 여성 잡지 기자가 아닙니다."

"뭐요? 이젠 남성 잡지사에서도 암컷들을 고용한단 말이오?"

"새삼스러울 것도 없는 일인데요, 타슈 선생님."

"환장하겠구먼! 앞일이 염려스럽네그려. 암컷들을 고용하기 시작했으니 종당에는 흑인이며 아랍인이며 이라크인들까지 고용할 것 아닌가 말이야!"

"노벨상 수상자께서 그런 고상한 말씀을 다 하십니까?"

"노벨 문학상이지 노벨 평화상이 아니거든. 천만다행이지."

"천만다행이라, 맞습니다."

"아주머니께서 이젠 재치 겨루기를 하시겠다?"

"미혼입니다."

"미혼이라고? 그럴 만하구려. 지지리 못생겼으니까. 게다가 진드기 같고! 남자들이 결혼하려 하지 않는 데는 다 이유가 있다오."

"걸프전이 일어나고 있는 마당인데 1차대전 때나 통했을 법한 말씀을 하시는군요. 요즘 여자들은 자기가 원해서 독신으로 지내는 겁니다."

"허, 그렇구려! 차라리 덤벼드는 남자가 아무도 없다고 말씀하시지."

"아, 그건 선생님께서 상관하실 일이 아닙니다."

"아 옳거니, 그건 사생활이다, 이거요-오?"

"바로 보셨습니다. 숫총각이라고 떠벌리면서 즐거워하시는 건 선생님 소관이지요. 남들도 꼭 그래야 하는 건 아닙니다."

"당신이 뭔데 나에 대한 판단을 내리는 거요? 시건방진 풋내기 같으니. 키스도 제대로 못 해본 추물 주제에."

"타슈 선생님, 시계를 들고 2분을 잴 테니, 그 시간 안으로 방금 하신 말씀에 대해 제게 사과하십시오. 만약, 2분이 지나도 사과하지 않으신다면 전 떠나겠습니다. 그리고, 너절한 아파트 안에 박혀 따분해하시건 말건 상관 않겠습니다."

잠시 잠깐, 뚱보 선생은 질식하는 듯했다.

"무례하긴! 시계 같은 건 볼 필요 없소. 당신이 여기서 2년을 버티고 있다 해도 난 사과 따윈 하지 않을 테니까. 하려면 당신이 해야지. 한데, 도대체 무슨 이유로 내가 당신한테 매달릴 거라 생각한 거요? 난 당신이 집 안으로 들어선 다음부터 적어도 두 번은 나가라고 했는데 말이오. 그러니 2분이 지나도록 기다릴 것 없소. 시간 낭비요. 나가는 문은 저쪽이오! 문은 저쪽이라니까, 내 말 안 들리오?"

기자는 안 들리는 척했다. 계속 시계만 쳐다보았다. 요지부동이었다. 2분이란 얼마나 짧디짧은 시간인가? 하지만 그 2분도 무한히 길게 느껴질 때가 있는데, 사위가 쥐 죽은 듯 고요한 가운데 초단위로 재어질 때가 그렇다. 노작가의 분노는 시간이 흐름에 따라 경악으로 바뀌어갔다.

"자, 2분이 지났습니다. 안녕히 계십시오, 타슈 선생님, 만나뵈어서 반가웠습니다."

기자는 일어나 문 쪽으로 향했다.

"가지 마시오. 명령이니, 남아 있으시오."

"하실 말씀이라도 있으십니까?"

"앉으시오."

"사과하시기엔 너무 늦었습니다, 타슈 선생님. 유예기간이 지났거든요."

"남아 있으라니까, 이런 염병할!"

"안녕히 계십시오."

기자는 문을 열었다.

"사과하리다, 내 말 안 들리오? 사과한다니까!"

"너무 늦었다고 말씀 드렸는데요."

"제기랄, 내 평생 처음으로 사과하는 거란 말이오!"

"그래서 사과가 그렇게 사과답지 못한가 보군요."

"뭐 흠잡을 데라도 있소, 내 사과가 뭐 어때서?"

"흠 잡을 데야 많지요. 우선 너무 늦었다는 겁니다. 때늦은 사과는 그 효과가 반감된다는 걸 아셔야지요. 그리고, 우리말을 제대로 구사하시는 분이라면 사과는 그런 식으로 하는 게 아니라는 걸 아실 겁니다. '사과하리다' 가 아니라, '사과합니다' 라고 하셔야지요. 더 좋은 건 '진심으로 사과합니다' 라고 하시는 거고요. 그보다 더 좋은 건 '제 진심 어린 사과를 받아 주십시오' 라고 하시는 거지요. 물론 가장 좋은 건 '부디 제 진심 어린 사과를 받아주셨으면 합니다' 라고 하시는 거겠지만요."

"위선적인 횡설수설 같으니라고!"

"위선적이든 아니든, 격식을 갖춰 사과하지 않으시면 당장 떠날 겁니다."

"부디 내 진심 어린 사과를 받아 주시오."

"주셨으면 합니다."

"부디 내 진심 어린 사과를 받아 주셨으면 합니다. 이제 됐소?"

"천만에요. 말투가 어떤지 아세요? 제 속옷 상표가 뭐냐고 물어보시는 것 같은 말투라고요."

"속옷 상표가 뭐요?"

"안녕히 계십시오, 타슈 선생님."

기자는 다시 문을 열었다. 뚱보 선생이 허겁지겁 소리쳤다.

"부디 내 진심 어린 사과를 받아주셨으면 합니다."

"훨씬 낫군요. 다음번엔 좀더 빨리 하시죠. 사과를 늦게 하신데 대한 벌로 명령을 내리겠습니다. 왜 제가 떠나지 않기를 바라시는지 말씀하세요."

"뭐요, 아직 끝난 게 아니란 말이오?"

"네. 생각해 보니 전 완전무결한 사과를 받을 자격이 있어요. 틀에 박힌 어구 하나 말씀하신 걸 가지고 진심으로 사과하셨다고 믿기는 어렵지요. 믿게 만드시려면 선생님의 요구를 정당화해보세요. 제게 선생님을 용서하고픈 마음을 불러일으켜 보시라고요…… 전 선생님을 아직 용서하지 않았거든요. 그렇게 쉽게 용서할 순 없죠."

"너무 심한데!"

"그런 말은 제가 해야 하는 것 아닌가요?"

"썩 꺼지시오."

"그러고말고요."

기자는 다시 한 번 문을 열었다.

"기자 양반이 떠나지 않길 바라는 이유는 따분하기 때문이오! 난 이십사 년째 따분해 하고 있소!"

"이제야 털어놓으시는군요."

"좋겠구려. 당신네 삼류 신문을 통해서 프레텍스타 타슈는 이십사 년째 따분해 하고 있는 불쌍한 노인네라고 이야기할 수 있게 됐잖소. 나한테 대중의 가증스런 동정이 쏟아지도록 할 수 있게 됐다고."

"선생님, 선생님께서 따분해 하고 계시다는 건 진작부터 알고 있었습니다. 방금 말씀해주셔서 알게 된 게 아닙니다."

"허풍 떨지 마시오. 그걸 어떻게 알 수 있었단 말이오?"

"모순 속에서 진실이 드러나는 법이거든요. 다른 기자들이 녹음한 인터뷰 내용을 그라블랭 씨와 함께 들었답니다. 선생님께선 그라블랭 씨가 선생님의 뜻을 거슬러 가며 인터뷰를 기획했다고 말씀하셨지요. 그라블랭 씨는 그 반대라고 증언하더군요. 인터뷰 대상이 된다는 생각에 선생님께서 엄청 좋아라 하셨다고 이야기하던 걸요."

"배신자!"

"얼굴 붉히실 거 없습니다, 타슈 선생님. 그 이야길 듣고 나니 선생님이 다감한 분이라는 생각이 들더군요."

"그런 건 내가 알 바 아니오, 다감은 무슨."

"어쨌든 선생님께선 제가 가지 않길 바라시죠. 저랑 어떤 심심파적에 몰두하실 생각이신가요?"

"기자 양반을 따분하게 만들어 주고픈 마음뿐이오. 그만큼 재미난 게 어디 있겠소."

"듣던 중 반가운 말씀이네요. 그런 말씀을 듣고도 제가 남아 있고 싶어하리라 생각하십니까?"

"이 시대의 가장 위대한 작가들 중 한 사람이 당신을 필요로

하노라고 말해주는 어마어마한 영광을 베풀었는데, 그것으로 충분치 않단 말이오?'

"아마 선생님께서 바라시는 건 제가 환희에 겨워 울며 선생님의 두 발을 눈물로 적시는 것이겠지요?'

"거 참 기분이 괜찮겠구먼, 암. 난 남이 내 앞에서 기는 게 좋다오."

"그렇다면 더 이상 절 붙잡지 마세요. 전 그런 거 안 합니다."

"남아 있으시오, 고집 센 양반 같으니. 재미있구먼. 날 용서할 결심이 서지 않은 모양이니 나랑 내기 하나 하지 않으려오? 내 장담하는데, 인터뷰가 끝날 즈음이면 기자 양반도 다른 기자들처럼 두 손 두 발 다 들게 될 거요. 내기하는 거 좋아하잖소, 아니오?'

"공짜 내기는 좋아하지 않습니다. 뭔가를 걸어야 하지요."

"잇속을 차리시겠다? 돈을 따고 싶은 거요?'

"아닙니다."

"허, 기자님은 그런 건 넘어섰구려?'

"천만의 말씀입니다. 하지만 돈을 따고 싶으면 선생님보다 더 부유한 인물하고 상대해야지요. 선생님한테서 원하는 건 돈 말고 다른 겁니다."

"내 동정(童貞)은 아니겠지, 아무려면?'

"그 동정이라는 것, 강박관념이 되어 버렸군요. 아뇨, 정말이지 어지간히 굶주린 상태가 아닌 바에야 그런 끔찍한 것을 원할

리가요."

"고맙소. 그럼 원하는 게 뭐요?"

"아까 기는 것에 대해 말씀하셨지요. 양쪽에 동일한 원칙을 적용하도록 하십시다. 제가 지면 제가 선생님 발치에서 기고, 선생님이 지면 선생님이 제 발치에서 기는 식으로요. 저도 선생님과 마찬가지로, 남이 내 앞에서 기는 게 좋거든요."

"안쓰럽구려, 감히 나와 겨룰 수 있을 거라 생각하다니."

"이미 1회전은 제가 이긴 것 같은데요."

"딱한 양반, 그걸 두고 1회전이라고? 그건 애교만점의 전초전이었을 뿐이오."

"제가 압승을 거뒀죠."

"그렇긴 하오. 하지만 그때 결정타로 사용한 협박이 지금은 쓸모 없어졌잖소."

"예?"

"암, 아까는 문을 열겠다고 협박했지. 지금은 그럴 수 없을 거요. 내기에서 이기고 싶어 안달이 났으니까. 발치에서 기는 내 모습을 상상하며 두 눈을 반짝이고 있잖소. 상상만 해도 좋아 죽겠다 이거지. 당신은 내기가 끝나기 전엔 이 집에서 나가지 않을 거요."

"후회하시게 될 겁니다, 아마도."

"아마도. 그 전까지는 재미 좀 볼 수 있을 것 같구려. 내가 제일 좋아하는 게 사람들을 핍박하는 것, 사람들 모두가 추종하는 허위의식을 자빠뜨리는 것이거든. 게다가 내게 쾌감을 듬뿍 안겨주는 심심파적도 하고 말이오. 젠체하는 암컷들, 당신 같은 부류의 풋내기들에게 창피를 주는 거지."

"제가 젤로 좋아하는 심심풀이는 말이죠, 자아 도취에 빠진 뚱땡이들의 배에 든 바람을 확 빼주는 겁니다."

"방금 한 말은 우리 시대의 전형 중 최고의 전형이라 할 만하오. 설마하니 내가 슬로건 반복 장치와 이야기하고 있는 건 아닐 테지?"

"걱정하지 마십시오, 타슈 선생님. 선생님께서도 반동적인 투지하며 진부한 인종차별하며, 우리 시대의 전형이시니까요. 스스로는 시대착오적이라고 자부하시죠? 천만의 말씀입니다. 역사적인 관점에서 볼 때, 선생님께선 독창적이지 못하신 걸요. 매 시대마다 그 시대의 주술사, 그 시대의 신성한 괴수가 있었죠. 그 괴물이 누리는 영광의 기반은 단 하나, 그가 천진난만한 영혼들에게 불러일으키는 공포뿐이었습니다. 그 영광이 얼마나 허황한 것인지 굳이 말씀 드리지 않아도 되겠지요? 선생님도 언젠가는 세인들의 기억에서 지워지리란 것 말입니다. 선생님 말씀이 옳습니다. 아무도 선생님의 책을 읽지 않죠. 지금으로선 막말과 욕설만이 선생님의 존재를 세상에 환기시키고 있을 뿐입니다. 선생님의 고함소리가 잦아들고 나면, 선생님에 대해 아무도 기억하지 못하게 될 겁니다. 아무도 선생님의 책을 읽지 않을 테니까요. 그리고 그렇게 되는 게 낫겠죠."

"기막히게 잘도 종알대시는구려, 기자 양반! 도대체 대학은 어딜 나왔소? 보잘것없는 공격성에 키케로적인 비약을 뒤범벅하고, 거기에다 헤겔 내지는 사회주의자 풍의 터치까지 살짝 가미(일단 이렇게 말해두리다)하다니. 걸작이외다."

"선생님, 다시 한 번 상기시켜 드리는데, 이게 내기이건 아니건 제가 기자라는 사실에는 변함이 없습니다. 선생님께서 하시는 말씀은 죄다 녹음되고 있어요."

"대단하오. 우린 지금 명석하기 짝이 없는 변증법이란 것으로 서구의 사상을 살찌우고 있는 중이란 말이오."

"변증법이라, 그건 머릿속에 저장된 어휘가 바닥을 드러낼 때 사용하는 단어지요. 아닌가요?"

"제대로 봤소. 사교계의 조커라고 할 수 있지."

"그럼 벌써 제게 하실 말씀이 바닥나신 건가요?"

"애당초 할 말 같은 건 없었소, 기자 양반. 나처럼 이십사 년째 따분해 하고 있는 경우에는 사람들한테 할 말이 없는 법이라오. 그럼에도 사람들과 어울리고자 하는 건 심심파적을 위해서지. 총명하면 총명한 대로 우둔하면 우둔한 대로 심심풀이가 되니까. 자, 뭔가 해보시오. 날 심심치 않게 해주구려."

"심심치 않게 해드릴 수 있을지는 잘 모르겠습니다만, 한 가지 확실한 건 선생님을 집적거려 드릴 수는 있다는 겁니다."

"나를 집적거린다고! 불쌍한 젊은이 같으니, 당신한테 매겼던 점수가 이제 막 0점 이하로 떨어졌소이다. 나를 집적거린다고!

하긴 더 황당한 말을 할 수도 있었을 거요. 그냥 집적거린다고
만 말할 수도 있었을 거라고. 언제부터 이 '집적거리다' 동사를
자동사처럼 쓰기 시작했더라? 68년 5월(파리 대학의 학생 시위에 대
한 드골 정부의 과잉진압에 반발하여 파리의 학생들과 청년 노동자들이 연
합하여 대규모 사회 운동을 일으킴. 이 68혁명은 프랑스의 사회 체제, 문화
전반에 큰 변화를 불러일으켰으며 드골의 대통령직 사퇴를 이끌어내었다 :
옮긴이)인가? 그럴 게요. 냄새가 나거든. 같잖은 화염병이며 같
잖은 바리케이드며 잘 먹고 잘 자란 학생들을 위한 같잖은 혁명
이며 양갓집 도련님들에게 보장된 같잖은 미래의 냄새 말이오.
'집적거리고자' 하는 건 '문제시하고자' 하는 것, '의식화하고
자' 하는 것이지…… 부탁이니 목적어와 함께 쓰지 마시오. 그
래야 엄청나게 영리해 보인다오. 게다가 더 실용적이고. 왠고
하니 실제로 밝힐 수 없는 걸 밝히지 않아도 되거든."

"왜 그런 말씀을 하시면서 시간을 낭비하십니까? 전 밝혔는데
요, 목적어 말입니다. '선생님을' 이라고 하지 않았습니까."

"그랬지. 그런다고 별반 나을 것도 없소. 불쌍한 젊은이 같으
니, 생활환경 조사원이나 되었더라면 안성맞춤이었을 텐데. 진
짜로 웃기는 건 그 조사원이란 작자들이 자긍심으로 잔뜩 부풀
어 오른 채 '실례합니다만' 을 외친다는 거요. 꼭 개발 도상 구
세주들마냥 자기도취에 빠져 떠들어댄다고. 사명이 있다는 거
지, 세상에나! 자, 이제 나를 의식화해 보시오, 집적거려 보시오.
재미 좀 보게 말이오."

"대단하군요. 벌써 좀 덜 심심해하고 계시잖습니까."

"난 고분고분한 청중이라오. 계속하시오."

"좋습니다. 방금 제게 하실 말씀이 없다고 하셨지요. 전 선생님께 드릴 말씀이 있답니다."

"내가 맞춰보리다. 당신같이 보잘것없는 암컷이 나한테 할 말이 있다? 내 저작 속에서 여자가 폄하되고 있다는 거요? 여자가 없으면 남자는 성숙할 수 없다는 거요?"

"틀리셨습니다."

"그럼 혹시 이 집 청소를 누가 하는지 알고 싶은 거요?"

"왜 아니겠습니까? 재미난 이야기를 들려주실 수 있겠네요. 단 한 번만이라도요 "

"옳거니, 성질을 돋우시겠다? 그런 건 좀생이들이나 쓰는 방법이오. 거 뭐냐, 포르투갈 출신 아주머니가 매주 목요일 오후마다 와서 아파트를 청소하고 빨랫감을 거둬간다오. 이제 보니 존경받을 만한 직업을 가진 여인이 적어도 한 사람은 있었군 그래."

"선생님의 이데올로기에 따르면, 여자란 모름지기 걸레와 빗자루를 들고 집에 있어야 한다는 거군요, 그렇지요?"

"내 이데올로기에 여자는 존재하지 않소."

"점입가경이군요. 노벨상 심사위원단이 일사병에 걸렸던 게 틀림없어요. 그러니 선생님을 수상자로 선정했지요."

"이번 한 번만은 나랑 생각이 일치하는구려. 내 노벨상 수상은 역사상의 수많은 오해들 중 가장 빛나는 오해요. 나한테 노벨상을 주다니, 이건 사담 후세인한테 노벨 평화상을 주는 것과 매한가지지 뭐요."

"자기 자랑이 심하시군요. 사담이 선생님보다 훨씬 유명한데요."

"그럴 수밖에. 사람들이 내 책을 안 읽으니까. 읽는다면 내가 그자보다 더 해롭고 더 유명한 존재가 될 거요."

"바로 그겁니다. 사람들은 선생님 책을 읽지 않아요. 왜 만인이 선생님을 거부하는지 설명해주시겠습니까?"

"종족보존 본능이지. 면역 반응이라고."

"언제든 선생님께 유리한 쪽으로 설명하시는군요. 그저 선생님 작품이 지루해서 읽지 않는 것일 수도 있잖습니까?"

"지루하다고? 재치만점의 완곡어법이구려. 차라리 개똥같다고 하지 그러시오?"

"굳이 막말에 목맬 필요는 없는 것 같은데요. 어쨌든 질문을 회피하지는 말아주십시오, 선생님."

"내 작품이 지루하냐고? 진실이 흘러 넘치는 대답을 들려드리리라. 잘 모르겠소. 지구상의 모든 인간들 가운데 난 그 이유를 알기에 가장 부적절한 위치에 있단 말이오. 칸트도 필시 『순수이성 비판』이 흥미진진한 책이라고 생각했을 거요. 그리고 그랬던 것도 무리는 아니오. 자기 책에 도취해 있었을 테니까. 그래서 말이오, 기자 양반, 내가 받은 질문을 고스란히 돌려드릴 수밖에 없구려. 내 작품이 지루하오? 기자 양반이 아무리 바보라도 나보다는 훨씬 흥미로운 대답을 들려줄 수 있을 거요. 내 책을 읽지 않았다 해도 말이오. 그야 의심의 여지가 없는 일이지만."

"틀리셨습니다. 선생님 앞에는 선생님의 작품 스물두 권을 모조리 읽은 회귀한 존재가 앉아 있답니다. 한 줄도 빼먹지 않고 다 읽었지요."

뚱보 선생은 40초간 아무 말이 없었다.

"장하시구려. 난 이런 엄청난 흰소리를 지어낼 깜냥이 있는 사람들을 좋아한다오."

"죄송하지만 사실인데요. 저는 선생님의 작품을 전부 읽었답니다."

"누가 권총으로 협박이라도 했소?"

"제 의지를…… 아니, 욕구를 따랐지요."

"말도 안 돼. 내 작품을 죄다 읽었다면 지금처럼 그런 모습은 아닐 거요."

"정확히 말해 제 모습이 어떻습니까?"

"시시한 암컷이지."

"이 시시한 암컷의 머릿속에서 무슨 일이 일어나는지 간파할 수 있다고 장담하시는 겁니까?"

"뭐요, 당신 머릿속에서 뭔가 일어나고 있단 말이오? 자고로 여자는 뱃속에서 만사가 일어나는 법인데."

"애석하게도 전 선생님의 작품을 배로 읽지 않았답니다. 그러니 좋든 싫든 제 의견을 들으셔야 합니다."

"말해보시오. 그 '의견'이라는 게 뭔지 좀 들어보기로 하지."

"우선 첫번째 질문에 대답해 드리지요. 전 선생님의 소설 스물두 권을 읽는 동안 단 한 순간도 지루하지 않았습니다."

"거 참 이상하구먼. 내 생각엔 이해하지 못하면서 읽는다는 건 진저리 나는 일일 것 같은데."

"그럼 이해하지 못하면서 쓰는 것도 지루하겠군요?"

"그 말은 내가 내 책들을 이해하지 못할 거란 뜻이오?"

"그보다는 선생님의 책들이 허세 덩어리라는 뜻입니다. 그리고 그 점이 그 책들의 매력이기도 하지요. 선생님의 책을 읽으면서 제가 느낀 건, 의미로 가득한 알찬 단락과 완전무결한 허풍뿐인 텅 빈 문단이 계속해서 반복되고 있다는 겁니다. 왜 완전무결한 허풍인고 하니, 그 허풍에 저자도 속고 독자도 속기 때문이지요. 찬란하게 무의미하고 엄숙하게 비상식적인 객담들을 심오하고 긴요한 담론들인 양 꾸며대면서 얼마나 희열을 느끼셨을지 짐작이 갑니다. 선생님 같은 거장한테 그건 분명 기막히게 재미난 놀이였을 겁니다."

"웬 헛소리를 늘어놓는 거요?"

"그건 저한테도 아주 재미난 놀이였답니다. 허위를 깨부수기 위해 투쟁하노라고 주장하는 작가의 글 곳곳에서 허위의식을 찾아낼 수 있었던 건 정말 유쾌한 경험이었으니까요. 계속 허위로만 일관했다면 짜증스러웠을지도 모르죠. 하지만 끊임없이 진실과 허위를 오락가락하는 것이, 파렴치의 극치를 보여주더군요."

"그러니까 지금, 진실과 허위를 구별할 줄 아노라고 자부하시는 거요? 같잖고 시건방진 암컷 같으니."

"그보다 단순한 일이 어디 있겠습니까? 어떤 단락을 읽으면서 폭소가 터질 때면 전 그 안에 허풍이 숨어 있음을 알아차렸답니다. 그리고 그것 참 교활한 전략이라고 생각했지요. 허위에 허위로 맞서는 것, 지적인 테러로 맞서는 것, 적보다 훨씬 더 음흉스러워지는 것, 이것이야말로 탁월한 전략 아닙니까. 어쩌면 지나치게 탁월하다고 할 수 있죠. 촌스런 적에 대항해서 너무 세련된 전술을 구사하는 것이니까요. 마키아벨리즘이 성공을 거두기 힘들다는 것쯤은 누구나 다 아는 사실이지요. 무식한 몽둥이가 섬세한 톱니보다 잘 으스러뜨리는 법이니까요."

"내가 허풍을 떤다고? 그렇다면 참말 형편없는 허풍선이지. 내 책을 죄다 읽었노라 주장하는 당신에 비하면 말이오."

"구할 수 있는 건 다 읽었습니다. 확인하고 싶으시면 질문을 해보시죠."

"옳거니, 땡땡주의자들(벨기에 만화가 에르제의 추리 만화 시리즈 『땡땡의 모험』은 1929년 첫 출간된 이래 전세계인의 사랑을 받고 있다 : 옮긴이)처럼 하라는 거로구먼. '『해바라기 사건』에서 빨간색 볼보의 차량 번호가 몇 번이게?' 하는 식으로 말이지. 가증스러운 방법이오. 내가 그런 방법으로 내 작품의 격을 떨어뜨릴 거라고는 기대하지 마시오."

"그럼 어떻게 해야 제 말을 믿으시겠습니까?"

"도리 없소. 어떡하든 난 당신을 믿지 않을 테니까."

"그렇다면 전 최악의 상황에 처한 셈이군요."

"처음부터 그랬소. 애당초 당신의 성별이 그럴 수밖에 없게 만들어놓고 있었으니까."

"성별 이야기가 나왔으니 드리는 말씀인데, 전 선생님의 소설들 속 여성 등장인물들에 대해 개괄해보았답니다."

"어련하실까. 기대가 되오."

"좀 전에 말씀하시기를, 선생님의 이데올로기에는 여자가 존재하지 않는다고 하셨지요. 그런 주장을 펴고 다니시는 분이 그렇게 많은 종이 여인들을 만들어내다니 놀라울 따름입니다. 하나하나 되짚어보지는 않겠습니다만, 제가 세어본 바로는 선생님의 작품세계에 약 마흔여섯 명의 여자가 등장하더군요."

"그게 뭘 증명해준다는 건지 궁금하구려."

"선생님의 이데올로기에 여자가 존재한다는 걸 증명해주지요. 이것이 첫번째 모순입니다. 차차 아시게 되겠지만 그 외에도 이런저런 모순들이 있지요."

"아하! 우리 기자 양반께서는 모순 색출에 나서셨구먼. 알아두시오, 교사연하는 양반. 이 프레텍스타 타슈는 모순을 예술의 경지로 승화시켰다오. 내 자가당착 체계보다 더 우아하고 섬세하며 정신을 뒤흔드는 동시에 폐부를 찌르는 그 무언가를 상상할 수 있소? 그런데 웬 미련퉁이(안경 빼곤 모든 조건을 다 갖췄지)가 나타나서는 내 작품에서 몇몇 가당치 않은 모순을 찾아냈다고 기세 등등하게 외쳐대다니! 이런 세련된 독자를 갖다니 내가 신이 날 수밖에 없는 거겠지?"

"전 그 모순이 가당치 않다고 말한 적은 없는데요."

"없지, 하지만 분명히 그렇게 생각했을 거요."

"제가 무슨 생각을 하는지 알기에는 선생님보다 제가 유리한 입장에 있습니다."

"그건 두고 볼 일이오."

"게다가, 말이 나왔으니 말인데 전 그 모순이 흥미롭다고 생각했습니다."

"맙소사."

"그러니까, 여성 등장인물이 마흔여섯 명이라고 말씀 드렸지요."

"그 숫자로 뭔가를 입증하기 위해서는 남성 등장인물들도 헤아려봤어야지, 이 양반아."

"그렇게 했답니다."

"어찌나 총명하신지."

"백예순세 명이지요."

"불쌍한 양반 같으니, 당신이 엄청난 동정심을 유발해서 참고 있지, 그 어마어마한 성비 불균형이라니 박장대소하지 않을 수 없는 일이외다."

"동정심은 배제해야 마땅한 감정입니다."

"아하! 츠바이크(Stefan Zweig(1881~1942) 오스트리아 작가. 1차 대전의 참상에 고뇌하며 인간의 심리를 심층적으로 파헤치는 전기와 소설을 썼다. 양차대전 사이 나치즘에 극력 반대하여 브라질로 망명한 후 유럽의 쇠락을 비관하며 자살로 생을 마감했다. 작품에 『아목』, 『위험한 동정심』 등이 있다 : 옮긴이)를 읽으셨구먼! 교양도 풍부하시지! 여보시오, 친애하는 기자 양반, 나 같은 촌놈들은 몽테를랑(Henry de Montherlant(1896~1972) 프랑스 작가. 전쟁이나 스포츠 등의 행동주의와 극단적인 여성 멸시로 유명하며 『투우사』, 『젊은 여자들』 등의 소설을 썼고, 2차대전 후에는 극작에 몰두하여 『죽은 여왕』 등의 희곡을 남겼다 : 옮긴이) 정도로 만족한다오. 몽테를랑을 읽지 않은 티가 팍팍 나는구려. 난 여자들을 동정하오. 고로 난 그네들을 증오한다오. 그리고 그 역도 성립하지."

"우리 여성들에 대해 퍽 건전한 감정을 품고 계시니만큼 왜 마흔여섯 명의 여자 등장인물을 만들어냈는지 설명 좀 해주시지요."

"일 없소. 설명을 하려면 당신이 해야지. 하늘이 두 동강 난대도 난 당신 설명을 듣는 재미는 놓치지 않을 거요."

"선생님의 작품에 대해 설명하는 건 제 소관이 아닙니다. 대신 몇 가지 객관적인 사실들을 알려드리죠."

"알려줘 보시오, 부탁하오."

"생각나는 대로 말씀 드리지요. 여자가 등장하지 않는 소설들이 있더군요. 『소화불량 옹호론』, 그건 물론이고……"

"물론이라니, 뭐가?"

"등장인물 없는 소설이니까 그렇지요."

"보아하니 정말로 내 책을 읽기는 했구려, 부분적으로나마 말이오."

"또 여자가 등장하지 않는 소설이 『용매』, 『실수 연발 학살』, 『물잔 속의 부처』, 『추물 습격』, 『천재지변』, 『죽음 그리고 기타 등등』, 그리고 또…… 이건 정말 놀랍지요……『포커, 여자, 타인들』이 그랬어요."

"내가 얼마나 능수능란한지 원."

"그러니까 여덟 편의 소설에 여자가 등장하지 않는다는 겁니다. 스물두 권에서 여덟 권을 빼면 열네 권이 남지요. 그 열네 권에 마흔세 명의 여성 등장인물이 나뉘어져 있어요."

"수학이란 참 멋진 거요."

"물론 남아 있는 열네 권에 여성 등장인물들이 균등하게 분포되어 있는 건 아닙니다."

"뭐가 '물론'이라는 거요? 그 '물론' 들 참 넌더리 나오. 내 책에 대해 이야기하면서 꼭 그 말을 써야 한다고 생각하다니. 마치 내 작품이 창작동기가 훤히 들여다보이는 그런 뻔한 작품인 것 같잖소."

"바로 선생님의 작품이 뻔하지 않다는 점 때문에 제가 '물론'

이라는 말을 쓰는 겁니다."

"궤변은 삼가시오, 부탁이오."

"여성 등장인물 최다 등장 기록은 『양차 대전 사이의 강간을 위한 강간들』이 보유하고 있는데, 그 책 속엔 스물세 명의 여자가 등장하지요."

"그럴 만하지."

"마흔여섯 명 빼기 스물세 명은 스물세 명이지요. 소설은 열세 권, 여자는 스물세 명 남았네요."

"통계 한 번 잘 내시는구먼."

"일녀(一女) 소설을 네 권 쓰셨지요. 이런 해괴한 신조어를 쓰는 걸 이해해 주십시오."

"당신 같으면 이해가 되겠소?"

"그 네 권이 『무단 기도』, 『사우나와 그밖의 음행들』, 『탈모 산문』, 『부사(副詞) 없이 죽기』지요."

"남은 인원이 몇이요?"

"소설 아홉 권에 여자 열아홉 명입니다."

"나누면?"

"『파렴치한들』에 여자 세 명. 그 외에는 모두 이녀(二女) 소설이지요. 『고통 없는 십자가형』, 『가터 벨트의 난삽함』, 『우르비와 오르비』, 『오아시스의 노예들』, 『세포막』, 『세 규방』, 『동시 발생적 은총』…… 한 권이 모자라는데요."

"아니, 다 말했소."

"그런가요?"

"암, 공부를 참 열심히 했구려."

"분명히 한 권이 모자라는데요. 처음부터 다시 세어봐야겠습니다."

"어, 안 돼, 다시 시작할 생각 마시오!"

"그래야 합니다. 그러지 않으면 이제껏 쌓아 올린 통계가 다 무너져 내리니까요."

"내가 면책해주리다."

"할 수 없군요, 다시 시작하죠. 종이랑 연필 있으신가요?"

"없소."

"자, 타슈 선생님, 저 좀 도와주세요. 그럼 시간을 절약할 수 있을 텐데요."

"다시 시작하지 말라고 했잖소. 당신이 중얼대는 걸 듣자니 머리가 돌 지경이라오!"

"그럼 다시 시작하지 않게 해주세요. 제가 빠뜨린 제목을 말씀해주시라고요."

"그게 뭔지 영 감이 안 잡히는걸. 이미 제목들 중에 절반은 잊어버렸소."

"자신의 작품인데 잊어버리셨다고요?"

"당연하지. 나이 들면 알게 될 거요. 여든세 살이 되면."

"그렇다 해도 잊혀지지 않는 작품이 몇 권은 있을 텐데요?"

"그럴 테지. 그런데 딱 집어서 어떤 것들 말이오?"

"그걸 왜 제가 말해야 합니까."

"유감 천만인데. 거 참 재미난 판단이구먼."

"그렇게 말씀해주시니 영광입니다. 이제 좀 조용히 해주시겠습니까. 되짚어 보지요. 『소화불량 옹호론』, 이제 한 권. 『용매』……"

"지금 날 엿먹이는 거요, 뭐요?"

"……이제 두 권. 『실수 연발 학살』, 세 권."

"혹시 귀마개 있소?"

"혹시 제가 빠뜨린 제목 아십니까?"

"모르오."

"할 수 없군요. 『물잔 속의 부처』, 네 권. 『추물 습격』, 다섯 권."

"165. 28. 3925. 424."

"아무리 훼방을 놓으셔도 전 계속할 겁니다. 『천재지변』, 여섯 권. 『죽음 그리고 기타 등등』, 일곱 권."

"캐러멜 하나 드시겠소?"

"아뇨. 『포커, 여자, 타인들』, 여덟 권. 『양차 대전 사이 강간을 위한 강간들』, 아홉 권."

"알렉산드라 한 잔 드시겠소?"

"조용히 하세요. 『무단 기도』, 열 권."

"살찔까봐 조심하는 거요, 응? 그럴 줄 알았소. 지금도 꽤나 말랐다고 생각하지 않으시오?"

"『사우나와 그밖의 음행들』, 열한 권."

"그렇게 대답할 줄 알았소."

"『탈모 산문』, 열두 권."

"허, 이런, 환장하겠구먼. 아까하고 똑같은 순서로 열거하고 있잖소."

"선생님의 기억력이 탁월하다는 걸 이젠 아시겠지요. 『부사 없이 죽기』, 열세 권."

"별 대단할 것도 없소이다. 그런데 연대순으로 한 번 열거해 보는 게 어떻겠소?"

"선생님께서는 연대를 일일이 기억하고 계십니까? 『파렴치한 들』, 열네 권. 『고통 없는 십자가형』, 열다섯 권."

"내 생각도 좀 해주구려. 그만하시오."

"조건이 딱 하나 있습니다. 제가 빠뜨린 제목을 말씀해주세요. 선생님처럼 기억력이 탁월하신 분께서 그걸 잊어버리셨을 리가 없어요."

"하지만 잊어버렸는걸. 건망증이란 이렇게 사람을 안 가린다 니까."

"『가터 벨트의 난삽함』, 열여섯 권."

"언제까지 계속할 거요?"

"선생님의 기억력이 재생될 때까지요."

"내 기억력? 지금 '내' 기억력이라고 했소?"

"그렇습니다."

"그러니까 그 말은, 당신은 그 문제의 소설을 잊어버리지 않았다는 뜻이오?"

"어떻게 그걸 잊어버릴 수 있겠습니까?"

"그럼 왜 당신 입으로 말하지 않는 거요?"

"선생님께서 직접 말씀하시는 걸 듣고 싶어서요."

"거듭 말하지만, 기억이 나지 않는다니까 그러시오."

"그 말씀은 믿을 수 없는데요. 다른 작품은 몰라도 그건 절대 잊어버리셨을 리가 없습니다."

"그 소설의 어떤 점이 그렇게 특출나단 말이오?"

"잘 아시잖습니까."

"모르오. 난 내 재능에 대해 무지한 천재라오."

"웃음이 절로 나오는군요."

"그리고 그 소설이 그렇게 대단하다면 벌써 소문이 자자했을 거요. 한데, 그 소설에 대해서 이야기하는 사람은 아무도 없소. 내 작품세계가 화제에 오를 때 언급되는 건 늘 똑같은 책들 네 권뿐이오."

"그런 이야기가 별 볼 일 없다는 거 잘 아시잖습니까."

"아하, 감 잡았소. 기자 양반은 사교계의 속물이구려. 이렇게 외쳐대는 부류란 말이지. '이봐요, 프루스트를 읽어봤어요? 아니, 아니오, 『잃어버린 시간을 찾아서』 말고요. 그건 너무 진부하잖아요. 제가 이야기하려는 건 1904년 《피가로》지에 실린 글인데……'"

"좋습니다, 전 속물입니다. 마음에 담아두고 계신 제목을 말씀해주시죠."

"애석하게도 마음에 담아둘 게 못 되는 제목이라오."

"그렇다면 제 짐작이 맞는군요."

"짐작? 생각하는 거 하고는."

"알겠습니다. 협조하지 않으신다니까 다시 되뇌어보는 수밖에요…… 어디까지 되뇌었는지 기억이 나지 않는군요."

"지루하게 되풀이할 필요가 전혀 없는데 그러시오. 그 제목이 뭔지 알잖소."

"애석하게도 다시 잊어버린 것 같습니다. 『소화불량 옹호론』, 한 권."

"한 마디만 더 하면 목을 졸라버리겠소. 내 비록 거동이 불편하기는 하오만."

"목을 조르시겠다고요? 그 말씀이 뭔가를 밝혀주는 듯한데요."

"뒤통수를 후려치는 게 더 나을 것 같소?"

"자, 선생님, 이번엔 화제를 돌리기 힘드실 것 같은데요. 목 조르기에 대해 말씀해주시죠."

"뭐요, 내가 쓴 책 중에 제목이 『목 조르기』인 것도 있소?"

"꼭 그런 것은 아닙니다만."

"이것 보시오, 수수께끼 같은 걸로 짜증스럽게 하지 마시구려. 제목을 말해주시오. 그리고 이 이야긴 끝을 내자고."

"전 빨리 끝내고 싶지 않습니다. 정말 재미있는데요."

"당신이나 재미있지."

"그래서 더 즐겁군요. 하지만 딴소리는 그만하기로 하죠. 목 조르기에 대해 말씀해주십시오, 선생님."

"난 그것에 대해 할 말 없소."

"아, 그렇습니까? 그럼 왜 목을 조르겠다고 위협하신 거죠?"

"그냥 그렇게 말한 거요. 그러니까, 이렇게 말하는 것과 매한 가지지. '가서 달걀이나 삶으시오!'"

"그렇군요. 하지만 왜 하필이면 목 조르기를 택하신 걸까요? 이상하잖습니까."

"무슨 말을 하고 싶은 거요? 혹시 프로이트처럼 말실수에 집착하는 거요? 정말 가관이군."

"전 원래 프로이트의 이론을 믿지 않았습니다. 그런데 일 분 전부터 믿기 시작했답니다."

"난 원래 말고문의 효율성을 믿지 않았소. 그런데 몇 분 전부터 믿기 시작했다오."

"과찬의 말씀이십니다. 이제 좀 솔직해지기로 하십시다. 괜찮으시겠죠? 전 가진 게 시간뿐입니다. 선생님께서 문제의 제목을 기억 속에서 되살려내시지 않는 한, 목 조르기에 대해 말씀해주시지 않는 한, 전 선생님을 놓아드리지 않을 겁니다."

"부끄럽지도 않소? 불구에다 비만이고 무일푼이며 몸 아픈 노인네를 물고 늘어지다니."

"전 부끄러움 같은 건 모르는 사람입니다."

"학교 선생들이 미처 당신한테 세뇌시키지 못한 미덕이 또 하나 있었구먼."

"타슈 선생님, 선생님께서도 부끄러움 같은 건 모르는 분이신데요."

"당연하오. 난 부끄러워할 일이 없는 사람이거든."

"선생님의 책이 해롭다고 말씀하지 않으셨던가요?"

"바로 그 때문이오. 인류에 해를 끼치지 못하는 것이야말로 부끄러운 일이거든."

"하지만 전 인류에는 관심 없습니다."

"맞는 말이오. 인류는 흥미롭지 않소."

"개개인은 흥미롭죠, 안 그렇습니까?"

"사실, 개인이란 너무나 드문 존재라오."

"선생님께서 알고 계신 개인에 대해 말씀해주세요."

"음, 셀린을 예로 들 수 있겠구먼."

"아니, 셀린 말고요."

"뭐요? 기자 양반은 셀린에 별 관심 없소?"

"몸으로 부대낀 적이 있는 개인에 대해 말씀해주세요. 함께 살고 말하고 그랬던 개인에 대해서요."

"간호사?"

"아니, 간호사 말고요. 어서요, 제가 무슨 말을 하는지 아시잖습니까. 그것도 아주 잘 알고 계시지요."

"영 감이 안 잡히는데, 진드기 같으니."

"짤막한 이야기를 하나 들려드리지요. 아마 선생님의 노쇠한 두뇌가 기억력을 회복하는 데 도움이 될 겁니다."

"어련하실까. 난 당분간 이야기를 안 해도 될 테니, 캐러멜이나 몇 개 먹도록 해주시구려. 안 먹을 수가 없구먼. 당신한테 너무 괴롭힘을 당해 기운이 빠졌거든."

"드시지요."

소설가 선생은 큼직하고 각진 캐러멜을 입 속에 집어넣었다.

"제 이야기는 놀라운 발견에서 비롯됩니다. 기자들이란 양심 없는 자들 아닙니까. 그래서 전 선생님께 여쭤보지도 않고 선생님의 과거를 파헤쳤지요. 여쭤봤다간 못하게 하실 게 뻔했으니까요. 웃으시는군요. 무슨 생각을 하시는지 압니다. 과거의 자취를 전혀 남겨놓지 않았고, 선생님을 마지막으로 가문의 대가 끊겼고, 사귀었던 친구도 없다고, 즉 선생님의 과거에 대해 알려줄 만한 것은 아무것도 없다고 생각하시는 거겠죠. 틀리셨습니다, 선생님. 눈에 띄지 않는 증인들을 경계해야 하는 법이랍니다. 살던 곳 여기저기를 경계해야 하는 법이라고요. 그들이 다 말해주거든요. 또 웃으시는군요. 예, 어릴 적 사시던 성은 65년 전에 화재로 소실되었죠. 이상한 화재였다지요. 아직까지 원인이 밝혀지지 않았고요."

"성에 대해서는 어떻게 알아냈소?" 뚱보 선생은 캐러멜이 쩍쩍 엉겨 붙은 께느른한 목소리로 기자에게 물었다.

"아, 그건 식은 죽 먹기였죠. 장부며 문서 등을 대충 검토하기만 하면 되는 일이었으니까요…… 우리들은 그런 일 하기가 좋지요, 우리네 기자들은요. 아시는지 모르겠습니다만, 타슈 선생님, 전 1월 10일이 되어서야 선생님께 관심을 갖게 된 게 아니랍니다. 수년째 선생님에 대해 관심을 기울여왔지요."

　"꾀바르시기는! 이렇게 생각하셨구려. '그 노인네는 살 날이 얼마 남지 않았어. 그 양반이 죽을 때를 대비해야지.' 안 그렇소?"

　"캐러멜을 우물거리며 말씀하시는 것 좀 그만두세요. 밥맛이 싹 달아납니다. 얘기를 계속하죠. 제 작업은 시간이 걸리는 무모한 짓이었지만 어려운 일은 아니었답니다. 전 결국 그 이름도 유명한 타슈 가의 최후를 복원해낼 수 있었지요. 1909년 카지미르와 셀레스틴 타슈가 사망했다는 기록이 있더군요. 그 젊은 부부는 몽 생 미셸(프랑스 노르망디 지방에 위치한 화강암질의 바위산으로 밀물 때가 되면 방파제 하나만 남긴 채 모두 바다에 둘러싸인다. 대천사 미가엘이 산정에 성당을 지으라고 명했다는 이야기가 전해지며, 산 전체가 수도원으로 되어 있다 : 옮긴이)에 여행을 갔다가 밀물을 피하지 못하고 익사했죠. 결혼한 지 2년째이던 그 부부는 한 살배기 아들을 남겨놓았는데, 그 아이가 누구인지는 선생님의 추측에 맡기겠습니다. 카지미르 타슈의 부모는 외아들이 비명 횡사한 것을 알고는 슬픔에 겨워 세상을 뜨고 말았지요. 이제 세상에는 단 한 명의 타슈만 남게 된 거죠. 꼬마 프레텍스타 말입니다. 그 부분에 이르러 선생님의 행적을 쫓기가 힘들어지더군요. 전 기발한 아이디어를 떠올렸답니다. 선생님의 모친께서 처녀 적 쓰시던 성이 뭔지 조사하면서 전 다음과 같은 사실을 알게 되었지요. 선생님의 부친이 변변찮은 집안 출신이었던 반면 모친 셀레스틴 여사는 플라네즈 드 생 쉴피스 후작부인이라는 칭호가 붙은 귀족이었더군요. 이미 절멸된 가문으로, 현존하는 플라네즈 백작 가문과 혼동해서는 안 되지요……"

"우리 집안도 아닌 가문의 내력에 대해 시시콜콜 늘어놓을 작정이오?"

"선생님 말씀이 맞습니다. 제가 딴소리를 하고 있네요. 플라네즈 드 생 쉴피스 가문에 대해 계속 이야기를 이어가겠습니다. 그 가문은 1909년 무렵 이미 대가 끊길 지경에 이르긴 했어도, 대단히 유서 깊은 가문이었죠. 딸의 사망 소식을 들은 후작 내외는 졸지에 천애고아가 되어버린 외손자를 맡아 기르기로 결정했고, 그렇게 해서 선생님께서는 첫돌을 맞던 해에 성에 입주하게 되신 겁니다. 유모와 외조부모만 선생님을 귀여워해준 게 아니었습니다. 외숙 내외 역시 그랬는데, 그들 시프리엥과 코지마 드 플라네즈는 모친의 오라비와 올케였죠."

"족보상의 세부 사항들이 어찌나 흥미진진한지 숨이 다 가쁠 지경이오."

"그러시죠? 그럼 이어지는 이야기는 과연 어떨까요?"

"뭐요? 아직 안 끝났소?"

"끝나다니 무슨 말씀을. 아직 두 돌도 안 되셨는데요. 전 선생님께서 열여덟 살이 되실 때까지에 대해서 이야기할 겁니다."

"기대가 되는걸."

"선생님께서 직접 이야기하신다면 저는 할 필요가 없을 텐데요."

"내가 하고 싶지 않다면 어쩔 거요, 응?"

"그 까닭은 뭔가 숨기는 게 있으시기 때문이지요."

"꼭 그런 건 아니오."

"한참이 지나야 그 문제를 다룰 시점에 이를 것 같습니다. 그 이전에 선생님은 온 가족의 사랑을 받는 아기였지요. 하층민과의 혼사로 생겨난 아기이긴 했지만요. 성은 사라지고 없지만 그 스케치를 봤답니다. 장엄하고 아름답더군요. 얼마나 꿈 같은 어린 시절을 보내셨을지!"

"당신네 회사에서 내는 잡지, 혹시《이미지의 관점》이오?"

"선생님이 두 돌을 맞았을 때 외숙 내외가 외동딸을 낳았지요. 레오폴딘 드 생 쉴피스 말입니다."

"그런 이름, 군침 돌게 부럽지 않소, 응? 당신 같은 여자한테 그런 이름은 가당치 않지만 말이오."

"그렇죠. 하지만 전 적어도 살아 있답니다."

"헛다리 짚으시기는."

"제가 계속할까요, 아니면 선생님께 발언권을 넘겨드릴까요? 선생님의 기억력도 지금쯤은 재생이 되었을 겁니다."

"계속하시오, 부탁이오. 정신 나가게 재미있구려."

"잘 됐군요. 끝나려면 아직 한참 멀었거든요. 그렇게 해서 선생님은 딱 하나 부족하던 것까지 손에 넣게 되었지요. 제 또래의 여자 친구 말입니다. 선생님은 외둥이에다 동무도 없었지만 단 하루도 울적하게 보낸 적이 없었지요. 물론, 학교에도 가지 않았고 반 아이들을 사귄 적도 없지만, 그보다 더 좋은 것을 가지고 있었으니까요. 사랑스러운 사촌누이 말입니다. 두 아이는 서로 한시도 떨어져 있을 수 없는 사이가 되었죠. 이런 것들을 상세히 기록해 놓은 문서가 뭔지 밝힐까요?

"당신의 상상력 아니겠소."

"부분적으로는요. 하지만 상상력을 발동시키기 위해서는 연료가 필요하지요, 타슈 선생님. 그리고 전 그 연료를 선생님한테서 공급 받았답니다."

"툭하면 이야기를 중단하지 말고, 내 어린 시절에 대해 계속 얘기해주시오. 듣다 보니 두 눈에 눈물이 솟구치는구려."

"마음껏 비웃으시죠, 선생님. 정말로 눈물이 북받쳐 오를 만한 일은 따로 있으니까요. 선생님께선 지나치게 아름다운 어린 시절을 보내셨습니다. 어린 아이들이라면 누구나 꿈꿀 만한 것들을 다 갖고 계셨으니까요. 그리고 그 이상의 것까지도요. 성, 여기저기 숲과 호수가 있는 광활한 영지, 말들, 풍족한 생활, 선생님을 귀여워해주는 외가 친척들, 엄하지 않은 데다 툭하면 몸져눕는 가정교사, 싹싹한 하인들, 그리고 무엇보다 레오폴딘이 있었죠."

"사실대로 말하시오. 당신은 분명 기자가 아니오. 감상적인 소설 나부랭이나 쓰려고 자료를 모으는 중이겠지."

"감상적인 소설이라고요? 그야 두고 볼 일이지요. 하던 얘기나 계속하겠습니다. 다 아는 얘기지만, 1914년에 전쟁이 터졌습니다. 하지만 어린 아이들이란 전쟁 같은 건 아랑곳 않는 법이죠. 특히 부잣집 아이들은요. 둘만의 천국 한가운데에서 볼 때 그 분란은 시시하기 짝이 없는 것이었고 둘만의 길고 오랜 행복에 조금도 걸림돌이 되지 않았죠."

"친애하는 기자 양반, 당신은 비범한 이야기꾼이오."

"선생님만큼은 아닙니다."

"계속하시오."

"세월은 좀처럼 흘러가지 않았습니다. 어린 시절이란 속도감을 느낄 수 없는 모험이니까요. 어른들에게 일 년은 별 것 아니지요. 하지만 어린 아이에게는 한 세기이거든요. 그리고 선생님께 이 수세기의 세월은 그야말로 황금시대였죠. 변호사들이 변론을 할 때 불우했던 어린 시절을 정상참작의 근거로 내세우곤 하지요. 선생님의 과거를 조사하면서 전 깨달았습니다. 지나치게 행복했던 어린 시절도 정상참작의 근거로 내세울 수 있다는 걸 말입니다."

"왜 나더러 정상참작을 받게 하려는 거요? 전혀 그럴 필요가 없는데."

"두고 보십시다. 레오폴딘과 선생님은 한시도 떨어져 있지 않았죠. 헤어져서는 살 수 없게 된 겁니다."

"사촌간의 사랑 이야기, 그건 태고적부터 있어온 거요."

"그 정도로 가까웠는데, 그냥 사촌간이라고 볼 수 있을까요?"

"남매간이라고 해두지."

"그럼 상피 붙은 남매간이군요."

"충격적이오? 훌륭한 가문일수록 그런 일이 일어나게 마련이지. 여기 그 증거가 있잖소."

"이제 선생님께서 이야기를 이어가셔야 할 것 같은데요."

"난 그런 짓은 하지 않을 거요."

"정말로 제가 계속할까요?"

"그렇게 해주시면 고맙겠소."

"그렇게 해 드릴 마음은 있습니다만, 지금 이 단계에서 제가 계속 이야기를 이어간다면, 그건 선생님의 소설 중에서 가장 아름답고 가장 기이하며 가장 덜 알려진 소설에 대한 진부하고 생기 없는 해설에 지나지 않게 될 텐데요."

"난 진부하고 생기 없는 해설을 썩 좋아한다오."

"할 수 없군요, 그런 걸 원하신다니. 그럼 제가 옳다고 인정하시는 건가요?"

"뭐에 대해서?"

"이 소설을 삼녀(三女) 소설이 아닌 이녀 소설로 분류한 것에 대해서요."

"전적으로 옳다고 인정하오, 기자 양반."

"그렇다면 거리낄 게 없군요. 이어지는 얘기는 모두 문학에 속하는 것이니까요, 안 그런가요?"

"나머지는 사실상 전적으로 내 작품이오. 그 당시엔 내 인생이 내가 가진 유일한 종이였고 내 피가 내가 가진 유일한 잉크였으니까."

"타인의 피이기도 하지요."

"그녀는 타인이 아니었소."

"그럼 그녀는 무엇이었죠?"

"그건 지금도 모르겠소. 하지만 타인은 아니었소. 그건 확실해. 해설 기다리다 목 빠지겠소, 이 양반아."

"참, 그렇군요. 세월이 흘렀지요. 좋은 시절, 아니 지나치게 좋은 시절이 말입니다. 레오폴딘과 선생님은 그런 삶 외에 다른 건 생각해 본 적도 없었죠. 하지만 두 아이는 그것이 비정상적이라는 것, 지나친 행운이라는 것을 의식하고 있었어요. 둘만의 에덴 한가운데에서 그 아이들은 이른바 '선택 받은 자들의 불안'이 엄습해오는 것을 느끼기 시작한 겁니다. 그 불안은 이런 내용을 담고 있었죠. '얼마나 더 오래 이런 완벽한 상태가 지속될 수 있을까?' 그 불안은 다른 모든 불안과 마찬가지로 행복감을 절정으로 끌어올리는 동시에 그것을 위태롭게, 점점 더 위태롭게 흔들어놓고 있었어요. 다시 세월이 흘렀습니다. 선생님은 열네 살, 레오폴딘은 열두 살이 되었지요. 어린 시절의 정점에 이른 겁니다. 그 시절을 투르니에는 '어린 시절의 최전성기'라 했지요(Michel Tournier(1924~) 프랑스 작가. 주로 고대 신화와 전설에서 제재를 취하여 인간과 문화의 본질에 대해 묻는 우화적인 작품을 썼다. 주요 작품에 윌리엄 대포의 『로빈슨 크루소』를 패러디한 『방드르디 혹은 태평양의 끝』, 『마왕』(이상 소설), 『흡혈귀의 비상』(수필) 등이 있다. 인용된 구절은 어린아이들만 골라 살해하는 괴물이 주인공으로 등장하는 소설 『질르와 잔느』에서 따온 것이다 : 옮긴이). 꿈 같은 생활로 다듬어진 두 아이는 꿈 같은 모습을 하고 있었지요. 누가 말해준 것도 아닌데, 두 아이는 어렴풋이 알아차리고 있었어요. 끔찍한 쇠락이 그들을 기다리고 있다는 것을요. 그것이 그들의 완벽한 육체와 그에 못지않게 완전무결한 정신을 덮쳐서 그들을 여드름투성이의 고민 덩어리로 만들어버리리라는 것을요. 곧 이야기하게 되겠지만, 전 그 정신 나간 계획을 세운 장본인이 선생님일 거라는 의심이 드는군요."

"옳거니, 벌써 공범자의 결백을 주장하시는구려."

"무엇에 대한 결백을 주장한다는 말씀이신지 모르겠습니다. 발상은 선생님께서 하신 것 아닌가요?"

"그렇소, 하지만 그게 범죄라고 할 수는 없지."

"언뜻 보기에는 그렇지요. 하지만 그것이 초래한 결과로 봐서는, 특히 늦게든 이르게든 언제고 드러나게 되어 있었던 실행 불가능성으로 봐서는 범죄라고 할 수 있습니다."

"늦게 드러났지."

"미리 얘기하지 말기로 하죠. 선생님은 열네 살, 레오폴딘은 열두 살이었지요. 레오폴딘은 선생님을 위해서는 뭐든 하려 했고, 그래서 선생님은 터무니없는 말도 곧이곧대로 믿게 할 수 있었던 겁니다."

"터무니없는 말이 아니었소."

"아니, 더 나빴죠. 선생님은 사춘기는 재앙 중의 재앙이며 그걸 피해갈 수 있노라고 레오폴딘을 설득했죠."

"사춘기는 재앙이오."

"아직도 그렇게 생각하십니까?"

"줄곧 그렇게 생각해왔소."

"그럼 늘 미치광이이셨던 거군요."

"내 관점에서 보자면, 나만큼 건전한 정신을 유지하고 있는 사람도 없소."

"어련하시겠습니까. 열네 살 적에 이미 너무나 건전한 정신을 지니셨던 터라, 사춘기를 맞지 않겠노라고 엄숙하게 선언하셨지요. 사촌누이에 대한 영향력도 엄청나서 그녀로 하여금 똑같은 선서를 하게 만드셨고요."

"사랑스럽지 않소?"

"어린 아이의 행동으로만 본다면 그렇겠죠. 하지만 선생님은 그때 이미 프레텍스타 타슈다워서 선서에다 선서 내용 못지 않게 어마어마한 처벌 조항까지 덧붙였단 말입니다. 좀더 구체적으로 말하면, 선생님 스스로 맹세하고 또 레오폴딘으로 하여금 맹세하게 한 내용은 둘 중 한 아이가 약속을 저버리고 사춘기를 맞게 되면 나머지 한 아이가 그 아이를 죽여야 한다는 것이었죠. 순수하게 또 단순하게."

"열네 살 적에 이미 거인의 혼을 지녔으니!"

"아마 많은 아이들이 어린 시절을 떠나지 않으려는 계획을 세우겠죠. 나름대로 성공을 거두기도 하겠지만 그건 일시적인 것일 테고요. 그런데 프레텍스타와 레오폴딘, 그 두 아이는 진짜 성공을 거둔 듯했어요. 정말이지 두 아이는 비범한 의지를 발휘했으니까요. 그리고 거인의 혼을 지녔던 선생님은 온갖 사이비 요법들을 고안해냈고요. 두 사람의 몸이 사춘기를 맞기에 적합하지 않도록 만드는 방법 말입니다."

"꼭 사이비라고 할 수는 없지. 효과를 봤으니까."

"두고 볼 일이죠. 선생님께서 자신의 몸을 그렇게 학대하고도 어떻게 살아남으셨는지 궁금할 뿐입니다."

"우린 행복했소."

"그 행복의 대가라니! 도대체 머릿속이 어떻게 되셨길래 그런 엉뚱한 규칙들을 생각해내신 겁니까? 하긴, 열네 살밖에 안 된 아이였다고 변명하실 수 있겠지요."

"다시 그렇게 해야 한다면 그렇게 할 거요."

"지금은 늙어 정신이 흐려졌노라고 말하실 수 있지요."

"믿어질지 모르겠소만 난 어려서는 늙은이 같았고 늙어서는 어린애 같아졌소. 내 기질은 결코 변한 적이 없거든."

"놀랄 일도 아니죠. 1922년에 이미 선생님께선 미치광이이셨으니까요. 선생님께선 무(無)에서 이른바 '영원한 어린 시절을 위한 건강법'이라는 것을 창조해내셨지요…… 그 당시에 건강법이란 단어는 정신 및 육체 건강의 전 분야를 망라하는 단어였습니다. 하나의 이데올로기였지요. 선생님께서 고안해내신 건반(反)건강법이라는 이름이 더 잘 어울릴 겁니다. 건강에 해롭기 그지없으니까요."

　"아니, 반대로 건강에 아주 유익하다오."

　"성적 발육이 수면 중에 이루어진다고 확신한 선생님은 더 이상 잠을 자지 않기로 결정을 내렸지요. 혹 잔다 해도 매일 두 시간 이상은 자지 않기로 말입니다. 수중 생활을 주로 하는 것이 선생님에겐 어린 시절을 유지하기에 가장 적합한 방법으로 보였어요. 그래서 레오폴딘과 선생님은 밤낮으로 영지에서 수영을 하며 시간을 보냈죠. 심지어는 겨울에도요. 두 아이는 극히 적은 양의 음식만 먹었어요. 어떤 음식은 절대 먹지 않고 어떤 음식은 찾아 먹었지요. 그 원칙이라는 것이 제겐 황당하기 그지없는 것으로 보이더군요. 너무 '어른스러운' 음식은 먹지 않았지요. 그러니까, 오렌지로 속을 채운 오리 구이라든지 가재 크림 수프라든지 빛깔이 거무죽죽한 음식들 말입니다. 반대로 독은 없지만 식용으로 부적합한 버섯들을 찾아 먹었지요. 가령 말불버섯(여름과 가을에 숲 그늘에서 자라는 서양배 모양의 버섯 : 옮긴이) 같은 걸 제철이 되면 양껏 먹었던 겁니다. 선생님께선 잠들지 않으려고 몹시 독한 케냐 산 차를 구해서는(외할머니께서 몹쓸 차라고 말씀하시는 걸 들었기 때문이죠) 먹물처럼 시커멓게 다려서 엄청난 양을 마셔댔지요. 똑같은 양을 사촌누이에게도 마시게 했고요."

"그애는 전적으로 동의했소."

"선생님을 사랑했던 거겠죠."

"나도 그애를 사랑했다오."

"선생님 방식대로였겠죠."

"내 방식이 마음에 안 드시나 보오?"

"에둘러 말한 겁니다."

"다른 사람들이라면 더 잘 처신했을 거라 생각하시는 모양이오? 그들이 사랑이라 일컫는 것보다 더 비루한 것은 없소. 그들이 사랑이라 일컫는 게 뭔지 아시오? 웬 불쌍한 여자를 데려다가 노예로, 임산부로, 추물로 만드는 것이오. 바로 이것이 나와 같은 성별을 가진 것으로 추정되는 자들이 사랑이라 일컫는 것이란 말이오."

"지금 페미니스트인 척하시는 겁니까? 지금처럼 믿음이 가지 않는 모습을 보이신 적은 없는데요."

"허 참, 지독하게 바보스럽구려. 방금 내가 한 말은 페미니즘과는 천리 만리 동떨어진 말이오."

"단 한 번만이라도 명확하게 설명해주실 수는 없으신가요?"

"난 명쾌하게 설명했소! 내가 사랑하는 방식이 세상에서 가장 아름답다는 걸 당신이 인정하려 들지 않아서 그렇지."

"그 문제에 있어서 제 의견은 전혀 중요하지 않습니다. 제가 알고 싶은 건 레오폴딘이 어떻게 생각했느냐는 것이죠."

"레오폴딘은 내 덕분에 세상에서 가장 행복할 수 있었소."

"어떤 여자들 중에서요? 여자들이라니요? 미친 여자들? 아픈 여자들? 희생당한 여자들?"

"문제의 핵심에서 완전히 비켜나 계시는구려. 레오폴딘은 이 세상 아이들 중 가장 행복한 아이였소."

"아이라고요? 열다섯 살이나 되었는데도요?"

"그렇다마다. 소녀라면 으레 몰골이 흉해지게 되고, 여드름이 솟아나게 되고, 엉덩이가 불룩해지게 되고, 고약한 냄새가 나게 되고, 체모가 나게 되고, 젖가슴이 튀어나오게 되고, 허리가 잘록해지게 되고, 머리를 굴릴 줄 알게 되고, 성질이 사나워지게 되고, 하는 짓이 멍청해지게 되는 나이에…… 한 마디로 여자가 되는 나이에…… 그 음산한 나이에 레오폴딘은 가장 어여쁘고, 가장 행복하고, 가장 무지하고, 가장 현명했소…… 한 마디로 가장 아이다운 아이였단 말이오. 그리고 그건 전적으로 내 덕분이었다오. 내 덕분에 내가 사랑한 아이는 여자가 되는 고역을 면할 수 있었던 거요. 이보다 더 아름다운 사랑이 있는지 내기를 해도 좋소이다."

"사촌누이가 성숙한 여인이 되고 싶어하지 않았다고 완전히 확신할 수 있으십니까?"

"그애가 어떻게 그런 일을 바랄 수 있었겠소? 그렇게 영리한 아이가."

"추측으로 대답하지 마셨으면 합니다. 제가 여쭙고 싶은 건 그녀가 동의했는지 아닌지, 그녀가 딱 부러지게 '프레텍스타 오빠, 어린 시절을 떠나느니 난 차라리 죽어버리고 말 테야' 라고 말했는지 아닌지란 말입니다."

"그렇게 딱 부러지게 말할 필요가 없었소. 자명한 일이었으니까."

"제 생각이 맞았군요. 그녀는 동의한 적이 없어요."

"거듭 말하지만 그럴 필요가 없었소. 난 그애가 원하는 걸 알고 있었거든."

"그보다는 선생님께서 원하셨던 것이겠지요."

"그녀와 난 같은 것을 원하고 있었소."

"어련하시겠습니까."

"무슨 말이 하고 싶은 거요, 풋내기 기자 양반? 혹시 나보다 레오폴딘을 더 잘 안다고 생각하는 거 아니오?"

"선생님과 이야기를 하면 할수록 점점 더 그렇게 생각하게 되는군요."

"그런 말을 듣느니 차라리 귀머거리가 되는 게 낫겠소. 당신이 모르고 있을 게 분명한 사실을 하나 가르쳐주리다, 시건방진 암컷 같으니. 그 누구도…… 아시겠소…… 그 누구도 사람을 죽여보지 않고는 사람에 대해 잘 아노라고 말할 수 없는 법이오."

"자, 이제 됐습니다. 자백하시는 거죠?"

"자백? 자백이 아니지. 당신은 내가 그애를 죽였다는 걸 알고 있었으니까."

"사실 한 가닥 의심이 남아 있었거든요. 노벨상 수상자가 살인자라는 건 믿기 어려운 사실이니까요."

"뭐요? 영예롭기 그지없는 노벨상을 받았던 자들이 살인자들이었다는 걸 모르시오? 자, 키신저며 고르바초프며······"

"하지만 선생님, 선생님께서는 노벨 문학상 수상자이시잖습니까."

"말 한 번 잘했소! 노벨 평화상 수상자들은 일부만 살인자들이지만 노벨 문학상 수상자들은 전부가 살인자들이라오."

"선생님과는 진지하게 이야기를 나눌 수 없군요."

"난 지금처럼 진지했던 적이 없는데."

"메테를링크며 타고르며 피란델로며 모리악이며 헤밍웨이며 파스테르나크며 가와바타 등등이 모두 살인자였다는 말씀이십니까?"

"몰랐소?"

"예."

"앞으로 나한테서 많은 걸 배울 거요."

"어디서 그런 정보를 얻으셨는지 알 수 있을까요?"

"이 프레텍스타 타슈는 정보원 같은 건 필요 없소. 정보원 같은 건 범인(凡人)들을 위한 것이지."

"압니다."

"아니, 당신은 모르오. 당신은 내 과거에 관심을 갖고 문서들을 뒤적이다 살인사건을 발견하고는 기겁을 했겠지. 실인즉 발견을 못했다면 기겁을 해야 했소. 노벨 문학상 수상자들과 관련된 문서들을 그만큼 꼼꼼하게 뒤적이는 수고를 했다면 십중팔구 살인사건을 줄줄이 발견해낼 수 있었을 테니까. 살인을 저지르지 않았다면 그들은 노벨상을 받지 못했을 거요."

"일전에 웬 기자더러 인과관계를 뒤집는다고 비난하신 적이 있지요. 선생님께서는 뒤집는 게 아니라 앞지르고 계십니다."

"내가 사람이 좋다 보니 미리 일러두는데, 논리 분야에서 나랑 맞서려 했다간 재미없을 거요."

"선생님께서 논리라 하시는 것을 보니 그럴 수밖에 없겠군요. 하지만 제가 여기 온 건 논쟁이나 벌이기 위해서가 아닙니다."

"그럼 무슨 이유로 온 거요?"

"선생님이 살인자라는 걸 확신하기 위해서지요. 한 가닥 남은 의심마저 제거해주셔서 고맙습니다. 제 공갈에 넘어가셨군요."

뚱보 선생은 밥맛 떨어지는 웃음을 진득하게 웃어댔다.

"공갈이라! 대단한데! 나한테 공갈 칠 깜냥이 되노라고 자부하는 거요?"

"어느 모로 보나 그럴 깜냥이 되지요. 그렇게 했으니까요."

"같잖고 시건방진 둔탱이 같으니. 아는지 모르겠소만 공갈을 친다는 건 뭔가를 갈취한다는 것이오. 그런데 당신은 아무것도 갈취한 게 없잖소. 처음부터 내가 사실을 털어놨으니 말이오. 난 법의 심판 같은 건 두렵지 않소. 두 달 후면 죽을 테니까."

"그럼 사후의 평판은요?"

"점점 더 높아가기만 할 거요. 서점마다 판매대를 어떻게 꾸며놓을지 벌써부터 눈에 선하오. 프레텍스타 타슈, 노벨 문학상 수상 살인자. 내 작품들은 날개 돋친 듯 팔려나가겠지. 출판사 사람들은 흐뭇해서 양손을 마주 비벼댈 거요. 장담하오, 이 살인사건은 모두에게 유익한 일이라오."

"레오폴딘에게도요?"

"누구보다도 레오폴딘에게 그렇지."

"1922년으로 돌아가십시다."

"1925년으로 돌아가야 하는 것 아니오?"

"이야기를 대충 끝내려 하시는군요. 그 삼 년간을 빼먹어서는 안 되지요. 아주 중요한 시기니까요."

"맞는 말이오. 중차대한 시기지. 그래서 이야기할 수 없는 거요."

"하지만 말씀하셨잖습니까."

"아니, 글로 썼소."

"말장난은 삼가 주시겠습니까?"

"작가한테 그걸 말이라고 하는 거요?"

"작가한테 하는 말이 아니라, 살인자한테 하는 말입니다."

"둘은 동일 인물이오."

"그렇다고 확신하십니까?"

"작가와 살인자, 이건 같은 직업의 두 가지 측면이오. 한 동사의 두 가지 어형 변화라고도 할 수 있지."

"어떤 동사 말씀이십니까?"

"지극히 드물고 어려운 동사, '사랑하다' 말이오. 의미를 파악하기가 지극히 힘든 그런 동사를 국어 시간에 어형 변화의 기준으로 삼았다는 게 정말 우습지 않소? 내가 교사라면 이 난해한 동사를 좀더 평범한 동사로 대체할 거요."

"'죽이다'로요?"

"'죽이다'도 그리 쉬운 동사는 아니오. 아니, 그보다 시시하고 일상적인 동사, 즉 '투표하다'라든지 '출산하다'라든지 '인터뷰하다'라든지 '일하다'라든지……"

"천만다행이군요. 선생님께서 교사가 아니신 거 말입니다. 선생님께 질문을 드리고 나서 대답 하나 받아내기가 얼마나 기차게 어려운지 아십니까? 질문을 회피하는 재주가 정말 뛰어나십니다. 계속 화제를 바꾸고 이야기를 사방팔방으로 흩어놓으시고. 끊임없이 본래의 주제를 상기시켜 드려야 하죠."

"내가 자랑하는 재주 중 하나지."

"이번에는 빠져나가지 못하실 겁니다. 1922년에서 1925년 사이의 이야기에 대해서 선생님께 발언권을 넘겨드리죠."

무거운 침묵.

"캐러멜 하나 드시겠소?"

"타슈 선생님, 왜 저를 경계하십니까?"

"당신을 경계하는 게 아니오. 진심으로 하는 얘긴데, 당최 무슨 말을 해야 할지 모르겠구려. 우리는 완전무결한 행복을 누리고 있었고, 신성한 사랑을 나누고 있었소. 이런 바보스런 얘기 말고 또 무슨 얘기를 하라는 거요?"

"제가 도와드리지요."

"최악의 사태가 예상되는구면."

"24년 전 문학적 폐경기를 맞은 직후, 웬 소설 한 편을 미완성 상태로 남겨두셨잖습니까. 왜죠?"

"당신네 기자들 중 한 사람한테 이미 말했는데. 존경 받는 작가라면 응당 미완성 소설 한 편쯤은 남겨야 하는 법이오. 그것 없이는 작가로서의 명성이 의심을 받게 된다오."

"선생님께서 보시기에 살아생전에 미완성 소설을 출간하는 작가가 많은 것 같습니까?"

"나 말고는 한 명도 없었소. 내가 분명히 다른 작가들보다 꾀 바르다는 얘기지. 난 살아생전 대단한 명성을 누리고 있소. 범상한 작가들은 사후에나 누리게 되는 그런 명성을 말이오. 풋내기 작가가 미완성 소설을 낸다면, 그건 어설프고 치기 어린 행동으로 여겨지겠지. 하지만 저명한 작가가 미완성 소설을 내면 그건 멋있디멋있는 행위인 것이오. '신나게 질주하다 불현듯 멈춰버린 천재' 니 '거인의 불안 공포증' 이니 '형언할 수 없는 것과 마주한 자의 경탄' 이니 '미래의 책에 대한 말라르메적인 비전(순수 언어에 대한 극한적인 탐구를 통해 프랑스 현대시사에 큰 족적을 남긴 말라르메(Stéphane Mallarmé, 1842~1898)는 모든 예술 장르를 망라하는 새로운 유형의 책을 만들어내려는 야심을 품고 있었으나 갑작스런 죽음으로 뜻을 이루지 못했다 : 옮긴이)' 이니 하는 말들이 나오게 되지…… 요컨대 득이 된다는 얘기요."

"타슈 선생님, 제 질문을 제대로 이해하지 못하신 것 같습니다. 제가 여쭤본 건 왜 미완성 소설 '한 편'을 남겼는지가 아니라, 왜 '그' 소설을 미완성 상태로 남겨 두셨는지입니다."

"글쎄, 글을 쓰던 중에 갑자기 생각이 나더군. 내 명성에 걸맞는 미완성 소설을 아직 내놓지 못했다는 것 말이오. 난 원고를 내려다보며 생각했지. '이 원고라고 안 될 것 없잖아?' 그래서 난 펜을 내려놓았고 그 이후론 단 한 줄도 덧붙이지 않았소."

"그런 말씀을 제가 믿을 거라 생각하십니까."

"못 믿을 것도 없잖소?"

"방금 이렇게 말씀하셨지요. '난 펜을 내려놓았고 그 이후론 단 한 줄도 덧붙이지 않았소'라고요. 다음과 같이 말씀하시는 게 더 나았을 겁니다. '난 펜을 내려놓았고 그 이후론 단 한 줄도 쓰지 않았소'라고 말입니다. 정말 놀라운 일 아닌가요? 선생님께서 그 유명한 미완성 소설을 내놓으신 이후로 더 이상 글을 쓰지 않기로 하신 것 말입니다. 36년간 하루도 빠짐없이 글을 쓰시던 분께서요."

"어느 날인가는 그만뒀어야 했소."

"그렇죠. 하지만 왜 그날이었나요?"

"늙어가는 것과 마찬가지로 평범하기 이를 데 없는 현상에서 뭔가 의미를 찾아내려는 수작일랑 그만두시오. 당시 난 쉰아홉 살이었고, 그래서 은퇴를 한 거요. 이보다 더 자연스런 일이 어디 있겠소?"

"하루아침에 단 한 줄도 쓰지 않게 되다니, 늙는 것도 하루아침에 늙는 거라고 보십니까?"

"왜 아니겠소? 사람은 매일 조금씩 늙는 게 아니오. 십 년이고 이십 년이고 늙지 않고 지내다가, 어느 날 별다른 이유 없이 두 시간 만에 이십 년이나 늙어버린 걸 탓하게 된단 말이오. 두고 보면 알겠지만 당신도 마찬가지일 거요. 어느 날 저녁, 거울을 들여다보며 속엣말을 하겠지. '맙소사, 한나절 만에 십 년을 늙어버렸네.'"

"별다른 이유 없다니, 정말인가요?"

"이유라면 단 하나, 시간이 모든 것을 소멸로 이끌어간다는 거요."

"시간은 등짝이 튼튼하지요, 타슈 선생님. 선생님께선 그 등짝을 힘껏 후려치셨고요…… '두 손으로' 라는 말을 덧붙여야겠네요."

"손이란 건 작가에게 있어서 쾌감의 중추지."

"손이란 건 교살자에게 있어서 쾌감의 중추죠."

"교살은 사실 아주 기분 좋은 살인 방법이지."

"교살하는 사람 입장에서요, 교살당하는 사람 입장에서요?"

"애석하게도 난 한 가지 상황밖에 겪어보지 못했다오."

"애석해하실 것 없습니다."

"그게 무슨 소리요?"

"저도 모르겠습니다. 자꾸 횡설수설하시니까 정신이 없어서요. 그 책에 대해서 이야기해주시죠, 타슈 선생님."

"어림 없소, 기자 양반. 그건 당신이 할 일이오."

"그 소설은 선생님께서 쓰신 소설 중에 제가 제일 좋아하는 소설입니다."

"어째서? 성이며 귀족들이며 사랑 이야기가 나오니까? 여자답기는."

"정말이지 전 사랑 이야기를 아주 좋아한답니다. 가끔씩은 사랑 말고 다른 건 아무 재미도 없노라고 생각할 때도 있지요."

"맙소사."

"비웃고 싶으시면 마음껏 비웃으시죠. 그 소설을 쓴 사람이 선생님 자신이라는 것과 그 소설이 사랑 이야기라는 건 부인하실 수 없을 겁니다."

"듣고 보니 그렇구려."

"그리고 그건 선생님이 쓰신 이야기들 중 유일한 사랑 이야기이기도 하지요."

"듣던 중 반가운 소리요."

"다시 질문을 드리겠습니다, 선생. 왜 그 소설을 미완성으로 남겨 두셨는지요?"

"상상력이 고갈되어서일 거요, 모르긴 해도."

"상상력이라니요? 그 책을 쓰시는 데 상상력 같은 건 필요 없었을 텐데요. 실제 사실들을 이야기하시는 것이었으니까요."

"당신이 뭘 안다는 거요? 그 자리에 있지도 않았으면서 다 아는 것처럼 얘기하는구려."

"레오폴딘을 죽이셨잖습니까, 아닌가요?"

"그렇소, 하지만 그렇다고 해서 나머지 이야기들도 사실이랄 수는 없지. 나머지는 문학이라오, 기자 양반."

"글쎄요, 전 그 책에 씌어 있는 것이 모두 사실이라고 생각하는데요."

"좋을 대로 생각하시구려."

"좋고 싫고를 떠나서 이 소설이 철저히 자전적인 소설이라고 생각할 만한 이유가 있습니다."

"이유라고? 이야기해 보시구려, 좀 웃어나 보게."

"우선 문서상으로 소설 속에 묘사된 것과 같은 성이 실재했다는 것이 증명되었습니다. 등장인물들의 이름도 실제와 똑같고요. 물론 선생님의 경우는 다르지요. 하지만 필레몽 트락타튀스는 속이 빤히 들여다보이는 가명이잖습니까…… 머리글자들을 보면 알 수 있지요. 끝으로, 서류상에서 레오폴딘이 1925년에 사망했다는 것을 확인할 수 있었답니다."

"문서, 서류. 이런 것들을 사실이라고 보시는 거요?"

"아뇨, 하지만 이 공식적인 사실들을 존중하신 걸로 봐서 지극히 논리적으로 추론할 수 있지요. 보다 더 내밀한 사실들도 존중하셨으리라는 것 말입니다."

"논거가 취약한데."

"다른 논거들도 얼마든지 있습니다. 가령, 문체 말입니다. 이전 소설들 속에서 사용된 문체보다 훨씬 더 추상적인 문체였어요."

"논거가 아까보다 더 취약하구려. 인상주의적 비평 감각에 근거한 증거는 증거로서의 가치가 없소. 특히나 문체론에 있어서는 말이오. 당신 같은 부류의 천민들은 문체에 대한 이야기만 나오면 어김없이 빗나가는 이야기만 해대지."

"끝으로, 논거가 아닌 만큼 더 결정적이랄 수 있는 논거도 있습니다."

"무슨 소릴 하는 거요?"

"논거가 아닙니다. 사진이지요."

"사진? 무슨 사진?"

"왜 아무도 그 소설이 자전적인 소설일 거라는 의심을 품지 않은 줄 아십니까? 이유인즉 주인공인 필레몽 트락타튀스가 호리호리한 몸매에 고운 얼굴을 지닌 미소년이었기 때문이지요. 선생님께서 다른 기자들한테 열여덟 살 이후로는 항상 못나고 뚱뚱했노라고 하셨던 말씀은 흰소리가 아니었어요. 그 이전까지의 이야기를 빼먹으셨던 게 거짓말이라면 거짓말이었겠지요.

그 이전 십수 년간 선생님께서는 보는 사람을 홀릴 만치 미소년이었으니까요."

"당신이 뭘 안다는 거요?"

"사진을 한 장 찾아냈답니다."

"말도 안 돼. 난 1948년 이전에는 한 번도 사진을 찍힌 일이 없단 말이오."

"선생님의 기억력을 문제 삼게 되어서 죄송합니다. 제가 찾아낸 사진의 뒷면에 이렇게 씌어 있던데요. '1925년-생 쉴피스에서'"

"사진을 보여주시오."

"선생님께서 찢어버리시지 않으리라는 확신이 서야 보여 드릴 수 있습니다."

"알겠소, 공갈이로구먼."

"공갈이 아닙니다. 전 생 쉴피스를 답사했거든요. 이런 말씀을 드리기가 참 안 된 일입니다만, 그 옛날 성이 있었던 자리에 성의 흔적은 하나도 남아 있지 않고 농협이 세워져 있더군요. 호수도 대부분은 흙으로 메워졌고, 골짜기는 쓰레기 하치장으로 변해 있었죠. 죄송하지만, 선생님이 안됐다는 생각은 조금도 들지 않네요. 현지에서 전 지나가는 노인네들을 붙들고 물어보았지요. 다들 아직도 성과 플라네즈 드 생 쉴피스 후작 내외에 대해 기억하고 있더군요. 외가에 입양된 어린 고아에 대해서도요."

"어떻게 그 천민들이 날 기억하는지 모를 일이오. 난 그들과 접촉한 일이 없는데."

"접촉하는 데는 여러 경로가 있으니까요. 그 사람들이 선생님과 이야기를 나눈 적은 없을지 몰라도 선생님을 보기는 했을 테지요."

"말도 안 돼. 난 단 한 번도 영지 바깥으로 나가본 적이 없단 말이오."

"하지만 외조부모며 이모부 내외의 친지들이 성을 찾아오기는 했겠지요."

"그분들은 사진 같은 걸 찍은 적이 없소."

"틀리셨어요. 그러니까 그 사진을 어떤 상황에서, 누가 찍은 건지는 저도 모르겠습니다…… 이런저런 가정은 해봤지요…… 하지만 사진이 존재한다는 건 엄연한 사실입니다. 선생님께서는 성 앞에 서 계시더군요. 레오폴딘과 함께요."

"레오폴딘과 함께?"

"흑단 같은 머리채를 지닌 어여쁜 여자아이였어요. 당연히 레오폴딘일 수밖에 없지요."

"사진을 보여주시오."

"뭘 어쩌시려고요?"

"사진을 보여달라고 하잖소."

"아주 나이 많아 뵈는 마을 할머니 한 분이 그 사진을 주시더군요. 그분이 어떻게 그 사진을 손에 넣었는지는 모르겠지만 말이죠. 어쨌든, 그 두 아이가 선생님과 레오폴딘이라는 건 누가 봐도 명백했지요. 그래요, 아이들이었죠. 특히 선생님은 열일곱 살이나 되었는데도 사춘기 소년다운 티는 조금도 나지 않더군요. 참 희한했지요. 둘 다 키 크고 야윈 데다 창백했지만 얼굴이며 몸의 생김새는 여지없이 어린애 같았어요. 하여간 정상적인 모습은 아니더군요. 열두 살짜리 거인들 같았지요. 그래도 멋들어진 광경이었어요. 섬세한 이목구비, 순진한 눈망울, 어린애 같은 몸통 위로 솟아오른 조막만한 얼굴, 가냘프면서도 한없이 길게 뻗은 다리…… 한 마디로 한 폭의 그림이었지요. 그 정신 나간 건강법이 효과를 본 것 같더군요. 말불버섯이 아름다움의 비결인 것 같더라고요. 무엇보다 충격적이었던 건 선생님의 예전 모습이었습니다. 알아볼 수가 없더군요!'

"알아볼 수가 없었다면서 그게 나라는 건 어떻게 알았소?"

"그게 달리 누구일 수 있단 말입니까. 게다가 지금도 피부는 예전과 똑같이 희고 털 없이 매끈하시잖습니까…… 그 시절로부터 지금까지 간직하고 계신 유일한 것이죠. 너무나 고운 모습이었어요. 이목구비가 어쩌나 티 없이 반듯하고 몸매가 어쩌나 호리호리한지, 게다가 얼마나 중성적인 모습인지…… 천사가 따로 없더군요."

"신앙심 넘치는 소릴랑 하지 말아 주시오, 아시겠소? 그리고 사진이나 보여주시구려. 쓸데없는 소리 하지 말고."

"어쩜 그렇게 확 달라지실 수가 있죠? 열여덟 살 때 이미 지금과 같은 모습이었다고 말씀하셨는데, 일단 그 말씀을 믿기는 하겠습니다. 하지만 그렇다면 더더욱 놀랄 수밖에 없습니다. 어떻게 채 일 년도 안 되는 기간에 그 천사 같은 모습을 지금 제 눈앞에 있는 끔찍한 비곗덩어리로 바꿔치기하실 수 있었는지요? 몸무게만 세 배로 불어나신 게 아니라 그 우아하던 얼굴 생김새는 돼지 머리 같아졌고 섬세하던 이목구비는 어찌나 둔탁해졌는지 온갖 천박스러움을 다 보여줄 지경이니……"

"언제까지 날 모욕할 생각이오?"

"선생님께서 못생기셨다는 건 누구보다 선생님께서 잘 알고 계시잖습니까. 게다가 자신의 생김새를 묘사하실 때마다 상스럽기 그지없는 형용사만 쓰셨고요."

"내가 그런 말을 할 때는 재치를 발휘해서 그러는 것이오만, 다른 사람이 그렇게 하는 건 용납 못하오. 아시겠소?"

"용납하시건 못하시건 제가 알 바 아닙니다. 선생님의 모습은 흉측합니다. 그럼요, 흉측하지요. 그리고 그렇게 고운 모습이셨다가 이토록 흉측한 모습일 수 있다는 게 믿어지지 않습니다."

"못 믿을 일도 아니오. 그거야 지금도 끊임없이 일어나고 있는 일이니까. 단지 여느 경우라면 그렇게 급변하지 않는다는 거지."

"됐습니다. 방금 다시 한 번 자백하셨어요."

"뭐라고?"

"그렇고말고요. 방금 하신 말씀 덕분에 제 이야기는 암암리에 그 진실성을 인정받았습니다. 열일곱 살 적에 선생님께선 제가 묘사한 모습 그대로였습니다…… 하지만 아무도 그 모습을 사진으로 영원히 남게 하지는 않았죠."

"그럴 줄 알았소. 그런데 어떻게 내 모습을 그리도 잘 묘사할 수 있었던 거요?"

"제가 한 일이라곤 선생님께서 필레몽 트락타튀스에 대해 이러저러하게 묘사하셨던 것을 약간씩 다른 문장으로 바꾼 것뿐입니다. 전 선생님이 소설 속 주인공과 똑같은 모습이었는지 확인하고 싶었지요. 그러기 위해서 제가 할 수 있는 일이라곤 공갈뿐이었습니다. 선생님께서 제 질문에 대답하려 하지 않으셨으니까요."

"야비하게 남의 뒤나 캐고 다니는 하찮은 암컷 같으니."

"뒤를 캐는 게 효과가 있긴 있군요. 선생님의 소설이 철저히 자전적이라는 걸 이제 확실히 알게 됐으니까요. 전 얼마든지 자랑스러워해도 됩니다. 다른 사람들과 똑같은 정보만을 갖고 있었는데, 저 혼자 진실을 간파해냈으니까요."

"옳지, 맘껏 의기양양해 하시구려."

"그러니 아까 드렸던 질문을 다시 드리는 걸 이해해주십시오. 왜 『살인자의 건강법』을 미완성 소설로 남겨두셨는지요?"

"바로 그거요, 아까 빼먹었던 제목 말이오!"

"놀라신 척해봐야 소용없습니다. 대답하실 때까지 계속 여쭤볼 테니까요. 왜 그 소설을 미완성 상태로 놔두신 겁니까?"

"좀더 형이상학적인 방식으로 질문할 수도 있을 텐데. '왜 그런 미완성을 소설이라 하는 겁니까?' 라는 식으로 말이오."

"전 선생님의 형이상학엔 관심 없습니다. 질문에 대답하시죠. 왜 그 소설을 미완성 상태로 놔두신 겁니까?"

"이런 제기랄, 정말 지긋지긋하구먼! 왜 그 소설이 미완성 상태로 남을 권리가 없다는 듯이 말하는 거요?"

"정말이지 권리 운운할 계제가 아닌데요. 선생님께선 실제 사실들에 대해 쓰셨고 그것들은 실상 하나의 결말로 이어집니다. 그런데 왜 이 소설을 완성하지 않으신 겁니까? 레오폴딘의 죽음을 그린 다음 선생님께선 뜬금없이 이야기를 중단하셨지요. 사태를 종결하는 것이 그렇게 힘드셨습니까? 제대로 된 결말을 내는 것이?"

"힘들다니! 알아두시오, 하찮은 둔탱이, 이 프레텍스타 타슈에게 쓰기 힘든 건 없소."

"바로 그겁니다. 그래서 그 용두사미 격의 결말 부재가 더 부조리하게 느껴지는 겁니다."

"당신이 뭔데 내 결정에 대해 부조리하다고 단정하는 거요?"

"전 단정하는 게 아니라 의아해 하고 있습니다."

노작가는 별안간 여든세 살 된 노작가다워 보였다.

"당신만 그런 게 아니오. 나 역시 의아해 하고 있소. 하지만 답을 찾지 못하고 있는 거요. 결말을 내려 했다면 여남은 가지 결말 중에서 하나를 택할 수 있었겠지. 살인 그 자체라든지, 그 다음날 밤이라든지, 나의 신체적 변화라든지, 이도 저도 그도 아니면 일 년 후 성에 화재가 난 것이라든지……"

"그 화재는 선생님의 작품이지요, 안 그렇습니까?"

"물론이오. 레오폴딘이 없는 생 쉴피스는 내게 견딜 수 없는 곳이 되었소. 게다가 가족들의 의심이 내게 쏠리면서 난 초조해지기 시작했지. 그래서 난 성과 그 안에 사는 사람들을 불태워 버리기로 작심했다오. 성이며 사람들이며 그렇게 잘 타버릴 줄은 꿈에도 생각 못했소."

"뻔한 얘기지만 인명을 앗아갔다는 것에 마음이 옥죄는 것은 아니실 텐데요. 17세기에 세워진 성을 불살라 버렸다는 것에 양심의 가책을 느끼셨던 거 아닙니까?"

"난 항상 양심의 가책에 약하다오."

"그러시겠죠. 결말에 대한 이야기로, 아니 그보다는 결말 부재에 대한 이야기로 돌아가십시다. 그러니까, 왜 그 소설을 미완성으로 남겨두었는지 그 이유를 모르겠노라고 주장하시는 건가요?"

"그 점에 있어선 내 말을 믿어도 되오. 암, 난 이런저런 우아한 결말들 중에서 선택만 하면 되었소. 하지만 어떤 것도 적합해 보이지 않더구먼. 알 수 없는 일이오. 난 다른 것을 기다려온 것 같소. 이십사 년 전부터 줄곧 기다려온 것 같았지. 아니, 원한다면 육십육 년 전부터라고 해 두리다."

"어떤 다른 것 말입니까? 레오폴딘의 부활 말인가요?"

"그걸 알아냈다면 절필하지도 않았을 거요."

"그럼 제 판단이 옳았군요. 소설을 완성하지 않은 것하고 그 유명한 문학적 폐경기가 찾아온 것을 연관시키는 것 말입니다."

"물론 당신이 옳았소. 그렇다고 의기양양해할 게 뭐가 있소? 기자의 경우 올바른 판단을 내리기 위해서는 약간만 재치를 발휘하면 되오. 작가의 경우 올바른 판단이라는 것 자체가 존재하지 않소. 기자라는 직업은 멀미가 날 정도로 수월한 직업이오. 내 직업, 즉 작가라는 직업은 위험하고."

"그리고 선생님께서 그것을 한층 더 위험한 것으로 만드셨지요."

"뭘 어쩌려고 그런 이상한 칭찬을 하는 거요?"

"제 말이 과연 칭찬인지 모르겠네요. 그렇게 본색을 드러내려 하셨던 게 현명한 처사였는지 정신 나간 짓거리였는지 모르겠다고요. 그 이야기를 다 털어놓기로 하시다니, 그날 도대체 무슨 마음이 드셨던 건지 말씀해 주시겠습니까? 선생님께 가장 소중한 이야기일 뿐 아니라 자칫하면 선생님을 법정으로 끌고 갈 위험을 안고 있는 이야기인데 말입니다. 어떤 변태적인 유혹에 넘어가셨길래 그렇게 멋진 글재주를 발휘해가며 자아비판이란 것이 훤히 드러나는 글을 세상 사람들 앞에 내놓으신 겁니까?"

"세상 사람들은 그런 건 나 몰라라요! 증거가 있지. 벌써 이십사 년째 그 소설이 이런저런 도서관의 서가에서 썩고 있는데, 아무도…… 아시겠소…… 아무도 그 책에 대해서 말한 적이 없소. 그리고 그도 그럴 만한 것이, 아까 말한 것처럼 아무도 내 책을 읽지 않기 때문이오."

"그럼 저는요?"

"무시해도 되는 독자지."

"무슨 근거로 저 같은 부류의 무시해도 되는 독자가 더 존재하지 않으리라고 보십니까?"

"근거야 명명백백하지. 당신 말고 다른 이들이 내 책을 읽었다면…… 여기서 읽는다는 건 야수적인 의미로 파악해야 하오…… 난 오래 전에 감옥에 들어갔을 거요. 질문은 퍽 흥미롭소만, 왜 그 답을 당신이 금방 찾아내지 못하는지 놀라울 따름이오. 여기 이십사 년 전부터 은신해온 살인자가 있소. 그의 범죄사실은 지금껏 세상에 알려지지 않았고, 그는 유명 작가가 되었소. 그런 속 편한 상황을 달게 받아들이기는커녕, 그 미치광이는 황당한 내기에 뛰어들고 있소. 잃을 것뿐이고 얻을 건 조금치도 없는 내기에 말이오…… 얻을 건 조금도 없지, 지극히 고차원적인 코미디를 보여줄 뿐이고."

"제가 알아맞춰 볼까요. 그가 보여주려는 건 아무도 그의 책을 읽지 않는다는 겁니다."

"그 정도가 아니오. 그가 보여주려는 건 그의 책을 읽는 몇 안 되는 사람들조차…… 그런 사람들이 있긴 하오…… 읽기는 하지만 읽지 않는다는 사실이오."

"그야말로 명명백백한 사실이군요."

"그렇고말고. 알다시피 이 세상에는 늘 무위도식자들이며 채식주의자들이며 신참내기 비평가들이며 마조히즘 성향을 지닌 학생들이며 호기심 그득한 자들이 있어서 책을 사들일 뿐 아니라 산 책을 읽기까지 하잖소. 난 그자들을 시험해보고 싶었던 거요. 나 자신에 대해서 끔찍하기 짝이 없는 것을 써도 아무 뒤탈이 없다는 걸 증명해 보이고 싶었지. 그 행위, 당신의 정확한 표현을 빌자면 그 자아비판 행위는 진실된 것이오. 그렇소, 기자 양반, 당신 말이 전적으로 옳소. 그 책 속 어떤 세부 사항도 꾸며낸 게 아니오. 물론 독자들 쪽에서도 이런저런 변명거리들을 내세울 수 있을 거요. 아무도 내 어린 시절에 대해서 몰랐다는 둥, 내가 끔찍한 책을 쓴 게 어제 오늘 일이냐는 둥, 내가 그렇게 흠 잡을 데 없는 미소년이었으리라고 누가 상상이나 할 수 있었겠느냐는 둥 하는 식으로 말이오. 하지만 단언컨대 그런 건 변명거리가 될 수 없소. 지금으로부터 이십사 년 전, 『살인자의 건강법』에 대해 신문에 어떤 서평이 올랐는지 아시오? '상징으로 가득한 동화적인 소설, 원죄, 즉 인간 조건에 대한 몽환적인 은유' 운운. 그러니 읽기는 하지만 읽지 않는다는 말이 나올 밖에! 밝히기 위험천만한 사실을 난 얼마든지 글로 써도 되오. 다들 은유로만 볼 테니까. 별반 놀라운 일도 아니오. 사이비 독자는 잠수복을 갖춰 입고, 유혈이 낭자한 내 문장들 사이를 피 한 방울 안 묻히고 유유히 지나가게 마련이거든. 가끔씩 탄성을 지르기도 할 거요. '멋진 상징인걸!' 이런 게 이른바 깔끔한 독서란 거요. 기막힌 독서법이지. 잠자기 전 침대에 기대앉아 책을 읽을 때 쓰기 딱 좋은 방법이오. 마음을 가라앉혀 주는 데다 이 불호청을 더럽히지도 않으니까."

"독자들이 어떻게 해주기를 바라십니까? 도살장에서 선생님의 책을 읽어주기를 바라십니까? 아니면 포탄이 떨어지고 있는 바그다드에서?"

"천만의 말씀이오, 머저리 같으니. 문제는 읽는 장소가 아니라, 읽기 그 자체요. 내가 바라는 건 내 책을 읽되, 인간 개구리 복장도 하지 말고 독서의 철창 뒤에 숨지도 말고 예방 접종도 하지 말고 읽으라는 거요. 그러니까 사실대로 말하자면, 부사 없이 읽으라는 거지."

"그런 독서는 존재하지 않는다는 걸 아실 텐데요."

"처음엔 몰랐소만, 지금은 안다오. 내 재기 넘치는 실험 덕분에 알게 되었지."

"그래서요? 독자들이 각양각색인 만큼 독서법도 여러 가지가 있다는 건 기뻐할 일 아닙니까?"

"말귀를 알아듣지 못하셨구려. 내 말은 독자도 없고 독서도 없다는 거요."

"천만의 말씀입니다. 선생님의 독서법과 다른 독서법들이 있을 따름입니다. 왜 선생님의 독서법만 허용되어야 한다는 말씀이시죠?"

"아, 됐소, 사회 교과서나 읊어대는 짓일랑 그만두시구려. 알고 싶은 게 하나 있긴 하오. 내가 야기한 이 상황에 대해 사회 교과서는 과연 뭐라고 얘기할까 하는 거지. 살인 작가가 공개적으로 자기 죄상을 밝히는데 독자들이 하나같이 영리하지 못해서 그 사실을 알아차리지 못하는 상황에 대해서 말이오."

"사회주의자들의 견해 같은 건 제가 알 바 아닙니다. 제 생각을 말씀 드리자면, 독자는 경찰이 아니며 책이 출간된 후에 아무도 선생님을 성가시게 하지 않은 건 좋은 징조라는 겁니다. 즉 푸키에 탱빌(Antoine Quentin Fouquier-Tinville(1746~1795) 프랑스 법률가, 정치인. 프랑스 혁명 당시 공안 검사로 맹활약했으며, 혁명의 주동자인 로베스피에르마저 단두대로 보낼 정도로 엄격히 법을 적용해 대중으로부터 미움을 샀다. 결국 그 자신도 단두대의 이슬로 사라졌다 : 옮긴이)은 더 이상 유행이 아니라는 뜻이지요. 사람들이 열린 정신으로 세련된 독서를 할 수 있게 되었다는 겁니다."

"아암, 잘 알아 들었소. 당신도 삭았구먼. 다른 사람들과 마찬가지라고. 당신을 남다르다고 생각했던 내가 바보요."

"애석하게도 제가 좀 남다른 건 사실입니다. 대중 속에서 저만 진실의 냄새를 맡았으니까요."

"후각이 제법 발달했다는 걸 인정하리다. 그뿐이오. 아시겠소, 당신은 날 실망시키고 있다오."

"거의 칭찬에 가까운 말씀을 다 하시는군요. 그러니까 제가 잠깐 사이에 저에 대한 견해를 좋은 쪽으로 바꿔놓았다고 봐야 하는 건가요?"

"우습게 들리겠지만, 그렇소. 별수없이 범인들의 무리에 속하긴 하지만, 그들에게서 볼 수 없는 장점을 지니고 있단 말이오."

"그게 뭔지 몸살 나게 알고 싶군요."

"난 그런 장점은 타고나는 것이라 생각하오. 그리고 나는 멍청한 교육 제도가 그 장점을 망쳐놓지 않았다는 것에 안도하고 있소."

"그러니까 그 장점이란 게 뭡니까?"

"적어도 당신은 책을 읽을 줄 아는구려."

침묵.

"몇 살이시오, 기자 양반?"

"서른 살입니다."

"죽을 당시의 레오폴딘보다 곱절이 많은 나이로구먼. 불쌍한 양반, 바로 그거요, 당신의 정상 참작 근거 말이오. 너무 오래 살았다는 거지."

"뭐라고요! 저한테 정상 참작이 필요하다고요? 주객이 전도됐군요."

"모르셨겠지만 난 계속 궁금해하고 있었다오. 나와 마주하고 있는 사람이 명석한 정신에다 그 귀한 독서의 재능까지 타고났다는 것을 나는 난 금세 알아봤거든. 그래서 난 무엇이 그 훌륭한 기질을 버려놓았을까 곰곰이 생각해봤지. 방금 당신이 그에 대한 답을 제공했다오. 그건 바로 시간이오. 서른 살이라니, 너무 늦었지."

"선생님께서 그 연세에 저한테 그런 말씀을 하시다니요?"

"난 열일곱 살에 죽었소, 기자 양반. 게다가 남자라면 문제가 좀 다르지."

"바로 그겁니다."

"비아냥거려 봤자 헛일이오, 이 양반아. 사실인 거 잘 알잖소."

"뭐가 사실이라는 겁니까? 명확하게 말씀을 해주시죠."

"당신한텐 참 안된 일이오. 그러니까 말이오, 남자들은 얼마든지 유예기간을 누릴 권리가 있다오. 여자들은 아니지. 이 점에 있어서 난 다른 남자들보다 훨씬 더 분명하고 솔직한 입장을 취해왔소. 수컷들은 대부분 암컷들을 잊어버리기 전에 상당히 긴 유예기간을 두곤 하지. 그건 그네들을 쳐 죽이는 것보다 더 비열한 짓이라오. 난 그 유예가 말도 안 되는 것, 더 나아가 암컷들을 기만하는 것이라 생각하오. 그것 때문에 그네들이 스스로를 이 세상에 필요한 존재라고 생각하게 되거든. 사실, 그네들은 여자가 되는 순간, 어린 시절을 저버리는 순간, 죽어야 마땅하오. 남자들이 신사답다면 그네들이 월경을 시작하는 족족 다 죽여버릴 거요. 하지만 남자들이란 유사 이래 한 번도 신사다웠던 적이 없소. 그 불쌍한 존재들이 시난고난 목숨을 부지하도록 내버려둘 뿐 친절하게 죽여주지 않는단 말이오. 딱 한 사람뿐이오. 도량이 넓은 데다 사람을 존중하고 사랑하며 성품이 신실한 동시에 공손해서 그렇게 할 수 있는 사람 말이오."

"선생님이시죠."

"바로 보셨소."

기자는 고개를 뒤로 젖혔다. 웃음소리가 터져 나왔다. 드문드문 이어지던 새된 웃음소리는 점점 속력을 내더니 연신 새로운 리듬을 타며 음정을 높여나갔고, 급기야 5도 음정에 이르러서는 그치지 않는 흥떡임으로 변해버렸다. 의사의 처방이 필요할 정도로 광란적인 웃음이었다.

"내 말이 그렇게 우습소?"

"……"

기자는 웃기 바빠서 대답할 짬조차 없었다.

"광란적인 웃음이라, 이 또한 여자들만의 병이오. 남자들이 여자들처럼 미친 듯 웃어대며 몸을 뒤트는 꼴을 나는 본 적이 없거든. 그건 자궁에서 비롯되는 게 틀림없소. 인간사의 추잡한 것들은 모두 자궁에서 비롯되는 것이오. 어린 여자아이들은 자궁이 없소. 난 그렇게 생각하오. 혹 있다 해도 그건 장난감, 즉 모조자궁에 불과하지. 그 가짜 자궁이 진짜가 되는 순간, 그 아이들을 죽여야 하오. 끔찍하고 고통스러운 히스테리, 지금 당신을 옭아매고 있는 그 히스테리에 빠져들지 않게 하려면 말이오."

"아."

이 '아'는 지친 배가 내지르는 아우성이었다. 기자의 배는 여전히 병적인 경련으로 요동치고 있었다.

"불쌍한 양반. 애인이 몰인정하게 굴었구려. 대체 그 파렴치한은 뭐하는 사람이었길래 사춘기에 접어든 소녀를 죽이지 않고 내버려둔 거요? 하긴 당신은 그 당시에 애인다운 애인이 없었는지도 모르겠구먼. 애석한 일이오만, 레오폴딘만 그런 행운을 누렸던 건 아닌지 염려가 되는구려."

"그만 좀 하시죠. 숨이 막힐 지경이라고요."

"왜 그런 반응을 보이는지 이해하오. 때늦게 진실을 발견하고 불현듯 자신의 한심한 처지에 대해 자각하게 되었으니, 엄청난 충격을 받았을 수밖에. 자궁이 그 충격의 일부를 흡수하는 일에 매달리는 거지! 불쌍한 암컷이여! 비열한 수컷들 때문에 목숨을 부지하고 있는 가엾은 피조물이여! 진심으로 당신을 동정하오."

"타슈 선생님, 선생님께선 제가 이제껏 만나볼 수 있었던 사람들 중에서 가장 뻔뻔하면서도 재미있으십니다."

"재미있다고? 무슨 말인지 모르겠구려."

"선생님께선 정말 대단한 분이십니다. 그렇게 말이 안 되는 동시에 그렇게 논리 정연한 이론을 창안해내시다니 놀라울 따름입니다. 전 선생님께서 시시하고 마초적인 객담이나 늘어놓으실 거라 생각했답니다. 제가 선생님을 과소평가했습니다. 선생님의 논리는 무지막지하면서도 정교하군요. 간단히 말해 여자들을 몰살해야 한다, 이거 아닙니까?"

"물론이오. 여자들이 존재하지 않을 때라야 만사가 여자들한테 유리하게 돌아갈 거요."

"정말 기발한 해결책이군요. 어째서 아무도 그 생각을 못했던 걸까요?"

"내 생각으론, 이미 생각들은 했지만 내 이전에는 아무도 그 계획을 실행에 옮길 용기가 없었던 거요. 따지고 보면 그런 생각이야 아무나 할 수 있는 것 아니겠소. 여성주의와 반(反)여성주의는 우리 인류가 안고 있는 상처요. 치유책은 명백하고 단순하며 논리적이오. 여자들을 몰살해야 한다는 거지."

"타슈 선생님, 정말 천재적이십니다. 이런 대단한 분을 만나 뵙게 되다니 저로선 영광입니다."

"놀랄 일이 하나 있소. 나 역시 당신을 만나게 되어서 기쁘다오."

"농담이시겠죠."

"천만에. 우선 당신은 있는 그대로의 나를 대단하게 여기면서, 상상 속의 나를 찬미하지 않기 때문이오. 그게 좋은 점이지. 그리고 내가 당신에게 큰 도움을 줄 수 있다는 걸 알아차렸기 때문이기도 하고. 그 생각을 하니 기쁘구면."

"도움이라니요?"

"아니, 몰라서 묻는 거요? 지금쯤은 잘 알고 있을 텐데."

"절 죽여 없앨 마음을 갖고 있다는 말씀이신가요, 저도 여자니까?"

"과연 당신은 죽임 당할 자격이 있다는 생각이 들기 시작하는구려."

"과찬이십니다, 타슈 선생님. 칭찬을 받고 보니 정신이 하나도 없네요, 하지만……"

"얼굴이 붉어지셨구려."

"하지만 그런 수고는 하지 마세요."

"왜? 난 당신이 그렇게 될 자격이 있다고 생각하는데. 당신은 애초에 내가 생각했던 것보다 훨씬 나은 사람이오. 정말이지 난 당신이 죽는 걸 돕고 싶소."

"감동적인 말씀이네요. 하지만 그렇게까지 하실 건 없습니다. 전 선생님께 누가 되고 싶지 않거든요."

"여보시오, 젊은 양반. 난 거리낄 게 없다오. 살 날이 한 달 반밖에 남지 않았는데 뭘."

"선생님의 사후 평판이 저로 인해서 나빠지는 건 원치 않습니다."

"나빠진다고? 선행을 베풀었는데 평판이 나빠질 게 뭐요? 그 반대지! 사람들은 말할 거요. '죽음을 두 달도 채 남겨놓지 않은 상황인데도 프레텍스타 타슈는 선행을 베풀었다'라고 말이오. 난 세인들의 모범이 되는 거요."

"타슈 선생님, 세상 사람들은 이해하지 못할 겁니다."

"애석한 일이오만, 다시 한 번 옳은 말씀을 하시는구려. 하지만 난 세상 사람들이나 평판 같은 건 신경 쓰지 않는다오. 명심하시오, 기자 양반. 난 당신을 높이 평가하기 때문에, 오직 당신을 위해 사심 없는 선행을 베풀려 하는 거라오."

"아무래도 저를 과대평가하신 것 같습니다."

"그렇지 않소."

"눈을 뜨세요, 타슈 선생님. 아까 저더러 못생기고 추한 데다 삭았고 등등이라고 말씀하시지 않았나요? 그리고 여자라는 것만 해도 절 낮춰볼 이유가 되지 않습니까?"

"이론상으로 당신이 말한 건 모두 사실이오. 하지만 뭔가 이상한 일이 일어나고 있다오, 기자 양반. 이론만으로는 충분치 않은 것 같아. 난 문제를 다른 차원에서 체험하며 아주 감미로운 감정을 느끼고 있소. 육십육 년 동안 잊어버리고 지냈던 감정 말이오."

"눈을 뜨세요, 타슈 선생님. 전 레오폴딘이 아닙니다."

"아니지. 하지만 그애와 무관하지 않소."

"레오폴딘은 눈부시게 아름다웠는데 전 추하잖습니까."

"이제 보니 꼭 그런 것도 아니오. 추한 모습 속에 아름다움이 깃들어 있소. 때때로 아름답게 보일 때도 있다오."

"때때로일 뿐이죠."

"그 순간이 자주 찾아온다오, 기자 양반."

"선생님께선 절 바보로 보시잖습니까. 절 높이 평가하실 리 없어요."

"왜 그렇게 악착같이 스스로를 낮추려는 거요?"

"지극히 단순한 이유에서죠. 전 노벨 문학상 수상자에게 살해당하는 것으로 생을 마감하고 싶지 않거든요."

뚱보 선생은 돌연 냉정하게 변했다.

"화학상 수상자가 죽여주는 게 더 나을 것 같소?" 선생이 얼음장 같은 목소리로 물었다.

"정말 재미있으시네요. 전 살해당하는 것으로 생을 마감하고 싶지 않을 뿐입니다. 아시겠습니까, 노벨상 수상자건 구멍가게 주인이건 그건 상관 없다고요."

"그럼 스스로 삶을 끝내고 싶다는 말이오?"

"제가 자살할 마음이 있었다면 말이죠, 타슈 선생님, 옛날 옛적에 그렇게 했을 겁니다."

"옳거니. 그게 그렇게 간단한 일이라 생각하시는 모양이오?"

"그 문제에 관해선 아무 생각도 하지 않습니다. 저랑 상관 없는 일이니까요. 전 죽고 싶은 마음이 눈곱만큼도 없거든요."

"농담 마시오."

"살고 싶어하는 게 그렇게 황당한 일인가요?"

"살고 싶어하는 것만큼 가상한 일도 없소. 하지만 당신은 살고 있지 않단 말이오, 불쌍한 둔탱이 같으니! 그리고 앞으로도 살지 못할 거요! 여자아이들은 사춘기가 시작되는 날 죽는다는 걸 모르시오? 더 나쁜 건 죽는데도 사라지지 않는다는 거요. 삶을 떠나 저 아름다운 죽음의 강안으로 가는 게 아니라, 시시하고 너절한 동사 하나를 붙잡고 애면글면 우스꽝스럽게 변형시키는 일을 시작하는 거요. 끊임없이 온갖 시제와 양태로 변형시키지. 분해하고 중복해서 결합하고. 결코 그 일에서 벗어나지 못한단 말이오."

"도대체 그 동사가 뭔가요?"

"'재생하다'와 같은 동사요. 그것도 아주 더러운 의미에서지…… '배란하다'라든지. 그건 죽음도 아니고 삶도 아니며 그 둘 사이의 상태도 아니오. 그걸 달리 부르려면 '여자이다'라고 하는 수밖에 없지. 어휘란 건 허위의식에 젖어 그런 너절한 것을 지칭하지 않으려 하니까."

"무슨 근거로 여자의 삶이 어떤지 안다고 주장하시는 겁니까?"

"여자의 삶 아닌 삶을 아니까."

"삶이든 삶 아닌 삶이든 선생님께서는 아무것도 모르실 텐데요."

"명심하시오, 기자 양반. 대문호들은 타인들의 삶에 직접적으로 또 초자연적으로 접근할 수 있다오. 공중부양을 하거나 서류철을 뒤지거나 하지 않고도 개개인의 정신세계에 침투할 수 있다는 얘기요. 종이와 펜을 집어 들기만 하면 타인의 생각을 복제해낼 수 있단 말이지."

"과연 그럴까요. 선생님, 제 생각에 선생님께선 접근에 실패하신 것 같은데요. 그렇게 아둔한 결론을 내리신 것으로 봐서 말입니다."

"한심한 멍청이 같으니. 나한테 무슨 거짓부렁을 늘어놓으려는 거요? 아니, 그보다 당신 스스로 뭐라고 믿고 있는 거요? 행복하다고? 자기암시에도 한계가 있는 법이오. 눈을 뜨시오! 당신은 행복하지 않소. 살아 있지 않다고."

"선생님께서 어떻게 아시죠?"

"그 질문은 당신한테 돌아가야 하오. 당신이 어떻게 알 수 있단 말이오? 당신이 살아 있는지 아닌지, 당신이 행복한지 아닌지? 당신은 행복이 무엇인지조차 모르잖소. 당신이 어린 시절을 지상 낙원에서 보냈다면 모를까. 레오폴딘과 나처럼 말이오."

"아, 됐습니다. 특별한 경우로 자처하지 마세요. 아이들은 다 행복하게 마련이니까요."

"과연 그런지는 잘 모르겠구려. 한 가지 확실한 건 어떤 아이도 꼬마 레오폴딘과 꼬마 프레텍스타만큼 행복할 수는 없다는 것이오."

기자의 고개가 다시 뒤로 넘어갔다. 그리고 웃음소리가 터져 나왔다. 끈덕진 웃음이었다.

"자, 자궁이 다시 활동을 시작했구려. 대체 내 말이 뭐 그리 우스운 거요?"

"죄송하지만, 이름들 때문에…… 그 중에서도 선생님의 이름이요!"

"그게 뭐 어때서? 내 이름에 어디 흠잡을 데라도 있소?"

"흠을 잡다니, 아닙니다. 하지만 프레텍스타라니요! 장난 삼아 그렇게 부른다면 모르지만요. 선생님의 부모님께서 무슨 생각을 하셨는지 궁금하군요. 아드님한테 그런 이름을 붙여주시다니 말입니다."

"내 부모님에 대해 이러쿵저러쿵 하지 마시오. 그리고 솔직히 난 프레텍스타란 이름이 뭐 그리 우스운지 잘 모르겠소. 기독교식 이름인데."

"정말인가요? 그렇다면 더더욱 우습군요."

"종교를 우롱하지 마시오, 불경스런 암컷 같으니. 나는 2월 24일, 즉 성(聖) 프레텍스타의 날에 태어났소. 아버지와 어머니께선 영감이 부족하셨던 터라, 달력의 결정에 따르기로 하신 거요."

"맙소사! 사순절 전날 태어나셨으면 '마르디 그라' 란 이름을 갖게 되셨겠네요? 아니면 그냥 '그라' 라든지(기독교에서는 부활주일 전 40일간을 예수의 고난을 따라 속죄하고 단식하는 기간으로 정해놓았다. 이 사순절 전 3~8일간을 사육제라 하여 마음껏 먹고 즐기는데 축제의 마지막 날이 마르디 그라이다. '그라' 는 불어로 '기름진' 이란 뜻을 지니고 있다 : 옮긴이)?"

"신성모독일랑 그만두시오, 상스런 피조물 같으니! 새겨 들으시오, 무지몽매한 양반. 성 프레텍스타께서는 6세기 루앙의 대주교이셨으며 그레구아르 드 투르(Grégoire de Tours(538~594) 프랑스 성직자, 역사가. 투르의 주교로 『프랑크 족의 역사』 를 비롯, 중요한 역사서들을 남겼다 : 옮긴이)의 절친한 벗이셨소. 대단히 훌륭한 분이셨지. 물론 당신은 한 번도 그 이름을 들어본 적이 없겠지만 말이오. 프레텍스타 님 덕분에 메로빙거 왕조가 명맥을 유지할 수 있었던 거요. 왠고 하니 그분께서 메로비스(메로빙거 왕조의 2대 왕으로 왕조의 이름이 그에게서 비롯되었다 : 옮긴이)의 후손과 브룬힐다를 짝지으셨거든. 목숨을 건 혼사였지(브룬힐다는 메로빙거 왕국의 분국 아우스트라시아의 왕 지기베르트 1세와 결혼한 후 왕국을 통합하고자 또 다른 분국 네우스트리아의 왕비 프레데군데에 맞서게 된다. 두 사람 사이의 암투는 전국적인 내란을 불러일으켰으며 그 과정에서 루앙의 주교 프레텍스타도 암살당한다. 맞대결은 결국 프레데군데의 승리로 끝나게 되고 왕국은 그녀의 아들 클로타르 2세에 의해 재통일된다. 브룬힐다는 말에 묶여 사지가 찢기는 최후를 맞이한다 : 옮긴이). 이게 다 이런 고매한 이름을 두고 웃지 말라고 하는 얘기요."

"그렇게 역사적인 이야기를 시시콜콜히 늘어놓으신다 해서 선생님 이름이 덜 우스꽝스러워지는 것 같지는 않은데요. 그러고 보면 사촌누이가 되시는 분의 이름도 꽤나 웃기는군요."

"뭐요! 감히 내 사촌누이의 이름을 비웃겠다는 거요? 절대 안 되오! 저속하고 조잡한 취향에 절은 괴물 같으니! 레오폴딘은 사람이 지닐 수 있는 이름 중에 가장 아름답고 고귀하며 우아한 동시에 애절한 이름이란 말이오."

"아."

"그렇고말고! 레오폴딘에 필적할 만한 이름은 이 세상에 단 하나뿐이오. 아델이지."

"저런, 저런."

"암. 위고 영감이 이런저런 결점은 많았지만, 확고부동한 장점도 하나 갖고 있었지. 취향이 고상했다는 거요. 비록 허위투성이라도 그의 작품은 아름답고 장엄하단 말이오. 그리고 그 영감은 딸들에게도 세상에서 가장 멋진 이름을 붙여주었지. 아델이나 레오폴딘과 비교해서 초라해 보이지 않는 여자 이름은 없소."

"그야 취향의 문제지요."

"천만에, 머저리 같으니. 누가 당신 같은 자들의 취향을 문제 삼는단 말이오? 서민들의, 잡인들의, 범인들의, 속인들의 취향 따위를? 중요한 건 오로지 천재들의 취향, 즉 빅토르 위고나 나 같은 사람의 취향뿐이오. 게다가 아델과 레오폴딘은 기독교식 이름이기도 하지."

"그래서요?"

"옳거니, 기자 양반께선 속된 이름이나 좋아하는 신흥 천민의 부류에 속하시나 보구려. 자식들한테 '크리슈나'니 '엘로힘'이니 '압달라'니 '창'이니 '엠페도클레스'니 '시팅 불'이니 '아케나톤' 같은 이름이나 붙이시겠다 이거요? 끔찍하구먼. 난 기독교식 이름이 좋소. 한데 기자 양반의 이름은?"

"니나입니다."

"불쌍한 사람."

"불쌍하다니요, 어째서요?"

"아델이나 레오폴딘이라는 이름을 갖지 못한 자가 또 한 사람

있네그려. 세상은 불공평해. 그렇지 않소?"

"말도 안 되는 말씀은 좀 그만해 주시죠?"

"말이 안 된다고? 얼마나 중요한 이야기인데. 아델이나 레오폴딘 같은 이름을 갖지 못했다는 건 세상사가 근본적으로 부당하며 원래부터 비극적이라는 것을 보여주는 것이란 말이오. 특히나 당신처럼 속된 이름을 달고 다니는 경우……"

"그만하시죠. 니나는 기독교식 이름입니다. 성 니나의 축일은 1월 14일, 즉 선생님께서 첫번째 인터뷰를 하셨던 날이죠."

"아무 의미도 없는 우연의 일치에다 무슨 의미를 갖다 붙이려는 건지 퍽 궁금하구려."

"아주 무의미하다고 할 수는 없습니다. 전 1월 14일에 겨울 휴가에서 돌아왔고, 그날 선생님께서 곧 세상을 떠나실 거란 말을 전해 들었거든요."

"그래서? 우리 둘 사이에 무슨 연관이라도 있다고 생각하는 거요?"

"전혀 아닙니다. 하지만 조금 전부터 하도 이상한 말씀만 하시길래 드리는 말씀입니다."

"암, 난 당신을 과대평가하고 있었다오. 그런데 조금 전부터 당신은 날 실망시키기만 하고 있소. 그리고 당신 이름이라니, 난 허탈감에 무너져 내릴 지경이오. 이제 당신은 나한테 아무것도 아닌 존재라오."

"듣던 중 반가운 말씀입니다. 전 계속 살 수 있겠군요."

"삶 아닌 삶을 살겠다면. 그런 삶을 살아 뭐하시려고?"

"온갖 것들을 다 할 수 있잖습니까. 가령 이 인터뷰를 끝낸다든지."

"신나기도 하겠소. 난 진정 선한 마음으로 당신의 삶을 지고 지순의 절정으로 이끌어주려 했는데!"

"말이 나왔으니 말인데, 절 어떻게 죽이실 생각이었나요? 날렵한 열일곱 살짜리 소년이 말 잘 듣는 여자아이를 죽이는 거야 어렵지 않죠. 하지만 거동이 불편한 노인네가 적대적인 젊은 여자를 죽이려 드는 건 무모한 짓인데요."

"내가 순진했던 거요. 당신이 나한테 적대적이지 않으리라 생각했으니 말이오. 늙고 뚱뚱한 데다 거동이 불편한 건 아무 문제가 되지 않을 거요. 당신이 레오폴딘만큼 날 사랑한다면, 레오폴딘처럼 내 뜻에 따라준다면……"

"타슈 선생님, 반드시 사실대로 말씀해 주셔야 합니다. 레오폴딘이 정말로, 그리고 제 의지대로 선생님의 뜻에 따랐나요?"

"그애가 얼마나 순순히 몸을 내맡기는지 봤다면, 그런 질문일랑 하지 않았을 거요."

"그러면 그녀가 왜 그렇게 고분고분했는지 이유를 알아야겠는데요. 마약을 먹이셨나요, 전기 고문을 하셨나요, 말로 최면을 거셨나요, 아니면 흠씬 두들겨 패셨나요?"

"이도 저도 그도 아니오, 아니라고. 난 그애를 사랑했소. 지금도 여전히 사랑하고 있고. 이건 평범한 사랑이 아니오. 당신 같은 보통 사람들은 경험해본 적 없는 고귀한 사랑이지. 만약 당신이 그런 사랑을 해본 적이 있다면 이런 어이없는 질문은 하지 않았을 거요."

"타슈 선생님, 그 이야기를 달리 해석할 수도 있다는 생각은 들지 않으십니까? 두 사람이 서로 사랑했다는 건 인정합니다. 그렇다고 해서 레오폴딘이 죽기를 원했다고 볼 수는 없지요. 그녀가 순순히 몸을 내맡겼다면 그건 오로지 선생님을 향한 사랑 때문이지 죽음에 대한 열망 때문은 아니었을 겁니다."

"그게 그거요."

"그렇지 않습니다. 선생님을 너무나 사랑한 나머지 언짢게 하고 싶지 않았던 겁니다."

"언짢게 하다니! 그 말 참 마음에 드는구려. 부부싸움에나 어울리는 말을 그 형이상학적인 순간을 묘사하는 데 쓰다니."

"선생님께는 형이상학적인 순간이었겠지만, 그녀에겐 그렇지 않았을 겁니다. 그 순간 선생님께선 황홀경에 빠져 계셨겠지만 그녀는 체념에 빠져 있었을지도 모르지요."

"이것 보시오, 아무래도 내가 당신보다는 더 잘 알지 않겠소, 안 그러오?"

"아까 하신 말씀을 되돌려드리지요. 과연 그럴지는 잘 모르겠군요."

"이런 제기랄! 내가 작가요, 당신이 작가요?"

"선생님이시죠. 그리고 바로 그 점 때문에 선생님의 이야기를 좀처럼 믿을 수가 없는 겁니다."

"소설로 썼던 이야기를 말로 하면 믿어줄 거요?"

"글쎄요. 한 번 해보시죠."

"애석하게도 그건 쉬운 일이 아니라오. 그 순간을 글로 쓴 건 말로 표현할 수가 없었기 때문이거든. 글은 말이 멎는 순간 시작된다오. 정말 신비스러운 순간이지. 표현 불가능한 상태에서 표현 가능한 상태로 넘어가는 순간 말이오. 말과 글은 교대로 이어지지 절대 겹쳐지는 법이 없다오."

"정말이지 대단한 통찰이십니다, 타슈 선생님. 하지만 잊어버리신 것 같은데, 지금 문제가 되는 건 살인이지 문학이 아니랍니다."

"둘 사이의 차이점이 뭐요?"

"중죄 재판소와 한림원 사이에 존재하는 차이점쯤 되겠지요."

"중죄 재판소와 한림원 사이에는 아무런 차이점도 없소."

"흥미로운 말씀이군요. 하지만 얘기가 빗나간 것 같습니다, 선생님."

"그렇구려. 하지만 그 이야기를 하자니 원! 내 평생 그 이야기를 해본 적이 없다는 거 아시오?"

"모든 일에는 시작이 있는 법이죠."

"때는 1925년 8월 13일이었소."

"벌써 이렇게 잘 시작하지 않으셨습니까."

"그날은 레오폴딘의 생일이었지."

"흥미진진한 우연의 일치로군요."

"입 좀 다물어 주시겠소? 내가 괴로워하는 게 안 보이시오? 말문이 막혀버린 게?"

"보입니다. 기분 좋은데요. 육십육 년이나 지나긴 했지만 그래도 살인에 대한 기억으로 괴로워하신다고 생각하니, 마음이 놓이는군요."

"당신도 속 좁고 앙심 많기로는 여느 암컷들이랑 마찬가지구려. 『살인자의 건강법』에 여자가 둘만 등장한다고 한 건 맞는 말이오. 여자 등장인물은 외할머니와 외숙모님뿐이니까. 레오폴딘은 여자 등장인물이 아니지. 그애는⋯⋯ 영원히 그럴 테지만⋯⋯ 어린 아이였지. 성별을 초월한 경이로운 존재였다오."

"하지만 섹스를 초월한 존재는 아니더군요. 책을 읽어나가면서 알게 된 사실입니다만."

"우리 둘만 알고 있었던 사실인데, 사춘기가 되어야 사랑을 나눌 수 있는 건 아니라오. 그 반대지. 사춘기가 되면 모든 게 엉망이 되니까. 쾌감을 느끼는 감각도 황홀경에 이르는 능력도 상대에 대한 믿음도 점점 줄어들기만 하지. 그 누구도 어린 아이들만큼 사랑을 잘 할 수는 없소."

"그럼 숫총각이라는 말씀은 거짓이군요?"

"아니오. 일반적인 용어 사용의 관점에서 보자면, 남자는 사춘기가 지나야 동정을 파할 수 있는 거요. 한데, 난 사춘기가 지

난 후론 사랑을 해본 적이 없거든."

"말장난을 하시는군요. 벌써 여러 번 하셨지요."

"천만에. 말장난이 뭔지도 모르면서 그러시오. 그건 그렇고 내 말을 자꾸 중단시키지 않았으면 좋겠소."

"선생님께선 한 사람의 삶을 중단시키셨습니다. 선생님의 요설을 계속 중단시킬 테니 실컷 괴로워해 보시죠."

"이것 보시오, 내 요설은 당신한테 큰 도움이 되고 있소. 당신이 맡은 일을 아주 수월하게 해주고 있단 말이오."

"그렇긴 하네요. 자, 1925년 8월 13일자 요설을 한 번 시작해 보시죠."

"1925년 8월 13일, 그날은 세상에서 가장 아름다운 날이었소. 나는 모든 이들이 자신만의 1925년 8월 13일을 가졌으면 좋겠소…… 날짜 이상의 의미를 지니는 날, 축제와도 같은 날이었거든. 찬란히 아름다운 여름날이었소. 볕 좋고 바람 시원한 데다 아름드리 나무들 아래 대기는 한층 투명해 보였지. 레오폴딘과 난 새벽 한시쯤 하루 일과를 시작했소. 늘 그렇듯 한 시간 반 가량 잠을 잔 후에 말이오. 그렇게 수면 시간이 짧았으니 늘 지쳐 있었을 거라 생각할는지 모르지만, 전혀 그렇지 않았소. 우리는 둘만의 에덴에 대한 욕구가 너무나 강렬해서 곧잘 밤잠을 설치곤 했다오. 열여덟 살이 되어서야, 그러니까 성이 불타버린 후에야 난 하루에 여덟 시간씩 잠을 자기 시작했소. 지극히 행복한 존재나 지독히 불행한 존재는 그렇게 오랜 부재를 견뎌낼 수가 없다오. 레오폴딘과 난 잠에서 깨어나는 걸 그 무엇보다 좋아했소. 여름엔 더 좋았지. 성 밖에서 밤을 보낼 수 있었으니까. 우린 숲 속에서 잠을 잤소. 내가 성에서 후려온 진주빛 다마스크(시리아 다마스쿠스 지방 특산으로 표면이 오돌도돌한 견직물 : 옮긴이) 침대보로 몸을 감싼 채 함께 잠들었지. 먼저 눈을 뜬 아이가 쳐다보는 것만으로도 다른 아이는 잠에서 깨어날 수 있었다오. 1925년 8월 13일, 먼저 눈을 뜬 건 나였소. 새벽 한시경이었는데, 곧 레오폴딘도 나를 따라 잠에서 깨어났지. 우리 앞에는 시간이 한없이 펼쳐져 있어서, 우리는 아름다운 밤이면 하고 싶어지는 모든 것을 할 수가 있었다오. 진주빛이 점점 낙엽빛으로 물들어가는 다마스크 속에서, 우리를 엘레우스의 사제(고대 그리스의 엘레우스에서는 대지와 풍요의 여신 데메테르를 섬기는 밀교의식이 행해졌다 : 옮긴이)와 같은 경지로 고양시키는 모든 것을 할 수 있었지…… 난 레오폴딘을 곧잘 엘레우스의 꼬마 사제라 부르곤 했소. 그 나이에 그렇게 교양이 풍부하고 재치가 넘치다니. 참, 이야기가 빗나갔구먼……"

"그렇습니다."

"1925년 8월 13일이라, 그렇지. 사위가 고요하고 칠흑같이 어두운 밤이었소. 묘하게 감미로운 밤이었지. 그날은 레오폴딘의 생일이었지만, 생일 같은 건 우리한테 아무 의미도 없었소. 삼년 전부터 우린 시간 가는 줄 모른 채 살고 있었거든. 그 이후로 털끝만큼도 변하지 않은 채로 말이오. 그저 놀라울 정도로 키만

커졌을 뿐이었소. 그렇게 신기할 만큼 길이가 늘어났지만 우린 여전히 윤곽이 불분명하고 털도 없는 데다 냄새도 나지 않는 어린애들이었지. 난 그날 아침 레오폴딘에게 생일 축하 인사도 하지 않았다오. 난 그것보다 더 나은 걸 했다고 생각하오. 여름에게 여름이 뭔지 가르쳐줬으니 말이오. 그날 난 마지막으로 사랑을 했소. 당시에 난 그 사실을 모르고 있었지만, 숲은 알고 있었던 모양이오. 입을 꼭 다물고 있었거든. 정사 장면을 훔쳐보기 좋아하는 노파처럼 말이오. 해가 언덕 위로 솟아올랐을 때에야 바람이 숨을 몰아 쉬며 밤의 어둠을 걷어내기 시작했지. 그러자 우리 둘만큼이나 해맑은 하늘이 그 모습을 드러냈소."

"기막히게 시적인데요."

"이야기 좀 중단시키지 마시오. 보자, 어디까지 얘기했더라?"

"1925년 8월 13일, 일출, 교접 완료."

"고맙소, 서기 양반."

"별말씀을요, 살인자 선생님."

"내 직함이 당신 직함보다 낫소."

"제 직함이 레오폴딘의 직함보다 낫지요."

"그날 아침 그애가 어땠는지 봤어야 하는데! 한마디로 이 세상에서 가장 아름다운 피조물이었다오. 키 큰 어린애, 뽀얗고 보드라운 살갗에 짙은 밤색 머리와 짙은 밤색 눈망울을 지닌 어린애였지. 여름에 우린 아주 가끔 성 안으로 들어갈 때가 아니면 줄곧 벌거숭이로 지냈다오…… 영지가 너무도 넓어서 한 번도 사람들과 마주친 적이 없었지. 우리는 하루 온종일을 호수에서 보내곤 했소. 난 수중생활을 하는 게 몸에 좋다고 생각했거든. 아주 터무니없는 생각은 아니었던 것 같소. 결과로 봐서 말이오. 원인이 무슨 상관이오? 중요한 건 날마다 일어나는 기적…… 영원히 멈춰버린 시간이었소. 우린 그것만 믿고 있었지. 그 1925년 8월 13일, 우린 서로를 홀린 듯 바라보며 그 기적을 믿지 않을 수 없었소. 그날 아침에도 난 여느 아침과 마찬가지로 망설이지 않고 물 속에 뛰어든 다음 레오폴딘을 놀려댔소. 그앤 한참을 망설인 다음에야 겨우 물 속에 들어가곤 했지. 물이 얼음처럼 차가웠거든. 그앨 놀려대는 것도 내 일과 중 하나였소. 즐거운 일과였지. 사촌누이가 그때만큼 예뻐 보이는 적은 없었으니까. 그앤 선 채로 한쪽 발만 물에 담그고는 파랗게 질려서 떨리는 웃음을 웃어댔지. 절대로 못 들어간다고 하면서 말이오. 그러다 길고 창백한 사지를 영화 속 느린 동작 화면에서처럼 천천히 펼치면서 내게 다가오는 거요. 긴 팔다리를 파르르 떨면서, 입술이 새파랗게 물든 채로. 그리곤 잔뜩 겁에 질린 채 눈이 휘둥그레져서는…… 그앤 겁먹은 모습이 너무나 잘 어울렸소…… 끔찍하다며 말을 더듬곤 했다오."

"정말이지 선생님께선 무시무시한 사디스트이시군요!"

"모르는 말씀 마시오. 쾌락에 통달한 사람이라면 두려움과 고통, 그리고 전율이야말로 최고의 전희라는 걸 아는 법이오. 그애도 나처럼 물 속에 완전히 잠기고 나면, 추위를 잊고 물의 흐름에, 그 편안하고 감미로운 물 속 생활에 몸을 내맡겼다오. 그 날 아침, 우리는 여느 여름날 아침처럼 끊임없이 자맥질을 해댔소. 눈을 뜬 채 호수 바닥까지 미끄러져 내려가서 물 그림자에 초록빛으로 물든 제 몸뚱이를 바라보기도 하고, 물살을 가르며 누가 빨리 헤엄치나 시합도 하고, 버들 가지에 매달려 두 발로 물장구를 치기도 했지. 아이들답게 끊임없이 조잘대면서 말이오. 하지만 그 말 속에는 여느 아이들과 다른 지혜가 가득 담겨 있었지. 우리 둘은 몇 시간이고 등헤엄을 치며 눈으로 하늘을 들이마시기도 했다오. 얼음장 같은 물의 침묵 속에서. 뼛속까지 한기가 스며들면 우린 물 위로 솟아오른 바위에 걸터앉아 햇볕에 몸을 말리곤 했지. 그 8월 13일의 햇볕은 유난히 기분 좋게 살랑거리며 재빨리 우리 몸을 말려주었다오. 레오폴딘이 먼저 물 속으로 뛰어들더니 내가 몸을 말리고 있는 바위로 헤엄쳐 왔소. 그애가 날 놀려댈 차례였던 거요. 그애의 모습이 눈에 선하구려. 바위 위에 깍지 낀 두 손을 올려놓고 그 위에 턱을 괸 채 무람없이 눈을 반짝이며 날 바라보았지. 긴 머리채가 물 속에서 출렁이고 있었다오. 두 다리가 물살을 이리저리 휘저어놓고 있었거든. 보일 듯 말 듯 아득한 그 흰빛이 조금은 무섭기도 했지. 우린 지극히 행복했고 너무나 비현실적이었으며 몹시도 다정했고 그렇게 어여뻤다오. 그리고 그게 마지막이었지."

"애가조로 말씀하지 마세요, 부탁입니다. 그게 마지막이 된 건 선생님의 잘못이잖습니까."

"그래서? 내 실수니까 덜 슬프다는 거요?"

"아니, 그래서 더 슬픕니다. 하지만 선생님께선 그 일에 책임이 있으시니까 애통해할 권리가 없으시다는 거지요."

"권리라고? 말 같지도 않은 말일랑 하지 마시오. 권리 같은 건 내가 알 바 아니오. 그리고 그 일에 책임이 있든 말든 난 애통해할 거요. 따지고 보면 그 일에 있어서 내가 책임질 부분은 거의 없소."

"그런가요? 그럼 바람이 레오폴딘의 목을 졸랐나 보죠?"

"내가 그랬소. 하지만 내 잘못이 아니오."

"잠깐 정신이 나가서 그랬노라고 말씀하고 싶으신 건가요?"

"아니오, 바보스럽긴. 난 그게 자연이니 호르몬이니 하는 허섭스레기들 탓이라고 말하려는 거요. 내가 이야기를 계속하도록 내버려두시오. 애통해하도록 내버려두란 말이오. 레오폴딘의 다리며 그 흰빛에 대해 이야기하다 말았구려. 너무나 신비스러웠소. 암록색 물에 비쳐 보이는 그 흰빛이라니. 내 사촌누이는 수평 자세를 유지하려고 긴 다리로 가만가만 물장구를 쳐댔고, 난 두 다리가 번갈아 가며 떴다 가라앉았다 하는 걸 바라보았다오…… 한쪽 발이 수면으로 언뜻 떠오른다 싶으면 다리는 벌써 가라앉아 컴컴한 심연 속으로 사라져버리고, 그러면 다른 쪽 다리가 하얗게 떠오르고, 이런 식이었지. 1925년 8월 13일, 난 호수 가운데 바위섬에 드러누워 그 매혹적인 광경을 지치지도 않고 바라보고 있었소. 얼마나 오래 그러고 있었는지 모르겠구려. 돌연 이상한 것이 눈에 띄는 바람에 난 감상을 중단해야 했소. 얼마나 충격적이었는지 지금도 그 생각만 하면 가슴이 떨린다오. 레오폴딘의 발레 동작이 호수 저 아래에서부터 새빨간 액체 줄기를 떠오르게 하고 있었던 거요. 아주 농도 짙은 액체였지. 물에 섞여 들지 않는 걸로 봐서 말이오."

"간단히 말해, 피였지요."

"정말 노골적이시구려."

"선생님의 사촌누이는 초경을 맞았을 뿐입니다."

"불결한 소리일랑 하지 마시오."

"그게 뭐가 불결합니까. 정상적인 현상이지요."

"아무렴."

"정말 평소답지 않으시군요, 타슈 선생님. 허위의식에 맹렬히 저항하시는 선생님께서, 원색적인 언어를 야수처럼 옹호하시는 선생님께서, 오스카 와일드의 소설 속 주인공처럼 고양이를 고양이라 부른다 해서 그렇게 화를 내시다니요. 선생님께서 레오폴딘을 미친 듯 사랑하신 건 사실이지만, 그 사랑도 그녀를 인간의 운명에서 벗어나게 할 수 없었던 겁니다."

"벗어나게 했소."

"꿈인지 생시인지 모르겠군요. 풍자의 귀재이자 셀린 풍의 문장가이며 냉소적인 생체 해부가인 동시에 빈정대기 좋아하는 형이상학자이신 선생님께서 바로크 시대의 사춘기 소년에게나 어울리는 멍청한 것들을 입에 담으시다니요?"

"닥치시오, 전통 파괴자 같으니. 멍청하긴 뭐가 멍청하다고."

"그럼 아닌가요? 꼬마 귀족들의 사랑 이야기, 고결한 사촌누이와 사랑에 빠진 소년, 시간에 대한 낭만적인 도전, 전설의 숲 가운데 유리처럼 투명한 호수…… 이런 것들이 멍청하지 않다면 세상에 멍청한 건 아무것도 없겠네요."

"내가 계속 이야기를 이어가도록 내버려두시오. 그러면 멍청한 이야기가 아니라는 걸 깨닫게 될 거요."

"그럼 한 번 깨닫게 해보시죠. 쉽지 않을 겁니다. 이제껏 하신 이야기에 전 경악하고 있으니까요. 사촌누이가 초경을 맞았다는 사실을 인정하려 들지 않는 소년이라니, 끔찍한 이야깁니다. 식물적인 서정성을 풍기는데요."

"이어지는 이야기는 식물적이지 않소. 좌우지간 이야기를 이어나가게 조용히 좀 해주시오."

"그럴 수 있을지 모르겠네요. 선생님의 이야기를 듣다 보면 저도 모르게 나서고 싶어지거든요."

"참았다가 이야기가 끝나면 나서든지 하시오. 젠장, 어디까지 얘기했더라? 당신 때문에 이야기의 흐름이 끊어졌잖소."

"물 속의 핏줄기까지 얘기하셨지요."

"맙소사, 그랬지. 내가 얼마나 충격을 받았을지 상상해 보시구려. 그 선명하고 뜨거운 색이 불쑥 눈에 띄었을 때의 충격을 말이오. 온통 시리고 창백한 것들 일색인 가운데…… 얼음장 같은 물이며 녹색이 감도는 거뭇한 호수며 레오폴딘의 새하얀 어깨며 황화수은처럼 새파래진 그애의 입술이며 또 무엇보다도 그애의 다리며. 보일 듯 말 듯 위로 뻗쳐 오르는 그 다리, 그 한 없이 느린 움직임은 북극의 애무 같았다오. 암, 그건 용납할 수 없는 일이었소. 그 두 다리 사이로 그런 혐오스러운 것이 흘러나오다니."

"혐오스럽다고요!"

"혐오스럽지. 난 계속 그렇게 말할 거요. 그 자체만으로도 혐오스러운 데다 그것이 뜻하는 바는 더더욱 혐오스럽지…… 끔찍한 의식이란 말이오, 신화적인 삶에서 호르몬적인 삶으로, 영원한 삶에서 순환적인 삶으로 넘어가는 것이니. 식물적인 인간이라야 순환적인 영원에 만족할 수 있다오. 내가 보기엔 말 자체에 모순이 있는 것 같소. 레오폴딘과 난 영원이라는 걸 일인칭 단수인 주체만 누릴 수 있는 것이라 여겼거든. 특이한 단수지. 우리 둘을 아우르는 단수니까. 한데 순환적인 영원이란 말은 제삼자가 타인의 삶을 이어간다는 걸 암시하잖소…… 그런데 이런 강탈에 대해, 탈취 행위에 대해 환호작약해야 하다니! 난 그런 울적한 코미디를 감내해내는 사람들에 대해선 오로지 경멸하는 마음뿐이오. 그들이 순한 양처럼 쉽사리 체념하기 때문이 아니라, 그들의 사랑이 빈혈 상태이기 때문이오. 진정한 사랑을 할 줄 아는 사람들이라면 그렇게 무르게 굴지 않을 거요. 누군가를 사랑한다고 해놓고 그 사람이 괴로워하는 걸 가만히 보고 있지는 않을 거라고. 그런 사람들이라면 이기적으로 비겁하게 구는 일 없이 자기가 앞장서서 사랑하는 사람이 그런 비참한 운명을 피할 수 있게 해줄 거요. 호숫물에 번진 그 핏줄기는 레오폴딘의 영원이 끝장났다는 걸 뜻했소. 그래서 나는, 그애를 마음 깊이 사랑했던 나는, 지체 없이 그애를 영원으로 되돌려놓으리라 결심했소."

"이제 이해가 가는군요."

"진작에 그러실 것이지."

"선생님께서 얼마나 정신이 나간 분이신지 이해가 간다고요."

"이 다음 이야기를 듣고선 뭐라고 하실 거요, 벌써부터 그러시게?"

"선생님과 함께라면 늘 최악의 상황을 기대해야죠."

"나와 함께든 아니든 최악의 상황은 항상 벌어지게 되어 있소. 난 적어도 한 사람만은 그런 상황을 피해갈 수 있게 해준 거요. 레오폴딘은 내 시선이 자기 엉덩이에 꽂히는 것을 느끼고는 고개를 돌렸소. 겁에 질렸는지 황급히 물에서 나오더군. 그리곤 바위 위 내 옆으로 올라왔소. 핏줄기가 어디서 나온 것인지 이제 분명해졌지. 내 사촌누이는 실신해버렸소. 그럴 만했지. 삼년 전부터 우린 그런 일이 일어날 가능성에 대해 한 번도 얘기한 적이 없었거든. 그런 경우 어떻게 행동해야 하는지에 대해 우리 사이엔 묵계가 있었다오…… 절대 용납할 수 없는 경우였기에, 그것에 대해 무감각한 상태로 지내기 위해 그저 묵계로만 만족하기로 한 거요."

"그게 바로 제가 염려하던 겁니다. 레오폴딘이 요구하지도 않았는데 선생님께선 '묵계'라는 명분을 내세워 그녀를 죽이신 거지요. 그 묵계란 게 선생님의 암울하기 그지없는 병적인 상상력에서 비롯된 것일 뿐인데도요."

"그애가 대놓고 요구한 건 아니오. 하지만 요구할 필요가 없었소."

"예, 제 말이 바로 그 말입니다. 이제 잠시 후엔 침묵의 미덕에 대해 말씀하시겠군요."

"당신이라면, 당신 같으면, 공증인 앞에서 서명한 정식 계약서를 원했을 거요, 안 그렇소?"

"선생님의 행동방식 말고는 뭐든 다 받아들였을 겁니다."

"당신이 받아들이건 말건 무슨 상관이오. 중요한 건 레오폴딘을 구원하는 것이었다오."

"중요한 건 오로지 선생님 생각대로 구원하는 것이었죠."

"그애의 생각이기도 했소. 증거가 있다오, 기자 양반. 그건 우리가 서로 아무 말도 주고받지 않았다는 거요. 난 그애의 두 눈꺼풀에 더없이 부드러운 입맞춤을 했고, 그앤 내 뜻을 알아차렸지. 평온해 보였다오. 가만히 미소 짓고 있었지. 모든 것이 삽시간에 끝나버렸다오. 삼 분 후, 그앤 죽어 있었소."

"예? 그렇게, 유예도 없이? 정말…… 정말이지 끔찍하군요."

"그럼 두 시간씩 질질 끌었어야 했단 말이오, 오페라에서처럼?"

"그래도 그렇지, 사람을 그렇게 죽이는 법이 어디 있습니까."

"아, 그러오? 그런 일에도 관례가 있는 줄은 몰랐구려. 살인자들이 지켜야 할 예절에 대한 개론서라도 있는 거요? 희생자들이 알아두어야 할 처세술에 대한 개론서라도 있는 거냐고? 약속하리다. 다음번엔 좀 더 예절 바르게 죽이도록 하지."

"다음번이라니요? 천만 다행으로 다음번이란 건 없을 겁니다. 미리 일러 드리는데 선생님께선 정말 역겨운 분이십니다."

"미리 일러두다니? 이상한 소릴 하시는구려."

"그러니까, 그녀를 사랑한다고 해놓고, 사랑한다는 말 한 마디 없이 그녀의 목을 졸랐다는 말씀이지요?"

"말하지 않아도 그앤 알고 있었소. 내 행동이 그 증거이기도 했고. 그애를 그토록 사랑하지 않았다면 죽이지도 않았을 테니까."

"그걸 어떻게 확신할 수 있죠?"

"그런 것들에 대해 이야기를 나누는 일은 없었지만 이심전심이라고 마음이 통하고 있었으니까. 그리고 우린 원래가 말이 없는 편이었소. 목 조르기에 대해 이야기할 참이니 잠자코 계시오. 이야기할 기회는 한 번도 없었지만 생각은 곧잘 하곤 했소…… 얼마나 자주 내 기억 속 내밀한 곳에서부터 돌이켜보곤 했는지 모른다오. 그 얼마나 아름다운 장면이었는지."

"그걸로 심심파적을 하셨군요!"

"두고 보면 알겠지만 당신도 좋아하게 될 거요, 당신도."

"뭘 좋아하게 될 거란 말씀이시죠? 선생님의 추억이요, 아니면 목 조르기요?"

"사랑을 좋아하게 될 거라고. 이야기중이니 제발 잠자코 계시오, 부탁이오."

"그렇게 원하신다니 노력해 보지요."

"둘이서 호수 가운데 바위섬에 있었다는 데까지 이야기했구면. 죽음이 선포된 그 순간, 우리에게서 잠시 멀어져 있었던 에덴이 되돌아왔소. 그걸 누릴 시간은 삼 분뿐이었지. 우린 남은 시간이 백이십 초뿐이란 걸 잘 알고 있었고, 그 시간을 멋지게 보내야 했소. 우린 해냈다오. 아, 무슨 생각하는지 다 알고 있소. 아무리 멋진 목 조르기라도 결국 목 조르는 사람한테만 좋은 일이라고 생각하겠지. 그건 잘못된 생각이오. 목 졸리는 사람도 그렇게 수동적이기만 한 건 아니라오. 웬 야만인이 만든 저질 영화가 있는데 봤는지 모르겠소…… 일본인 감독이었을 거요…… 마지막 장면에서 32분 동안이나 목 조르기가 계속되는 영화지."

"봤습니다. 오시마 감독의 『감각의 제국』(오시마 나기사 감독의 1967년작. 1930년대 전 일본 열도를 떠들썩하게 만들었던 '사다 · 기치' 사건을 영화화했다. 사다가 기치를 너무 사랑한 나머지 영원히 자신의 남자로 남기기 위해 그의 목을 졸라 살해하게 된다는 것이 영화의 기둥 줄거리이다 : 옮긴이) 아닙니까."

"목 조르기 장면은 정말 졸작이오. 그 분야에 정통한 사람으로서 한 마디 하자면, 실제 상황은 그런 식으로 돌아가지 않는다는 거요. 32분 동안이나 목을 조르다니, 정말 악취미 뭐요! 무슨 예술이든 예술을 한다는 사람들은 살인이 위험하고 긴박한 돌발상황이란 걸 인정하지 않으려는 경향이 있소. 그래도 히치콕은 그걸 알고 있었지. 그 일본인 감독이 몰랐던 게 한 가지 더 있다오. 목 조르기는 맥 빠지게 하거나 고통스럽게 하는 일이 전혀 아니란 거요. 그 반대지. 그건 원기를 돋우고 생기를 불어넣는 일이라오."

　"생기를 불어넣는다고요? 그것 참 예상치 못했던 표현이네요! 이왕 그렇게 말씀하실 바에야 차라리 비타민 같다고 하시지요?"

　"그렇게 말 못할 것도 없소. 원기가 왕성해진다오. 사랑하는 이의 목을 조를 때면 말이오."

　"말씀을 듣고 보니 규칙적으로 그렇게 하시는 것 같군요."

　"한 번을 하더라도 온 힘을 다 바쳐 한다면 그것으로 충분하다오…… 그럼 살아가면서 계속 되풀이할 필요가 없지. 그러기 위해서는 반드시 첫번째 시도에서 미적인 완성을 이루어내야 한다오. 그 일본인 감독은 그걸 몰랐던 게 틀림없소. 아니면 솜씨가 없었거나. 그 목 조르기 장면은 추하거든. 어찌 보면 우습기까지 하다오. 목 조르는 여자는 펌프질을 해대는 것 같고, 목 졸리는 남자는 압착기에 짓눌린 것 같지 뭐요. 반면에 내 목 조르기는 걸작 중의 걸작이었소, 믿어도 되오."

"믿어 의심치 않습니다. 그런데 궁금한 게 한 가지 있어요. 왜 목 조르기를 택하셨죠? 주변 상황으로 봐서는 물에 빠뜨리는 게 더 합리적이었을 텐데요. 물론 사촌누이의 부모님들께는 그렇게 설명하셨겠지요. 시체를 들고 와 보여주면서 말이에요⋯⋯ 믿기 어려운 이야기였죠. 목 주위에 손 자국이 선명했으니까요. 왜 레오폴딘을 그냥 물에 빠뜨려 죽이지 않으신 거죠?"

"좋은 질문이오. 나도 그럴 생각을 했었소. 바로 그 8월 13일에 말이오. 내 머린 재빨리 돌아가기 시작했지. 레오폴딘이란 레오폴딘이 모조리 물에 빠져 죽는다면(빅토르 위고의 둘째딸 레오폴딘은 남편과 함께 센강의 지류인 빌키에에 빠져 죽었다 : 옮긴이) 그건 너무 진부하다, 정해진 규칙에 따르는 것 아닌가, 그러니 좀 천박해 보일 것이다. 물론 위고 영감을 생각해서라도 그런 맹목적인 표절 행위를 해서는 안 되는 거였소."

"그럼 참고 자료를 베끼지 않기 위해서 물에 빠뜨리는 방법을 포기하신 거군요. 하지만 목 조르기에 대해서도 이런 저런 참고 자료들이 존재하지 않습니까?"

"그렇소, 하지만 그런 건 중요하지 않소. 암, 내가 사촌누이의 목을 조르기로 결심한 건 무엇보다도 그애의 목이 아름다웠기 때문이오. 앞에서 보나 뒤에서 보나 아름답기 그지없는 목이었지. 완벽한 곡선을 지닌 길고 유연한 목이었다오. 얼마나 가냘 펐는지! 내 목을 조르려면 두 손을 다 써도 모자랄 거요. 그런 가

느다란 목을 조르는 건 정말이지 손쉬운 일이었소."

"그녀의 목이 아름답지 않았다면 그녀를 목 졸라 죽이지 않았을 거란 말씀이신가요?"

"모르겠소. 아마 그랬어도 목을 졸랐을 거요. 난 손으로 하는 일을 몹시 좋아하니까. 목을 졸라 죽인다는 게 직접 손을 써서 사람을 죽이는 일 아니오. 목 조르기는 양 손에 비할 데 없이 관능적인 쾌감을 선사한다오."

"그러니까 선생님께선 쾌감을 느끼기 위해 그렇게 하신 거군요. 그런데 왜 계속 그녀를 구원하기 위해서 그녀의 목을 졸랐노라고 흰소리를 하시는 겁니까?"

"이 양반 좀 보게. 신학에는 문외한일 테니 그런 말을 할 만도 하오. 그래도 내 책을 전부 읽었다면 내 말을 이해할 수 있을 텐데. 내가 쓴 소설 중에 『동시발생적 은총』이라는 훌륭한 소설이 있잖소. 이런저런 행위 중에 신이 부여하는 황홀경에 대해 묘사한 소설이지. 황홀경이 느껴지는 행위가 선한 행위란 얘기요. 이건 내가 만들어낸 관념이 아니고 진정한 신비주의자라면 다 알고 있는 관념이라오. 그러니까, 내가 느낀 쾌감은 내 연인의 구원과 동시에 발생한 신의 은총이라오."

"이러다간 『살인자의 건강법』이 기독교적인 소설이란 말까지 나오겠는데요."

"아니지. 그건 교훈적인 소설이오."

"저를 교화하는 건 그만두시고 마지막 장면에 대해서 이야기해 주시죠."

"그러리다. 그 장면은 걸작답게 단아했다오. 레오폴딘이 내 무릎 위에 앉았소. 날 마주보는 자세로. 명심하시오, 서기 양반. 그앤 자발적으로 그렇게 한 거요."

"그래서 어쨌다는 겁니까."

"그애가 놀랐을 것 같소? 내가 두 손으로 목을 휘감았을 때, 목을 조이기 시작했을 때? 천만에. 우린 서로를 응시하며 가만히 미소짓고 있었다오. 그건 작별이 아니었소. 우린 함께 죽고 있었으니까. '나' 란 우리 둘을 의미했지."

"정말이지 낭만적이군요."

"그렇고말고. 레오폴딘이 얼마나 아름다웠는지 당신은 상상도 못할 거요. 특히 그 순간에는 더더욱 아름다웠지. 목이 어깨에 푹 파묻힌 사람들을 목 졸라서는 안 되오. 미적인 장면을 연출할 수가 없거든. 그 반대로 길고 우아한 목을 지닌 사람들은 목 졸라 죽이는 게 제격이지."

"사촌누이 되시는 분은 목 졸려 죽은 여자들 중에서는 가장 우아했겠군요."

"황홀할 정도였지. 내 손아귀 사이로 그 부드러운 연골이 가만히 스러져 내릴 때의 느낌이라니."

"연골로 죽인 자 연골로 쇠하리라."

뚱보 선생은 멍하니 기자를 쏘아보았다.

"방금 무슨 말을 한 줄 아시오?"

"일부러 그렇게 말한 겁니다."

"대단하오! 점쟁이 같구려. 난 왜 진작에 그 생각을 못했을까? 엘젠바이베르플라츠 중후군이 살인자들만 걸리는 병이란 건 알고 있었다오. 하지만 내가 모르고 있는 게 한 가지 있었소. 그게 밝혀진 거요! 카이엔의 죄수들은 분명히 희생자들의 연골을 공격했을 거요. 주께서도 말씀하셨잖소. 살인자들의 무기는 언제나 그들 스스로를 향하고 있노라고 말이오. 다 당신 덕분이오, 기자 양반. 드디어 내가 연골암에 걸린 까닭을 알게 됐구려! 신학은 지고의 학문이라고 내가 말했었지!"

소설가 선생은 20여 년간 각고의 노력을 바친 끝에 마침내 자신만의 이론 체계를 확립한 학자처럼 지적인 황홀경을 맛보는 듯했다. 눈으로는 보이지 않는 절대의 가면을 벗겨내면서 이마로는 콧물처럼 끈적한 땀을 흘려대고 있었다.

"전 이 이야기가 끝나기만을 목이 빠지게 기다리고 있답니다, 타슈 선생님."

젊고 날씬한 여기자는 뚱보 노인네의 흰해진 얼굴을 역겨운 마음으로 바라보고 있었다.

"이야기를 끝내라고 한 거요, 기자 양반? 끝이라니, 이제 막 시작할 참인데! 연골이라, 관절 중의 관절이지! 몸을 지탱하는 관절일 뿐 아니라 이 이야기를 지탱하는 관절이라고!"

"혹시 헛소리를 하시는 거 아닙니까?"

"헛소리라, 암, 헛소리지, 이제야 이야기의 일관성을 찾아낸

데 대한 헛소리라고! 다 당신 덕분이오, 기자 양반. 이제야 소설의 뒷부분을 쓸 수 있게 됐구려. 어쩌면 결말을 낼 수 있을지도 모르겠소. 『살인자의 건강법』이라는 제목 아래 '연골 이야기'라는 부제를 달 거요. 이 세상에서 가장 멋진 유언이 될 거요, 그렇잖소? 그런데 서둘러야겠소, 쓸 시간이 얼마 남지 않았으니 원! 맙소사, 비상사태구먼! 최후통첩을 받은 것 같아!"

"원하는 대로 하십시오. 하지만 소설을 연장하시기 전에 먼저 1925년 8월 13일이 어떻게 끝났는지 이야기해 주시죠."

"연장하려는 게 아니오. 과거로 되돌아가려는 거지! 아시겠소, 연골은 내 잃어버린 고리(滅失環, 진화에 있어서 생물의 계통을 사슬의 고리로 볼 때 거기서 빠져 있는 것으로 간주되는, 즉 발견되지 않은 화석 생물 : 옮긴이)라오. 양면성을 지닌 관절이지. 뒤에서 앞으로 갈 수 있게 해줄 뿐만 아니라 앞에서 뒤로 갈 수도 있게 해주니까. 완전한 시간에 다가갈 수 있게 해준다오, 영원 말이오! 1925년 8월 13일의 이야기를 끝내달라고 하셨소? 하지만 1925년 8월 13일은 끝이 없다오. 그날은 영원해졌거든. 당신은 오늘이 1991년 1월 18일이라고 생각할 거요. 겨울이고 걸프만에서 전투가 벌어진 참이라고 생각하겠지. 흔해빠진 착각이오! 65년하고도 6개월 전부터 시간은 멈춰져 있었소! 지금은 한여름이고 난 잘생긴 소년이라오."

"제가 보기엔 그렇지 않은데요."

"그건 당신이 날 열의 없이 쳐다보기 때문이오. 내 손 좀 보시오. 이 고운 손 말이오. 얼마나 섬세하오."

"정말 그렇군요. 비만에다 불구가 되셨는데도 손은 여전히 우아하시군요. 시동의 손 같은데요."

"그렇고말고. 당연한 이야기지만, 그게 다 의미가 있다오. 이 손이 이 이야기에서 엄청난 역할을 했잖소. 1925년 8월 13일 이후로 이 손은 계속해서 목을 졸라왔소. 이야기를 하고 있는 바로 이 순간에도 내가 레오폴딘의 목을 조르고 있는 게 보이지 않소?"

"아뇨."

"그렇다니까. 내 손을 보시오. 내 손가락 관절들이 그 백조의 목을 조이는 걸 보란 말이오. 내 손가락들이 연골을 어루만지는 걸 보라고. 손가락들은 갯솜 조직을 파고들고, 그 조직은 텍스트가 된다오."

"타슈 선생님, 선생님을 은유 행위 현행범으로 체포합니다."

"이건 은유가 아니오. 텍스트가 거대한 언어 연골이 아니라면 대체 무엇이란 말이오?"

"선생님께서 원하시든 말든, 그건 은유입니다."

"사물들을 그 전체성 속에서 파악하도록 해보시오. 지금의 나처럼 말이오. 그럼 내 말을 이해하게 될 거요. 은유란 건 말이오, 인간들이 자기 시야에 들어오는 단편적인 것들을 서로 연관시키기 위해 만들어낸 것이오. 단편화 작용이 일어나지 않는다면 은유는 완전히 무의미해진다오. 불쌍한 장님 양반! 언젠가는 당신도 전체성에 다가갈 수 있을 거요. 그때 당신의 시야도 활짝 열리겠지. 지금의 나처럼, 육십오 년 육 개월의 실명 상태에서 벗어난 나처럼 말이오."

"청심환 좀 드릴까요, 타슈 선생님? 제가 보기엔 지나치게 홍분하신 것 같은데요."

"그럴 수밖에. 이렇게 행복할 수도 있다는 걸 예전에 미처 몰랐단 말이오."

"그렇게 행복하신 이유가 뭡니까?"

"아까 말했잖소. 난 레오폴딘을 목 조르고 있는 중이라오."

"그래서 행복하시다고요?"

"그걸 말이라고! 내 사촌누이는 쾌감의 절정에 이르고 있는 중이오. 고개는 뒤로 젖혀지고, 어여쁜 입은 반쯤 벌어지고, 커다란 눈망울은 무한을 빨아들이고 있소. 아니, 눈망울이 무한 그 자체요. 얼굴이 미소로 활짝 피어나고, 그리고, 그녀는 숨을 거두는구려. 난 손아귀의 힘을 풀고 그애의 몸을 놓아준다오. 레오폴딘은 수면으로 미끄러져 물살 따라 등혜엄을 치더니…… 두 눈은 황홀한 듯 하늘을 쳐다보고 있소…… 서서히 물 속에 잠겨 사라져 버리는구려."

"다시 건져 올리실 건가요?"

"지금은 아니오. 일단 내가 한 일을 돌이켜 생각해보는 중이라오."

"만족하십니까?"

"암, 난 웃음을 터뜨리고 있다오."

"웃고 계시다고요?"

"그렇소. 난 생각하는 중이오. 대개 살인자들이란 희생자의 피를 보게 마련인데, 난 피를 보기는커녕 난 레오폴딘을 죽여서 계속 되풀이될 출혈을 미리 막아주었을 뿐 아니라 그애를 원초적인 불멸의 상태, 출혈 없는 불멸의 상태로 되돌려놓았잖소. 그 역설적인 상황에 웃음이 나는구려."

"놀라울 정도로 엉뚱한 유머 감각을 갖고 계시는군요."

"이윽고 난 호수를 바라본다오. 바람이 어느새 수면을 잔잔하게 만들어놓았소. 레오폴딘의 몸이 그렸던 소용돌이마저도 지워지고 없구려. 난 생각하오. 이 호수야말로 레오폴딘에게 어울리는 수의라고 말이오. 불현듯 난 빌키에의 익사를 떠올리고 내 모토를 기억해낸다오. '조심해, 프레텍스타, 정해진 규칙에 따르지 마, 표절도 하지 말고.' 그래서 난 호수로 뛰어들어 암록색 심연을 향해 잠수한다오. 사촌누이가 거기서 날 기다리고 있소. 그앤 아직 손에 잡힐 듯 가까이 있으면서도 이미 수수께끼처럼 알 수 없는 그 무엇이 되고 말았소. 물에 잠긴 유적처럼. 긴 머리칼이 얼굴 위로 출렁이는 가운데 날 향해 아틀란티스(지브롤터 해협 서쪽에 있었다고 하는 전설의 왕국. 강대한 왕국이었으나 지진으로 하룻밤 사이에 물 속으로 가라앉았다고 한다 : 옮긴이)의 여인처럼 신비스런 미소를 띠고 있구려."

기나긴 침묵.

"그리고 나서는요?"

"아, 그리고…… 난 레오폴딘을 물 위로 끌어올리고는 품에 안는다오. 그애의 몸은 해초처럼 축 늘어진 채 더없이 가볍소. 나는 그애를 성으로 데려가오. 나긋나긋한 벌거숭이 둘이 들어서자 성 안에서는 야단법석이 나지. 다들 레오폴딘이 나보다 더 벌거숭이라는 걸 금세 알아차린다오. 시체보다 더 벌거숭이인 게 어디 있겠소? 이윽고 성 안은 온갖 우스꽝스러운 감정 표현의 전시장이 되지. 비명, 흐느낌, 통곡, 운명에 대한 저주, 내 부주의에 대한 나무람, 절망에 찬 한숨…… 한마디로 삼류작가의 소설 속에나 등장할 법한 조잡한 장면이지. 내가 상황을 통제할 수 없게 되자마자 악취미 중의 악취미만 골라서 보여주는 장면이 탄생한 거요."

"사람들이 얼마나 비탄에 빠졌겠습니까, 죽은 아이의 부모님을 한 번 생각해보세요."

"비탄이라, 비탄…… 그건 좀 과장인 것 같소. 레오폴딘은 그들에게 실체가 아닌 관념에 불과했소. 예쁘고 장식적인 관념이었지. 그들은 그애에게 눈길을 주는 일이 거의 없었소. 삼 년 동안이나 숲을 제집 삼다시피 했는데도 별로 걱정하지 않았단 말이오. 그러니까, 그 성주 내외는 상투적인 관념들로 가득 찬 세계에서 살고 있었던 거요. 일이 터지자, 그들은 그 장면의 주제가 '부모에게 돌아온 아이의 익사체'라는 걸 알아차렸지. 당신도 짐작할 수 있을 거요. 그들 내외는 촌스럽게도 셰익스피어와

위고를 참고자료로 삼고 있었다오. 그들을 비탄에 빠뜨린 건 레오폴딘 드 플라네즈 드 생 쉴피스가 아니라 레오폴딘 위고며 오필리아며 기타 등등, 물에 빠져 죽은 비련의 여주인공들이었지. 그들에게 엘레우스의 꼬마 사제는 추상적인 관념으로서의 시체, 달리 말해 순수하게 문화적인 현상이었소. 그러니 그들이 그애의 죽음을 애통해하면 할수록 그들이 감수성까지도 철저히 문명화되어 있다는 사실만 계속 드러날 뿐이었다오. 암, 진짜 레오폴딘을 알고 있었던 사람, 그애의 죽음을 슬퍼할 구체적인 이유가 있었던 사람은 단 한 사람, 나뿐이었다오."

"하지만 선생님께선 슬퍼하지 않으셨잖습니까."

"살인자 쪽에서 희생자의 죽음을 슬퍼한다는 건 앞뒤가 맞지 않는 얘기잖소. 그리고 난 사촌누이가 행복해하며 죽었다는 걸 알고 있었거든. 그애가 영원히 행복해하리라는 것 말이오. 그래서 난 사람들이 울며불며 야단법석을 떠는 가운데에서도 평온한 마음으로 미소지을 수 있었다오."

"그래서 지청구를 들으셨겠지요. 짐작이긴 합니다만."

"짐작 한 번 잘 하시는구려."

"그렇게 짐작하는 것으로 만족하겠습니다. 소설도 그쯤에서 중단되었으니까요."

"그렇소. 알다시피 『살인자의 건강법』은 물이 주조를 이루는 소설이오. 성이 불타는 것으로 소설을 끝맺었다면 그 완벽한 일관성이 무너졌을 거요. 툭하면 물과 불을 대비시키려고 하는 예술가들이 있는데, 난 그런 작자들을 보면 짜증이 난다오. 그런 진부한 이원론은 뭔가 병적인 데가 있거든."

"절 속이려 들지 마십시오. 그런 형이상학적인 심사숙고 끝에 별안간 소설 쓰기를 그만두기로 결심한 게 아니시잖습니까. 선생님께서 몸소 그렇게 말씀하시지 않았습니까. 뭔가 불가사의한 이유 때문에 펜이 멈춰버렸다고요. 소설의 마지막 장면을 다시 요약해볼까요. 주인공은 냉소적이다 싶을 정도로 간략하게 레오폴딘의 사인을 설명한 후, 슬피 흐느끼는 그녀의 부모님 품에 시체를 넘겨주지요. 소설의 마지막 문장은 다음과 같고요. '그리고 난 침실로 갔다.'"

"결말치곤 괜찮구먼."

"그렇긴 합니다만, 독자들 입장에서는 뭔가 허전하지 않겠습니까."

"반응치곤 괜찮구먼."

"은유적인 독서법을 택했다면, 그렇겠죠. 하지만 선생님께서 추천하신 야수적인 독서법을 택했다면 이야기가 다르죠."

"기자 양반, 당신 생각은 옳기도 하고 그르기도 하오. 옳은 생각이오. 내가 뭔가 불가사의한 이유로 인해 소설을 미완성 상태로 남겨둘 수밖에 없었다는 것 말이오. 하지만 당신은 잘못 생각하기도 했소. 그게 뭔고 하니, 직업 의식이 투철한 기자답게 소설이 연대기적으로 이어지길 바랐단 거요. 내 장담하리다. 그랬으면 너절하기 그지없는 소설이 되었을 거요. 그 8월 13일 이후로는 흉측하고 괴기스런 쇠락만이 계속되었으니까. 야위고 입이 짧은 아이였던 난 8월 14일부터 무시무시한 아귀로 돌변했다오. 레오폴딘의 죽음으로 인해 내 몸 어딘가가 비었던 것인지, 난 계속 허기져 하며 역겨운 음식들만 골라 마구 먹어댔소…… 지금도 그렇소만. 육 개월 만에 난 몸무게가 세 배로 불어났다오. 그리고 사춘기 소년의 끔찍한 몰골로 변했지. 머리카락도 죄다 빠져나갔소. 예전의 모습이 내게서 완전히 빠져나갔지. 아까 외가 식구들의 상투적인 관념에 대해 이야기했잖소. 그 관념에 따르면 소중한 존재의 죽음을 맞은 이들은 끼니를 거르고 야위어 가야 했소. 그래서 성 안에 사는 모든 이들은 끼니를 거르고 야위어 갔소. 오직 나만 사람들이 충격을 받건 말건 아랑곳 않고 게걸스레 먹어대며 눈에 띄게 뚱뚱해져 갔지. 아직도 양쪽의 대비가 선명했던 식사 장면이 생각나오. 어찌 보면 익살스런 광경이기도 했지. 외할아버지와 외할머니와 외삼촌과 외숙모는 음식 접시를 건드리는 둥 마는 둥 하면서 멍하니 쳐다보고 있는데, 난 혼자 부랑아처럼 게걸스레 먹어대며 접시를 싹싹 비워냈던 거요. 그러잖아도 레오폴딘의 목둘레에 난 피하출혈 흔적을 수상쩍게 여기던 참인데 내가 헛헛증을 보이니 사람들의 의심엔 불이 붙었지. 아무도 나한테 말을 걸지 않았소. 난 사람들의 증오에 찬 의심이 내게 쏠리는 걸 느껴야 했다오."

"근거 있는 의심이었죠."

"이해해주시오. 내가 점점 더 답답해져 가는 그 분위기에서 벗어나고 싶어했다는 것 말이오. 그리고 그런 한심한 결말로 내 찬란한 소설을 망치기가 죽도록 싫었다는 것도. 그러니 연대기적 순서에 따르는 결말을 바라는 건 잘못된 생각이오. 하지만 당신은 옳은 생각도 했소. 이 이야기에는 진정한 결말이 필요하다는 것…… 진정한 결말이라, 어제까지만 해도 난 그게 어떤 것인지 알 수가 없었소. 그 결말을 알려준 건 당신이니까.”

“제가 결말을 알려드렸다고요, 제가요?”

“방금 그렇게 하지 않았소.”

“절 난처하게 만드실 생각이라면 성공하셨네요. 설명 좀 해주시죠.”

“결정적인 소재를 제공했잖소. 지극히 흥미로운 소재지. 연골에 대한 얘기 말이오.”

“설마 연골 운운하는 헛소리를 덧붙여서 그 아름다운 소설을 망치시려는 건 아니겠지요. 좀 전에 그 헛소릴 듣느라 고생깨나 했거든요.”

“왜 아니겠소? 얼마나 대단한 발견인데.”

“제 자신이 원망스럽군요. 그렇게 황당한 결말을 일러 드리다니. 차라리 소설을 미완성 상태로 놔두시는 게 낫겠는데요.”

“아, 그건 내가 판단할 문제요. 그런데 이참에 다른 것도 하나 알려주셔야겠소.”

“뭐 말입니까?”

“그러지 말고 말해주시구려. 이제 결말을 내야 하지 않겠소?

정해진 시간이 끝나가고 있다오."

"결말이라뇨?"

"모르는 체하지 마시오. 이제 당신이 누군지 말씀해 주시겠소? 나하고 무슨 내밀한 관계가 있는 거요?"

"없습니다."

"혹시 플라네즈 드 생 쉴피스 가문의 마지막 혈손 아니오?"

"그 가문이 절멸되었다는 거 아시잖습니까…… 선생님께서도 거기에 한몫 하신 걸로 아는데, 아닌가요?"

"그럼 혹시 타슈 가와 인척 관계가 있소?"

"타슈 가의 마지막 혈손 선생님께서 그런 말씀을 하시다니요."

"그럼 내 가정 교사였던 분의 손녀인가?"

"아닙니다! 대체 무슨 이야기를 지어내시려는 겁니까?"

"그럼 조부모님은 뭘 하는 분이셨소? 집사나 성지기? 정원사? 침모? 요리사?"

"헛소리 좀 그만 하시죠, 타슈 선생님. 전 선생님의 가문, 선생님의 성, 선생님의 고향, 선생님의 과거 등과 어떤 관계도 없습니다."

"그럴 리 없소."

"왜죠?"

"당신과 나 사이에 전혀 아무런 관계도 없다면, 그렇게 어렵사리 날 연구하지는 않았을 테니까."

"선생님을 직업적 강박 행위 현행범으로 체포합니다. 강박 관념에 사로잡힌 작가답게, 선생님께선 등장인물들 간에 신비스런 상관관계가 전혀 존재하지 않는다는 사실을 받아들이실 수가 없는 겁니다. 진정한 소설가들이란 자기가 족보학자인 줄 모르는 족보학자들이죠. 실망시켜 드려서 죄송합니다만, 선생님께 전 생면부지의 타인일 뿐입니다."

"당신이 잘못 생각하고 있는 게 분명하오. 당신이 모르고 있는 거요. 우리 사이의 가족 관계라든지 역사적, 지리적, 유전적 관계 같은 것 말이오. 하지만 필시 우리 사이엔 그런 관계가 존재하오. 가만 있자…… 혹시 조상들 중에 물에 빠져 죽은 사람 없소? 친척들 중에 목 졸려 죽은 사람은?"

"헛소리 좀 그만 하세요, 타슈 선생님. 우리 둘 사이의 유사점 같은 건 아무리 찾아봐야 헛일입니다…… 그 유사점이 뭔가 의미를 지니고 있다면야 모를 일이지만요. 제가 보기에 의미심장한 건 유사점을 찾아내려는 욕구입니다."

"무엇에 있어서 의미심장하단 거요?"

"바로 그게 질문다운 질문입니다. 그리고 그 대답은 선생님께서 하셔야 합니다."

"알겠소. 뭐든 내가 다 해야 한단 말이지. 따지고 보면, 누보로망(프랑스에서 1950년대에 나타난 새로운 형태의 소설을 일컫는 말이다. 전통적인 소설 형식이나 관습을 부정한 실험적인 소설로 소설에 반(反)하는 소설, 즉 앙티 로망이라고도 한다. 알랭 로브그리예, 나탈리 사로트,

미셸 뷔토르 등을 중심으로 시작되었으나 공통된 슬로건을 내건 통일된 문학 운동은 아니다. 특정한 줄거리나 주된 등장 인물이 없고 자유로운 시점에서 세계를 묘사한다는 것이 특징이라고 할 수 있다 : 옮긴이)의 이론가들은 대단한 익살꾼들이었소. 진실을 밝히자면, 창작 행위에 있어서 변한 건 아무것도 없다오. 정해진 형태도 의미도 없는 우주와 마주하여 작가는 조물주 노릇을 할 수밖에 없소. 작가가 대단한 글재주로 이 세상에 질서를 부여하지 않는 한, 사물들은 제 윤곽을 지니지 못할 테고 인간의 역사 또한 놀란 입만 쩍 벌리고 있게 될 거요. 엉터리 같은 스페인 여인숙의 문짝처럼 말이오. 수천 년 동안 이어져 내려온 이런 전통이 있으니 당신이 나에게 생명을 불어넣어주십사 간청하는 거 아니겠소. 텍스트를 만들어 주십사, 대화들 사이에 구두점을 찍어 주십사 하고 말이오."

"자, 그렇게 해주시죠, 생명을 불어넣어 주시라고요."

"내가 하는 일은 그것뿐이라니까, 이 양반아. 내가 당신한테 간청하고 있는 게 안 보이오, 내가 간청하는 게? 이 이야기에 의미를 부여할 수 있도록 날 도와주시오. 의미 같은 건 필요 없다는 둥 허위로 꽉 찬 말일랑 하지 마시구려. 우리에겐 그 어떤 것보다도 의미가 필요하다오. 아시겠소! 육십육 년 전부터 난 당신 같은 사람을 기다려 왔다오…… 그러니 스스로를 별볼 일 없는 사람이라고 우겨봐야 헛일이오. 우리 사이의 야릇한 공통점이 인터뷰를 이런 식으로 이끌어가고 있다는 걸 부정하지 마시구려. 마지막으로 묻겠소…… 분명히 마지막이라고 했소. 난 참을성 많은 사람이 아니거든…… 이렇게 간청하오, 사실대로 말해주시오. 당신은 누구요?"

"애석하군요, 타슈 선생님."

"뭐요, 애석하다고? 그 말 말고는 대답할 말이 없소?"

"있지요. 하지만 굳이 그 대답을 들으시렵니까?"

"최악의 대답이, 대답이 없는 것보다 낫소."

"그렇습니다. 제 대답은 대답이 없다는 겁니다."

"알아듣게 말해보시오, 부탁이오."

"제가 누구냐고 물어보셨지요. 선생님께선 제가 누군지 이미 알고 계십니다. 제가 말씀 드리진 않았지만 선생님께서 몸소 말씀하시더군요. 벌써 잊어버리셨나요? 조금 전에, 수없이 욕설을 퍼부으시던 중에, 정곡을 찌르는 말을 하셨는데요."

"어서 말해보시오, 더 못 참겠소."

"타슈 선생님, 전 남의 뒤나 캐고 다니는 하찮은 암컷입니다. 그 말 말고는 저에 대해 할 말이 없습니다. 제 말을 믿으셔도 됩니다. 죄송하네요. 믿어주세요. 저도 달리 대답할 수 있었더라면 좋았겠지만, 선생님께서 사실대로 말하라고 하셔서 사실대로 말했을 뿐입니다."

"절대 믿을 수 없소."

"잘못 생각하셨네요. 제 삶이며 집안 내력에 대해서 제가 말씀 드릴 수 있는 건 하나같이 시시한 것들뿐입니다. 기자가 아니었다면 전 선생님을 만나려 하지도 않았을 겁니다. 아무리 생각해보셔도 소용없습니다. 매번 똑같은 결론에 이르시게 될 테니까요. 제가 남의 뒤나 캐고 다니는 하찮은 암컷이라는 것 말입니다."

"그런 대답이 얼마나 끔찍한 생각을 불러일으키는지 알기나 하시오?"

"알고 있습니다. 애석한 일이지요."

"아니, 당신은 모르오. 잘 모른다고. 얼마나 끔찍한 생각인지 내가 자세히 일러 드리리다. 다 죽어가는 노인네가 있소. 지독하게 외로운 데다 희망이라곤 없지. 그런데 웬 젊은이가 하나 찾아온 거요. 육십육 년이나 기다린 끝에 말이오. 돌연 노인네에게 희망의 서광이 비치기 시작하는 거요. 그이가 이제껏 파묻혀 있었던 과거를 되살려주었거든. 둘 중의 하나요. 우선 그이가 노인네와 내밀한 관계가 있는 천사, 천사 중의 대천사라면 말이오, 노인네는 최고의 종말을 맞는 거요. 그게 아니라 그이가 그저 천해빠진 호기심에 내 뒤나 캐고 다닌 생면부지의 남이라면, 이런 말 하기는 좀 뭐한데, 그건 정말이지 추접스럽기 짝이 없는 짓이오. 죽음의 자리를 더럽히는 짓일 뿐 아니라 신뢰를 저버리는 짓이니까. 뭔가 기적 같은 보상을 받게 되리라는 말로 다 죽어가는 노인네를 꼬여서 그가 아끼고 아껴온 보물단지를 빼앗은 다음, 그 대가로 뒤를 캐고 남은 똥 덩어리나 던져주다니. 당신이 여기에 도착했을 때 노인네는 아름다운 추억에 잠겨 있었소. 지금 이 순간을 누리지 못하는 데 대해 체념한 상태였지. 당신이 여기서 떠나려 할 때 노인네는 역겨운 추억 속에 잠겨 있게 될 거요. 지금 이 순간을 누리지 못하는 데 대해 절망하게 될 테고. 당신이 조금이라도 인정과 예의가 있는 사람이었다면 나한테 흰소리를 했을 거요. 우리 둘 사이에 뭔가 관계가 있다고 둘러댔겠지. 이젠 너무 늦었소. 그러니 혹시라도 당신이 조금이나마 인정과 예의가 있는 사람이라면 나를 죽여주시구려. 이 환멸을 끝장내달란 말이오. 도저히 견뎌낼 수 없는 고통이니까."

"과장이 심하시군요. 제가 어떤 면에서 선생님의 추억을 훼손했다는 건지 모르겠는데요."

"내 소설에는 결말이 필요했소. 당신은 술수를 부려서 그 결말을 가져다 주는 척했지. 난 그 이상의 것을 바랄 수 없었소. 기나긴 동면에서 깨어나 다시 삶을 맞이하는 것 같았지…… 그런데 당신은 염치도 없이 빈 손을 내밀더군. 당신이 내게 준 건 다른 게 아니라 소생에 대한 환상뿐이었소. 내 나이가 되면 그런 것들을 참아낼 수 없게 된다오. 당신만 아니었으면 난 소설 한 권만 미완성으로 남겨놓고 죽을 수 있었소. 한데 당신 때문에 내 죽음 자체가 미완성으로 남게 되었소."

"공허한 말 장난은 그만하시는 게 어떨까요?"

"공허한 말 장난이나 하는 수밖에! 당신이 내 본질을 뺏어갔잖소? 한 가지 가르쳐 드리리다, 기자 양반. 살인자는 내가 아니라 바로 당신이오!"

"예?"

"분명히 알아 들으셨을 텐데. 살인자는 당신이라고. 그것도 두 사람이나 죽였지. 레오폴딘이 내 기억 속에 살아 있던 동안, 그애의 죽음은 관념적인 것에 불과했소. 하지만 당신이 뒤를 캐러 와서는 그 기억을 죽였고, 그러면서 내게 남은 것을 죽여버렸지."

"궤변이군요."

"어렴풋이나마 사랑이 뭔지 아는 사람이라면 그게 궤변이 아니라는 걸 알 텐데. 하지만 남의 뒤나 캐고 다니는 하찮은 암컷 따위가 사랑이 뭔지 어떻게 알겠소? 당신은 이제껏 내가 만나본 사람들 중에 사랑에 대해 가장 무지한 사람이오."

"선생님께서 말씀하신 그런 것이 사랑이라면 차라리 모르는 게 다행이군요."

"정말이지 당신한테는 뭘 가르쳐줄 수가 없구려."

"선생님께서 저한테 뭘 가르쳐주실 수 있다는 건지 궁금한데요. 목 조르는 게 아니라면요."

"내가 당신한테 가르쳐주고 싶었던 건 말이오, 레오폴딘을 목 조르면서 내가 그애를 진정한 죽음으로부터, 즉 망각으로부터 구해주었다는 거요. 당신은 나를 살인자로 생각하지만 사실 난 아무도 죽인 적 없는 지구상에 몇 안 되는 인간들 중 하나라오. 당신 주변을, 그리고 당신 자신을 바라보시오. 이 세상은 살인자들로 득실대고 있소. 즉 누군가를 사랑한다 해놓고 그 사람을 쉽사리 잊어버리는 사람들 말이오. 누군가를 잊어버린다는 것, 그게 뭘 의미하는지 생각해본 적 있소? 망각은 대양이라오. 그 위엔 배가 한 척 떠다니는데, 그게 바로 기억이란 거지. 대부분의 사람들에게 있어 기억의 배는 초라한 돛단배에 지나지 않는다오. 조금만 잘못해도 금세 물이 스며드는 그런 돛단배 말이오. 그 배의 선장은 양심 없는 자로, 생각하는 거라곤 어떻게 하면 항해 비용을 절감할까 하는 것뿐이오. 그게 무슨 말인지 아시오? 날마다 승무원들 중 쓸모 없다고 판단되는 이들을 골라내어 처단하는 거요. 어떤 이들이 쓸모 없다고 판단되는지 아시오? 잡놈이나 게으름뱅이나 바보천치일 것 같소? 천만에. 바다로 내던져지는 이들은 선장에게 이미 봉사한 적이 있는 이들이라오…… 한 번 써먹었으니 더 이상 필요 없다는 거지. 단물 다 빨린 것들한테 더 이상 뭘 바랄 수 있겠어? 자, 사정없이 쓸어내버리자고, 여엉차! 그들은 난간 위로 내던져지고, 바다는 무자비하게 그들을 삼켜버린다오. 그렇소, 기자 양반, 그런 식으로 날마다 수없이 많은 살인이 저질러지고 있다오. 처벌도 받지 않는 살인이지. 난 단 한 번도 그런 무시무시한 살인행위를 모의한 적이 없소. 그런데 그렇게 결백한 나를, 당신은 세상 사람들이 정의라 부르는 것으로 단죄하려 하는구려. 그런 걸 달리 말해 고소라고 한다오."

"누가 고소하겠다고 했습니까? 전 선생님을 고발할 생각이 없습니다."

"정말이오? 그럼 당신은 내가 상상했던 이상으로 질 나쁜 인간이구려. 대개 남의 뒤를 캐는 자들은 예의삼아 그런 짓을 하는 명분이나마 만들어두게 마련이오. 그런데 당신은 아무 이유도 없이 남의 뒤를 캔다는 거 아니오. 그저 세상에 악취를 풍기는 게 즐거워서 그런단 말이지. 여기서 나가면 당신은 두 손을 마주 비비며 흡족해하겠구려. 또 한 사람의 세계를 더럽혔으니 오늘 하루도 알차게 보냈다고 생각할 거 아니오. 대단히 훌륭한 직업을 가지셨구려, 기자 양반."

"그러니까 그 말씀은 제가 선생님을 법정으로 끌고 가 주는 게 더 나을 거라는 말씀이십니까?"

"그렇고말고. 그러지 않으면 내가 얼마나 비참하게 죽음을 맞이하겠소? 날 고발하지 않고 탈진한 상태 그대로 혼자 있게 내버려두다니 말이 안 되지. 당신이 날 이 지경으로 만들어놨잖소. 법정으로 끌고 가준다면 나도 심심파적은 할 수 있을 거요."

"죄송합니다, 타슈 선생님. 그럼 자수하시죠. 전 남이 던져주는 빵은 먹지 않는답니다."

"그런 건 거들떠보지도 않는다 이거요? 당신은 최악의 부류에 속하오. 파멸시키기보단 더럽히길 좋아하는 부류 말이오. 대체 무슨 바람이 불어서 날 괴롭힐 마음을 먹게 됐는지 말해 주겠소? 대체 어떤 너절한 충동에 휩쓸린 거요?"

"잘 알고 계시잖습니까, 타슈 선생님. 설마 우리가 내기한 것을 잊어버리진 않으셨겠지요? 전 제 발치에서 기어 다니는 선생님을 보고 싶었던 겁니다. 말씀을 듣고 나니 그 광경을 보고 싶은 마음이 더더욱 간절해지는군요. 자, 기세요. 내기에서 지셨으니까."

"내가 졌소, 사실이오. 하지만 이긴 것보다 진 게 낫소."

"잘 됐네요. 기세요."

"허영심 때문에 내가 기는 꼴을 보고 싶은 거요?"

"복수심 때문이지요. 기세요."

"그럼 내 얘기를 전혀 이해하지 못했구려."

"제 인생관이 선생님의 인생관과 같아질 수는 없지요. 선생님의 이야기는 아주 잘 이해했지만 말입니다. 전 삶을 그 무엇보다 소중한, 좋은 것이라고 생각한답니다. 선생님께서 무슨 말씀을 하셔도 제 생각에는 변함이 없을 겁니다. 선생님만 아니었다면 레오폴딘은 삶의 쓴 맛도 봤겠지만 그 아름다움도 만끽할 수 있었을 겁니다. 제 말은 이걸로 끝입니다. 기세요."

"어쨌든 난 당신을 원망하진 않소."

"갈수록 태산이군요. 기세요."

"당신은 나와 완전히 다른 세계에서 살고 있소. 날 이해하지 못하는 것도 무리는 아니지."

"그렇게 말씀해 주시니 황송해서 몸 둘 바를 모르겠네요. 기세요."

"사실, 내가 당신보다 훨씬 마음이 넓은 사람이오. 난 당신이

나와 다른 인생관을 갖고 살아가는 걸 받아들일 수 있다오. 당신은 아니지. 당신은 한 가지 잣대로만 세상을 파악하려 하니까. 당신은 편협한 옹고집이오."

"타슈 선생님, 분명히 말씀 드리지만 전 선생님의 실존주의적 고찰 같은 것엔 관심 없습니다. 전 기라고 명령했습니다. 이상입니다."

"알았소. 그런데 나더러 어떻게 기라는 거요? 내가 거동이 불편하다는 걸 혹시 잊어버린 거 아니오?"

"그렇군요. 제가 도와 드리지요."

기자는 자리에서 일어나더니 뚱보 선생의 겨드랑이 아래를 붙들고 한참 용을 써댔다. 그러다 마침내 선생을 양탄자 위에 내던지는 데 성공했다. 선생은 얼굴을 바닥에 처박고 말았다.

"도와주시오! 제발 살려주시오!"

하지만 자세가 자세이니만큼 선생의 옥음은 양탄자에 파묻혀 아무도 듣지 못하게 되었다. 들은 사람은 젊은 여기자뿐이었다.

"기세요."

"난 엎드려 있으면 안 된다오. 의사가 그러지 말라고 했단 말이오."

"기세요."

"젠장! 금방이라도 질식할 것 같구먼."

"이제 질식한다는 게 어떤 건지 아시겠네요. 여자 아이를 질식시킨 적이 있으시죠? 기세요."

"그건 그애를 구원하기 위해서였소."

"아, 저도 선생님을 구원해 드리느라 질식시키고 있답니다. 가증스런 노인네를 쇠락에서 구하느라 그러는 거라고요. 그러니 피차일반이네요. 기세요."

"난 이미 쇠락할 대로 쇠락해 있소! 지난 육십오 년 육 개월 동안 줄곧 쇠락하기만 했단 말이오."

"한층 더 쇠락하시는 걸 보고 싶군요. 자, 쇠락하세요."

"그렇게 말하면 안 되오. '쇠락하다' 는 명령형으로 쓸 수 없는 불구동사란 말이오."

"전 그런 건 쥐뿔만큼도 신경 안 씁니다. 하지만 듣기 거북하시다니 불구동사 아닌 다른 동사를 쓰도록 하지요. 기세요."

"아이구, 숨 막혀, 나 죽네!"

"이런, 이런. 전 선생님께서 죽음을 좋은 것이라고 생각하시는 줄 알았는데요."

"좋은 것이지. 하지만 지금 당장 죽고 싶진 않소."

"아, 그렇습니까? 그렇게 기분 좋은 일을 왜 뒤로 미루시려는 거죠?"

"왜냐하면 방금 뭔가를 깨달았기 때문이오. 죽기 전에 당신한테 그걸 말해주고 싶소."

"알겠습니다. 몸을 뒤집을 수 있게 해 드리지요. 단, 한 가지 조건이 있습니다. 먼저 제 발치에서 기세요."

"시도는 해보리다."

"전 시도해보시라고 부탁 드리는 게 아니라 진짜로 기라고 명령하는 겁니다. 기지 못하신다면 돌아가시든 말든 상관 안 할 겁니다."

"알았소, 기지 뭐."

이윽고 땀이 비 오듯 흐르는 거대한 살덩어리는 양탄자 위를 2미터 가량 기어 다니면서 증기기관차처럼 거친 숨을 내뱉어댔다.

"내가 이러고 있으니 기분 좋겠구려, 응?"

"그럼요, 기분 좋지요. 누군가를 위해 복수하고 있다고 생각하니 더더욱 기분이 좋네요. 선생님의 비대한 몸에 뭔가가 비쳐 보이는 것 같은데요. 웬 가녀린 실루엣이 선생님께서 고통스러워하실 때마다 안도의 한숨을 쉬고 있군요."

"코미디 뺨치는군."

"기분 나쁘세요? 좀 더 기고 싶으신가요?"

"정말이지 이젠 몸을 뒤집어야겠소. 난 지금 숨을 거두고 있는 중이오. 아직 숨이 붙어 있는지 모르겠소만."

"뜻밖이군요. 죽기 위해 죽는 것, 즉 멋진 살인을 당하는 게 암에 걸려 골골거리다 죽는 것보다 낫지 않나요?"

"이게 무슨 멋진 살인이오?"

"살인자의 눈엔 모든 살인이 멋있게 보이는 법이죠. 불평은 희생자가 하는 것이고. 지금도 죽음이 예술적인지 아닌지에 대해서 신경이 쓰이십니까? 아니라고 고백하시죠."

"아니라고 고백하오. 제발 날 뒤집어주시오."

기자는 살덩어리의 겨드랑이와 옆구리 부분을 붙들었다. 그리고 힘껏 기합을 넣으며 배가 위로 오게 뒤집었다. 뚱보 선생은 경련이라도 일어난 듯 헐떡거렸다. 몇 분이 지나서야 겁에 질렸던 선생의 얼굴은 그런대로 원래의 표정을 되찾았다.

"그게 도대체 뭔가요? 선생님께서 방금 깨달으시고는 저한테 그렇게 가르쳐주고 싶으셨다는 것 말입니다."

"내가 말하고 싶었던 건 죽는 게 죽기보다 힘들다는 거였소."

"그게 답니까?"

"또 무슨 말을 하라고?"

"예? 저한테 하실 말씀이 그게 다라고요? 남들은 갓난아기 때부터 알고 있는 사실을 선생님께선 여든하고도 세 해나 걸려서 알아내셨군요."

"그렇소, 난 그 사실을 몰랐다오. 죽기 직전에 이르러서야 난 죽음이 끔찍한 게 아니라…… 죽음이 어떤 것인지는 아무도 모르지…… 죽어가는 순간이 끔찍하다는 걸 깨달았소. 정말이지 죽는 건 죽기보다 힘들더군. 다른 사람들은 선견지명이 있어 다 알고 있는 사실을 나만 몰랐던 거요."

"절 놀리시는군요."

"아니오. 어제까지만 해도 내게 죽음은 그저 죽음일 뿐이었소. 좋은 것도 나쁜 것도 아닌, 다만 사라지는 것에 불과했지. 그 죽음이란 것과 죽어가는 순간 사이에 존재하는 차이를 모르고 있었던 거요. 암, 정말 이상한 일이오. 지금도 죽음 그 자체는 두렵지 않소. 하지만 앞으로는 숨이 넘어가는 순간을 생각할 때마다 겁에 질려 식은땀을 흘리게 될 거요. 단 1초라도 그 순간은 싫소."

"이제 선생님의 행동이 부끄러우시죠?"

"그렇기도 하고 아니기도 하오."

"젠장! 다시 기어 다니게 해드릴까요?"

"설명하리다. 그렇소, 레오폴딘에게 그런 순간을 겪게 한 건 부끄러운 일이오. 하지만 난 지금도 레오폴딘이 고통스러운 경험에서 제외되었으리라 믿고 있소. 적어도 그랬으면 하고 바라고 있다오. 사실, 짧았던 죽음의 순간 내내 나는 그애의 얼굴을 톺아보고 있었지만 그 얼굴에 고통스러워 하는 기색은 전혀 없었소."

"멋진 환상이네요. 양심의 가책을 느끼지 않으려고 별의별 환상을 다 만들어내시는군요."

"양심의 가책 따윈 내가 알 바 아니오. 내가 문제 삼는 대상은 그보다 고차원적인 것이라오."

"하느님 맙소사."

"말 한 번 잘 했소. 암, 아마 하느님께서 몇몇 특별한 존재들에겐 고통과 번뇌 없는 마지막 순간을 허락하시는 모양이오. 황홀한 죽음을 허락하신다고. 난 레오폴딘이 그 기적적인 순간을 경험했다고 생각하오."

"잠시만요, 지금까지 하신 이야기만 해도 충분히 가증스러웠답니다. 그런데 이제 얼마나 더 끔찍한 이야기를 하실 작정으로 신이니 황홀경이니 기적이니 하는 말까지 들먹이시는 겁니까? 뭔가 비의를 담은 살인을 저질렀다고 생각하시는 건가요?"

"그렇고말고."

"미쳐도 단단히 미치셨군요. 그 비의로 가득 찬 살인이 실제 어땠는지 제가 말씀 드릴까요, 정신병자님? 막 숨이 넘어간 시체가 제일 먼저 하는 게 뭔지 아세요? 시체는 오줌을 눈답니다, 선생님, 그리고 내장에 남아 있는 것들을 싸버리지요."

"역겨운 이야기만 골라서 하시는구려. 너절한 코미디일랑 집어치우시오. 거북해서 못 견디겠소."

"거북하시죠, 그렇죠? 사람 잡는 건 난처할 게 없는데, 시체가 오줌을 누고 똥을 싼다고 생각하니 거북해서 견딜 수가 없으신 거죠, 그렇죠? 호숫물이 몹시 흐렸나 보네요. 사촌누이의 시체를 건져 올리실 때 그녀의 내장에 들어 있던 것들이 떠오르는 걸 보지 못하셨다니."

"입 좀 다무시오, 제발!"

"무엇 때문에 입을 다물어야 하죠? 자신의 범죄로 인해 발생한 생리적 현상을 받아들일 깜냥도 못 되는 살인자를 불쌍히 여기는 마음에서?"

"맹세하오. 맹세할 수 있소. 당신이 말한 그런 상황은 벌어지지 않았다오."

"아, 그렇습니까? 레오폴딘은 방광과 내장이 없었나 보죠?"

"있었지, 하지만…… 당신이 말한 그런 상황은 벌어지지 않았소."

"차라리 그런 상황을 떠올리기 싫다고 말씀하시죠."

"그런 상황을 떠올리기 싫은 건 사실이오. 하지만 실제로 당신이 말한 그런 상황이 벌어지지 않았다니까."

"죽을 때까지 그 말씀만 되풀이하실 생각이십니까? 실제로 어땠는지 설명해 주시는 게 더 나을 것 같은데요."

"애석한 일이오. 어째서 그런 확신이 드는지 설명할 길이 없구려. 하지만 당신이 말한 그런 상황이 벌어지지 않았다는 건 확실하오."

"그런 종류의 확신을 뭐라고 하는지 아십니까? 그게 바로 자기암시라는 겁니다."

"기자 양반, 아무리 해도 내 말을 믿게 할 도리가 없으니 차라리 이 문제를 다른 관점에서 바라보는 게 어떻겠소?"

"정말로 다른 관점이 존재한다고 믿으십니까?"

"난 믿는다오. 마음이 약해서."

"자, 그렇게 해보시죠…… 어차피 상황이 이 지경이니."

"기자 양반, 사랑해본 적 있소?"

"해도 너무하시네요! 〈연애상담〉란에나 실릴 인터뷰 같군요."

"그렇지 않소, 기자 양반. 사랑을 해본 사람이라면 사랑이 그딴 것과 아무 상관 없다는 걸 잘 알 텐데. 불쌍한 니나, 당신은 사랑을 해본 적이 없구려."

"그딴 것이라니요, 그런 표현은 좀 삼가시죠? 그리고 절 니나라고 부르지 마세요. 듣기 거북합니다."

"어째서?"

"글쎄요. 살인자 겸 뚱보한테 제 이름을 불리는 건 뭔가 불쾌한 일이거든요."

"유감인데. 난 당신을 니나라 부르고 싶은 마음이 간절하단 말이오. 뭐가 두려운 거요, 니나?"

"전 아무것도 두렵지 않습니다. 선생님이 역겨울 뿐입니다. 그리고, 절 니나라고 부르지 마세요."

"유감이오. 난 당신의 이름을 부르고 싶은데."

"왜죠?"

"불쌍한 사람 같으니. 당신은 말이오, 지극히 당차고 지극히 사려 깊지만, 아직도 어떤 면에서는 막 태어난 어린 양과 같다오. 누군가의 이름을 부르고 싶어한다는 게 무슨 의미인지 모른단 말이오? 아무한테나 이름을 불러대고 싶을 것 같소? 아니고말고, 이 양반아. 그 누군가의 이름을 부르고 싶은 욕구가 폐부 깊숙이서 치밀어 오르는 건 그 사람을 사랑하기 때문이라오."

"……?"

"그렇소, 니나. 사랑하오, 니나."

"도대체 언제까지 바보소리를 하고 계실 건가요?"

"진심이오, 니나. 문득 그걸 깨달았소. 좀 전의 일이라오. 처음엔 착각이라고 생각했지. 하지만 착각이 아니었소. 내가 아까 죽어가면서 말하고 싶었던 것도 바로 그것이었소. 난 이제 당신 없이는 살 수 없을 것 같소, 니나. 사랑하오."

"꿈 깨시죠, 어리석은 양반 같으니."

"살아오면서 지금처럼 명석했던 적은 없었소."

"명석하다는 말은 선생님한테 전혀 어울리지 않는데요."

"상관 없소. '나' 라는 건 더 이상 중요하지 않소. 난 완전히 당신 것이니까."

"헛소리 좀 그만 하시죠, 타슈 선생님. 선생님께서 절 사랑하시지 않는다는 걸 전 잘 알고 있답니다. 제겐 선생님의 마음에 들 만한 구석이 하나도 없으니까요."

"아까는 나도 그렇게 생각했다오, 니나. 하지만 이 사랑은 그런 것들을 모두 넘어서는 사랑이라오."

"제발 부탁이니 제 영혼에 반해서 사랑하게 되었다는 말씀은 하지 말아 주세요. 우스워서 눈물이 날지도 모르니까요."

"아니오, 이 사랑은 그런 것 역시 넘어서는 사랑이라오."

"이제 보니 지극히 순수한 분이시군요. 뜻밖인데요."

"사랑에 대해 사람들이 만들어놓은 기준을 완전히 무시하고 한 사람을 사랑할 수도 있다는 걸 이해하지 못하시는구려?"

"그렇답니다."

"유감이오, 니나. 그래도 난 당신을 사랑한다오. 이 사랑이란 말이 얼마나 많은 신비를 담고 있는지."

"잠시만요! 뭘 하시는 건지 알겠습니다. 소설에 적합한 품위 있는 결말을 찾고 계신 거죠, 아닌가요?"

"조금 전부터 내가 소설 따윈 털끝만큼도 염두에 두고 있지 않다는 걸 당신이 알아준다면!"

"그 말씀은 못 믿겠습니다. 선생님께선 소설을 완성해야겠다는 강박 관념에 사로잡혀 계시거든요. 제가 선생님과 아무런 관계가 없다는 게 밝혀지자 낙담하시더니, 이제는 억지로 관계를 만들어내려 하시네요. 다급하게 사랑 이야기를 지어내려 하신다고요. 선생님께선 무의미한 것을 열렬히 증오하는 분이셔서, 그것에 의미를 부여할 수만 있다면 어떤 거짓말도 불사하실 겁니다."

"엄청난 착각이오, 니나! 사랑은 무의미한 것이라오. 그렇기 때문에 신성한 것이고."

"그런 미사여구로 절 속이려고 하지 마세요. 선생님께선 아무도 사랑하시지 않습니다. 레오폴딘의 시체만 사랑하시죠. 그리고, 부끄러운 줄 아셔야 합니다. 저한테 사랑하느니 어쩌니 흰소리를 하셔서 선생님의 유일한 사랑을 욕되게 하시다니요."

"욕되게 하다니, 그 반대요. 당신을 사랑하는 건 레오폴딘이 나한테 사랑하는 법을 가르쳐주었다는 걸 증명하는 것이니까."

"궤변이군요."

"궤변이랄 수도 있겠지. 사랑이 비논리적인 법칙에 따르지 않는다면 말이오."

"잠시만요, 타슈 선생님, 그런 엉뚱한 말씀일랑 소설 속에나 집어 넣으시죠. 재미로 그러시는 것 같은데, 전 실험용 흰쥐가 아니거든요."

"니나, 재미로 그러는 게 아니오. 사랑은 재미 삼아 하는 게 아니오. 오직 사랑하기 위해 하는 것이지."

"열광하시는군요."

"그렇고말고. 당신이 이 '사랑하다' 동사의 의미를 이해한다면 지금의 나처럼 열광할 거요, 니나."

"저를 그 열광의 도가니로 몰아넣지 말아 주시겠습니까? 그리고 절 니나라고 부르지 마세요. 계속 그러시면 저도 제 행동에 책임 못 집니다."

"책임지지 마시오. 그리고 그냥 내 사랑을 받으시오. 당신은 그 보답으로 날 사랑해줄 수 없는 사람이니까."

"선생님을 사랑하다니요? 갈수록 태산이군요. 어딘가 삐뚤어지지 않은 다음에야 선생님을 사랑할 수는 없을 겁니다."

"그럼 삐뚤어지시구려, 니나. 그렇게 해준다면 난 정말 행복할 거요."

"역겨워서 그렇게 못하겠습니다. 선생님만큼 행복을 누릴 자격이 없는 사람도 없으니까요."

"난 그렇게 생각하지 않소."

"어련하시겠습니까."

"난 파렴치하고 추물인 데다 심술궂기까지 하오. 세상에서 가장 천한 인간이라고 할 수도 있겠지. 하지만 난 사람들에게서 좀처럼 찾아볼 수 없는 성품을 한 가지 지니고 있다오. 너무나 훌륭한 성품이지. 그래서 난 내가 사랑받을 자격이 있다고 생각하는 거요."

"뭔지 맞춰보죠. 겸손인가요?"

"아니오. 그건 내가 사랑을 할 줄 안다는 거요."

"그렇게 숭고한 성품을 지니셨으니 제가 선생님의 발을 눈물로 적셔 드리기라도 해야겠군요? '프레텍스타 님, 사랑해요.' 라고 말하면서 말입니다."

"한 번만 더 내 이름을 불러주시오. 정말 기분 좋구려."

"조용히 해주시죠. 토할 것 같으니까요."

"당신은 경이로운 여인이오, 나나. 비범한 성격을 지녔지. 한마디로 불을 머금은 얼음이라고나 할까. 당신은 오만하고 무모하오. 멋진 연인이 될 자질을 모두 갖춘 셈이지. 단, 사랑을 할 줄 안다면 말이오."

"한 가지 알려 드리죠. 절 레오폴딘의 화신이라고 생각하신다면 착각하신 겁니다. 전 황홀경에 빠졌던 그 여자아이와 닮은 데가 전혀 없답니다."

"알고 있다오. 황홀경을 느껴본 적 있소, 나나?"

"이 자리에 전혀 어울리지 않는 질문인 것 같은데요."

"그렇소. 이 자리에 어울리지 않는 게 한두 가지가 아니지. 당신이 내게 불러일으킨 사랑부터 시작해서 말이오. 그러니, 어차피 상황이 이 지경이 되었으니, 망설이지 말고 내 질문에 답해 보시오. 당신이 생각하는 것과는 달리 정숙한 질문이니까. 황홀경을 느껴본 적 있소, 니나?'

"글쎄요. 확실한 건 지금은 느끼지 못하고 있다는 겁니다."

"사랑도 모르고 황홀경도 모르고, 당신은 아무것도 모르는구려. 내 사랑 니나, 어쩌면 그렇게 삶에 집착할 수 있소, 삶이 뭔지도 모르면서?'

"왜 그런 말씀을 하시죠? 절 죽일 테니 얌전히 있어 달라는 말씀인가요?'

"난 당신을 죽이지 않을 거요. 조금 전만 해도 그럴 생각이었지. 하지만 바닥을 기고 나서 그럴 마음이 사라졌다오."

"우스워 죽겠네요. 그러니까, 늙은 데다 몸도 제대로 가누지 못하시는 형편에 절 죽일 수 있을 거라고 생각하셨단 말씀이죠? 전 선생님을 역겨운 분이라고 생각했는데 이제 보니 그저 어리석기만 한 분이시군요."

"사랑은 사람을 어리석게 만들지. 그건 누구나 알고 있는 사실이라오, 니나."

"제발 사랑 어쩌고 하는 이야기는 하지 말아 주세요. 살인 충동이 치밀어 오르거든요."

"그럴 리가? 그것 보시오, 니나, 그건 그렇게 시작되는 거라오."

"'그건' 이라니요?"

"사랑 말이오. 내가 당신한테 그 황홀경을 일깨워주었단 말이오. 나 자신이 말할 수 없이 자랑스럽구려, 니나. 그 살인 충동은 나로 죽어 다시 당신으로 태어나고자 하는 욕구라오. 당신은 이제 막 살기 시작한 거요. 그게 느껴지오?"

"지금 느껴지는 거라곤 엄청난 분노뿐입니다."

"난 지금 놀라운 광경을 목격하고 있소. 나도 여느 평범한 인간들과 마찬가지로 부활이란 사후에나 일어나는 현상인 줄 알았소. 그런데 내가 살아서 두 눈을 뜨고 지켜보는 가운데 당신이 내가 되어가다니!"

"그렇게 심한 욕은 처음 듣습니다."

"그렇게 격분하는 것 자체가 당신이 살기 시작했다는 걸 보여주고 있다오, 니나. 이제부터 당신은 계속해서 격노하게 될 거요. 예전의 나처럼 말이오. 허위에 알레르기 반응을 보이고, 저주를 퍼부으며 황홀경에 빠지겠지. 당신은 분노의 귀재가 될 거요. 아무것도 두려워하지 않게 될 거라오."

"말씀 다 하셨나요, 얼간이 선생님?"

"그것 보시오. 내 말이 맞잖소."

"틀렸습니다! 전 선생님이 아니라고요."

"아직은 아니지, 하지만 머지않아 그렇게 될 거요."

"무슨 말씀이시죠?"

"곧 알게 될 거요. 대단한 일이오. 말하는 족족 말한 내용이 실현되는 걸 내 눈으로 지켜보게 되다니. 난 현재를 예언하는 점쟁이가 된 거요. 미래가 아니라 현재를 예언하는 점쟁이 말이 오, 아시겠소?"

"이성을 잃어버리셨다는 건 알겠습니다."

"당신이 내 이성을 앗아갔으니까. 다른 것들도 마찬가지고. 니나, 이런 황홀경은 한 번도 느껴본 적이 없다오!"

"청심환은 어디다 두셨나요?"

"니나, 난 영원히 평온할 수 있을 거요. 당신이 날 죽여주기만 한다면 말이오."

"무슨 말씀이시죠?"

"말하리다. 지금부터 내가 말하는 건 너무나 중요한 것이라 오. 당신이 원하든 원하지 않든 당신은 나의 화신이 되어가고 있소. 내 존재가 변모할 때마다, 내 옆에는 사랑 받을 자격이 있 는 존재들이 함께하는구려. 처음에는 레오폴딘이 함께했지. 그 리고 내가 그애를 죽였소. 이번에는 당신이 함께하는구려. 당신 이 나를 죽여줄 것이고. 사필귀정이지, 그렇지 않소? 당신이 있 어 난 너무나 행복하오. 내 덕분에 당신은 사랑이 뭔지 알아가 고 있다오."

"선생님 덕분에 전 망연자실이 뭔지 알아가고 있답니다."

"그렇소? 신통하구려. 사랑은 망연자실에서 비롯되는 것이라 오."

"조금 전엔 살인 충동에서 비롯된다고 하셨는데요."

"그게 그거요. 당신 안에서 울려 퍼지는 소리에 귀를 기울여 보시오, 니나. 그 엄청난 놀라움을 느껴보시오. 그렇게 조화로운 교향악을 들어본 적 있소? 온갖 소리가 너무나 교묘하게 잘 맞물려 어떤 소리들이 뒤섞인 건지 알아챌 수도 없지. 얼마나 엄청나게 많은 악기들이 동원되었는지 느낄 수 있소? 그런 엉뚱한 조합에서는 대개 불협화음밖에 생겨나지 않는 법이오. 그런데 니나, 그보다 더 아름다운 음악을 들어본 적 있소? 여남은 개의 악장이 당신 안에서 서로 겹쳐지며 당신의 머리를 성당으로, 당신의 몸을 울림 상자로, 어렴풋하지만 끊이지 않는 울림을 지닌 울림 상자로 만들어주고 있지. 당신의 야윈 몸은 무아지경에 빠지고 연골은 흐느적거리고…… 이제 당신은 뭐라 형언할 수 없는 것에 사로잡혔소."

침묵. 기자는 머리를 뒤로 젖혔다.

"머리가 무거울 거요, 그렇잖소? 난 그게 뭔지 안다오. 두고 보면 알겠지만 당신은 결코 그것에 익숙해지지 못할 거요."

"그것이라니요?"

"형언할 수 없는 것 말이오. 고개를 드시오, 니나. 머리가 너무나 무겁겠지만 말이오. 그리고 날 보시오."

여인은 그 말을 따랐다. 힘겹게.

"인정하시오. 이래저래 버겁긴 하지만 하늘에 오르는 것처럼 기분이 좋다는 것 말이오. 이제 당신도 그걸 알게 되었으니 난 기쁘기 그지없다오. 그러니 이제 레오폴딘의 죽음이 어떤 것이었을지 생각해보시구려. 조금 전까지만 하더라도 내겐 죽음의 순간이 끔찍해 보였다오. 그건 내가 기고 있었기 때문이오. 추상적인 의미에서나 구체적인 의미에서나 한 마디로 기고 있었지. 하지만 황홀경에 푹 빠진 상태로 삶에서 죽음으로 건너갈 때 그 순간은 그저 의례적인 것에 불과하다오. 왜냐? 그 황홀한 순간엔 자신이 살았는지 죽었는지조차 알지 못하기 때문이오. 내 사촌누이가 고통 없이 죽었다거나 혹은 자다가 죽는 사람들처럼 죽는지 알지도 못하고 죽었다고 말할 수는 없소. 사실대로 말하자면, 그애는 죽지 않고 죽었다오. 이미 살아 있지 않았으니까."

"잠시만요, 방금 하신 말씀에서 타슈식 수사법이 느껴지는데요."

"당신이 느끼는 건 고작 타슈식 수사법 따위란 말이오, 니나? 날 바라보시오, 사랑스런 나의 화신이여. 이제부터는 남들의 사고방식을 무시하는 데 익숙해져야 하오. 그리고 혼자가 되는 데 익숙해져야 하오…… 후회하지 마시오."

"선생님이 그리울 겁니다."

"상냥하기도 하시지."

"제가 상냥해서 그런 말씀을 드리는 게 아니라는 걸 잘 아실 텐데요."

"걱정하지 마시오. 황홀경을 느낄 때마다 날 다시 만날 수 있을 거요."

"그런 일이 자주 일어날까요?"

"사실, 난 육십오 년 육 개월째 황홀경을 느끼지 못하고 있었소. 하지만 지금 느끼고 있는 황홀경은 그 세월을 상쇄하고도 남는구려. 그 세월이 아예 존재하지 않았던 것 같소. 당신은 시간의 흐름을 무시하는 데도 익숙해져야 하오."

"기대가 되는군요."

"슬퍼하지 마시오, 나의 화신이여. 내가 당신을 사랑한다는 걸 잊지 마시오. 사랑은 영원하다오. 당신도 잘 알잖소."

"그런 상투적인 말도 노벨상 수상자 되시는 분의 입을 통하면 아주 감칠맛 나게 들리는 거 아세요?"

"말씀 한 번 잘 하셨소. 나처럼 사고가 고도로 발달한 사람은 시시한 말 한 마디를 해도 꼭 비틀어서 말하고, 야릇하게 비꼬는 투로 말하게 마련이지. 얼마나 많은 작가들이 언젠가는 진부한 표현들 너머 말이 그 처녀성을 고스란히 간직하고 있는 '황무지'에 도달하리라는 일념으로 작가의 길을 가고 있는지. 아마도 그런 걸 '무염수태'라고 할 수 있을 거요. 악취미다 싶은 말을 하면서도 경이로울 정도로 지고 지순한 경지에 머물러 있는 것, 말싸움과 하찮은 불평불만을 영원히 넘어서는 것 말이오. 내가 이 세상에서 마지막일 거요. '사랑하오'라고 말하면서도 음란하게 보이지 않을 수 있는 사람으로는. 당신에겐 얼마나 행운인지."

"행운이라고요? 재앙 아닌가요?"

"행운이오, 니나. 알아두시오. 내가 아니었으면 당신의 삶은 권태 그 자체였을 거요!"

"선생님께서 그걸 어떻게 아시죠?"

"눈에 선하오. 당신 스스로도 그렇게 말하지 않았소? 남의 뒤나 캐고 다니는 하찮은 암컷이라고 말이오. 그 일도 오래 하다 보면 싫증이 날 거요. 조만간 남의 일에 참견하는 건 그만두고 자신의 일을 창조해내야지. 내가 아니었으면 당신은 그럴 엄두도 내지 못했을 거요. 이제부터 당신은 말이오, 오 나의 화신이여, 창조자로서 숭고한 주도권을 지니게 될 거요."

"정말이지 내 안에서 주도권이 생겨나는 느낌이란 몹시 당황스럽군요."

"당연한 일이오. 위대한 주도권에는 의혹과 두려움이 덧붙여지게 마련이지. 차차 그 불안감이 쾌감의 일부라는 걸 깨닫게 될 거요. 당신도 쾌감을 원하잖소, 니나, 안 그렇소? 정말이지 난 당신에게 모든 걸 다 가르쳐주고 알려줬구려. 사랑부터 시작해서 말이오. 나의 화신이여, 내가 아니었으면 당신은 영원히 사랑이 뭔지 몰랐을 거라 생각하니 가슴이 떨린다오. 조금 전에 불구동사에 대해 이야기했잖소. '사랑하다' 동사가 가장 대표적인 불구동사라는 걸 아시오?"

"무슨 소릴 하시는 겁니까?"

"그 동사는 단수 주어만 가질 수 있다는 말이오. 복수 주어를 갖는 경우도 있지만 그 경우는 단수 주어가 복수 주어로 위장되어 있는 것뿐이라오."

"공허한 말 장난이군요."

"천만에. 내가 증명해 보이지 않았소? 두 사람이 사랑하면 그 중 한 사람은 사라져 '사랑하다'의 주어를 단수로 만들어야 한다는 것 말이오."

"설마하니 문법적 이상을 실현하기 위해 레오폴딘을 죽이신 건 아니겠지요?"

"그 명분이 그리 하찮게 보이오? 문법만큼 필요 불가결한 게 있는 줄 아시오? 명심하시오, 사랑스런 나의 화신이여, 문법이란 것이 존재하지 않았다면 우리는 스스로를 변별적인 존재로 인식하지 못했을 것이오. 우리의 숭고한 대화도 불가능했을 것이고."

"애석해라, 그랬으면 좋았을걸!"

"에이, 쾌감을 기피하지 마시오."

"쾌감이라고요? 쾌감이라곤 전혀 느껴지지 않는데요. 아무것도 느낄 수 없네요. 그저 선생님을 목 조르고 싶다는 끔찍한 욕구 말고는."

"나 원, 행동이 굼뜨시구려, 내 소중한 화신이여. 당신더러 결정을 내리게 하려고 난 10분이 넘게 애면글면하는 중이라오. 그것도 더할 나위 없이 노골적으로 말이오. 울화통 터지게 만들고 궁지로 몰아넣고, 마지막 남은 양심의 가책까지 사라질 지경으로 만드는데도 꼼짝하지 않는구려. 도대체 뭘 기다리는 거요,

내 사랑하는 이여?"

"선생님께서 진정으로 그걸 원하시는지 확신이 서지 않습니다."

"그렇다고 맹세하오."

"게다가 전 그런 일이 손에 익지 않아서요."

"다 잘 될 거요."

"두렵군요."

"오히려 잘 됐지."

"제가 해내지 못한다면요?"

"분위기가 험악해지겠지. 정말이오, 지금 우리가 처한 상황으로 봐서 당신한테는 선택의 여지가 없소. 게다가 그렇게 하면서 당신은 나한테 레오폴딘과 같은 죽음을 맞이할 기회를 주는 거요. 그래야 내가 레오폴딘이 경험했던 것을 경험할 수 있지. 자, 나의 화신이여, 난 더 기다릴 수가 없구려."

기자는 완벽하게 일을 처리했다. 신속하고 깔끔했다. 고전적인 방식은 미적인 면에서 실패가 없는 법이다.

일이 끝나자 니나는 녹음기를 끄고 긴 소파 한가운데 앉았다. 지극히 평온한 상태였다. 혼잣말을 시작한 건 정신착란이 일어나서가 아니었다. 그녀는 절친한 친구한테 말하듯 말했다. 조금은 명랑한, 애정 어린 말투였다.

"미치광이 영감님, 하마터면 제가 당할 뻔했네요. 영감님의 이야기는 이루 말할 수 없이 날 화나게 했답니다. 이성을 잃을 지경이었다니까요. 지금은 기분이 좀 낫군요. 한 가지 고백할 게 있는데, 영감님의 말씀이 옳았어요. 목 졸라 죽이는 건 정말 기분 좋은 일이군요."

영감의 화신은 감탄에 겨워 제 두 손을 바라보았다.

신에게로 향하는 길은 뚫기 힘들다. 그보다 더 뚫기 힘든 것이 성공으로 향하는 길이다. 사건이 일어난 직후부터 프레텍스타 타슈의 책은 그야말로 날개 돋친 듯 팔려나갔다. 10년 후 선생은 고전작가의 반열에 올랐다.

* 소설의 앞머리에 '이 글은 순전히 허구이므로 등장인물들은 실존인물들과 어떤 연관도 없음을 밝혀둡니다'라는 문구가 있는데, 이는 이 소설이 출간되었을 당시 떠돌았던 소문에 대한 작가의 입장을 밝히기 위한 것이다. 당시 프랑스 문단에서는 주인공 프레텍스타 타슈의 모델이 중견작가 필립 솔레르스가 아닌지에 대해 의견이 분분했다. 갈리마르 사의 출판 기획에 참여하고 있는 솔레르스가 이 소설의 출간을 거부했다는 설이 나돌았기 때문이다. 프레텍스타 타슈의 모습과 그의 문학 세계가 너무나 생생하게 그려졌기 때문에 일어난 소동이 아닌가 한다.

——옮긴이 주

이 소설의 진정한 주인공은 문학이다. 창조자와 수용자 모두를 황홀경에 이르게 할 수 있는 문학, '진짜' 문학이다. 하지만 작가는 '문학이란 무엇인가?' 라는 질문을 꼬리에 꼬리를 무는 식으로 열없이 이어나가지 않는다. 대신 질문에 대한 답을 찾아 사납게 길을 헤쳐나간다. 그리고 열광한다. 독자를 그 열광의 도가니 속으로 인정사정 없이 몰아넣는다.

이 소설의 묘미는 우선 그 독특한 구조에 있다. 대문호와의 인터뷰라는 형식을 빌어 문학과 관련된 온갖 층위의 이야기들이 진실과 허위 사이를 오가며 숨가쁘게 전개된다. 소설의 시간적 배경(걸프전 발발 전후)은 그 긴박감을 한층 더 고조시킨다. 소설은 형태상 다섯 차례의 인터뷰로 이루어져 있지만 내용상으로는 크게 두 부분으로 나뉜다. 첫번째 부분은 네 차례의 '살인놀이' 이다. 대문호는 자신의 책을 제대로 읽지도 않은 주제에 그저 죽어가는 유명인사를 인터뷰한답시고 달려온 기자들을 잔인하기 그지없는 언변으로 차례차례 '죽여' 버린다. 계속되는 '촌철살인' 에 독자가 망연자실해갈 무렵, 다섯번째 인터뷰가 시작되면서 상황은 반전된다. 기자는 인터뷰 초반부터 대문호를 제압하며 미완성 소설 『살인자의 건강법』이 품고 있는 비밀을 밝혀내려 한다. 이제 이야기는 추리소설의 성격을 띠게 되고, 집요한 추궁과 딴죽 걸기, 공감과 핍박 등 대화가 엎치락뒤치락 하는 가운데 비밀이 서서히 그 모습을 드러낸다.

주인공의 비밀을 밝혀내는 장치로 도입된 이야기 속의 이야기, 이것이 이 소설의 또다른 묘미이다. 실존 작가들에 대한 언급이 문학을 둘러싼 허위를 벗겨내는 기제로 작용한다면, 이 가상 소설은 주인공의 허위를 벗겨내는 기제로 작용한다. 주인공이 쓴 스물두 권의 소설 제목들은 이 소설을 읽는 재미를 더해준다. 이 보르헤스식 장난을 통해 작가는 기발한 제목들을 만들어내었다. 가령 『양차 대전 사이의 강간을 위한 강간들』이란 제목은 지드의 무동기(無動機) 이론을 연상시킨다. 그런데 그 제목이 등장하는 대목에서 주인공은 자신이 글을 쓰는 건 사심 없는 순수한 선의에 의해서라고 역설한다. 이렇듯 작가는 실제와 가상의 세계, 진실과 허위를 넘나들며 드러내기와 숨기기를 통해 문학을 자유자재로 가지고 논다. 그것은 주인공의 이름 프레텍스타 타슈(Pretextat)에서 가장 명징하게 드러난다. 프레텍스타라는 이름은 프레텍스트(pretexte)란 단어를 숨기고 있다. 프레텍스트를 프레-텍스트로 본다면, 주인공의 이름은 '텍스트 이전의 것', 즉 작가가 다가가려고 하는 문학적 진실을 의미하게 된다. 하지만 '핑계', '구실'의 의미를 지닌 불어단어로 파악한다면, 이 이름은 그 진실에 다가가는 것을 방해하는 것, 즉 허위를 의미하게 된다.

진실과 허위를 한데 아우르는 이름을 지닌 주인공은 속을 들여다볼 수 없게 뚱뚱하다. 몸을 가누지 못할 정도로. 문학의 모호함과 절대성을 이보다 더 상징적으로 보여줄 수는 없을 것이다. 작가는 그 괴물을 만나려면 몸을 사리지 말고 심연으로 잠수하라며 독자의 등을 떠민다. 건강을 해칠까 염려 말고 차가운 물 속을 헤쳐나가라고, 그러다 보면 암록색 물 속에서 새하얀 빛 얼룩을 볼 수 있을 거라고(주인공의 성 타슈(Tach)는 '얼룩'을 뜻하는 불어단어 Tache와 발음이 같다). 어쨌거나 그 차디찬 심연으로 뛰어들려면 일단 건강해야 할 것이다…… 언젠가 문학을 이야기하며 눈물을 흘리던 그의 건강을 빈다.

김민정